HEYNE <

D1925060

Das Buch

Mia Moosberger ist erst 29 Jahre alt, doch ihre Zeit auf der Erde ist schon abgelaufen, zumindest laut Himmelsprotokoll. Doch weil auch im Himmel Dinge schiefgehen, darf Mias Seele noch einmal zurück zur Erde, im Schlepptau Ruby, ihren puttigen Begleitengel. Was Mia nicht weiß: Es liegt ganz allein an ihr, sich zu entscheiden, welches Leben sie möchte: das im Himmel oder das auf Erden.

Ein traumhaftes Lesevergnügen für alle Fans von Jana Voosen und Anne Hertz.

Urkomisch! (*InTouch* zu »Gefühlsecht«)

Die Autorin

Andrea Russo, geboren 1968, lebt mit ihrer Familie in Oberhausen. Die Gewinnerin des *Perfekten Dinners* liebt gutes Essen, SingStar (obwohl sie überhaupt nicht singen kann), Spinning (wegen des guten Essens) und romantische Heiratsanträge. Für weitere Informationen zur Autorin siehe www.andrearusso.de.

Andrea Russo

Irren ist himmlisch

Roman

WILHELM HEYNE VERLAG
MÜNCHEN

MIX
Papier aus verantwortungsvollen Quellen
FSC® C014496
www.fsc.org

Verlagsgruppe Random House FSC-DEU-0100
Das für dieses Buch verwendete FSC®-zertifizierte Papier
Holmen Book Cream liefert Holmen Paper, Hallstavik, Schweden.

Originalausgabe 02/2012
Copyright © 2012 by Andrea Russo
Copyright © 2012 by Wilhelm Heyne Verlag, München
in der Verlagsgruppe Random House GmbH
Printed in Germany 2012
Redaktion: Eva Philippon
Umschlagabbildung: © Juniors Bildarchiv
Umschlaggestaltung: Eisele Grafik Design, München
Satz: Greiner & Reichel, Köln
Druck und Bindung: GGP Media GmbH, Pößneck
ISBN 978-3-453-40896-8

www.heyne.de

Für meine Schwester,
oben beim Himmelsboss …

1 Im Himmel passieren keine Fehler

Irren ist menschlich. Und himmlisch ist es auch, sonst stünde ich jetzt nicht vor der Himmelspforte, sondern wäre längst durch sie hindurchgeschritten. Aber das geht leider nicht, weil mein Begleitengel dummerweise übersehen hat, dass ich eigentlich noch gar nicht gestorben bin. Okay, Fehler passieren jedem einmal. Allerdings ist Ruby nicht einfach nur irgendjemand. Er ist ein Engel! Und ich war sein erster Auftrag. Deswegen geht es ihm jetzt auch ordentlich schlecht. Äußerst nervös wippt er die ganze Zeit auf seinen Füßen hin und her. Wir warten hier oben nämlich schon eine ganze Weile auf den Himmelsboss, der entscheiden soll, was nun mit mir passieren wird.

»Es wird ganz sicher alles gut gehen«, versuche ich Ruby zu beruhigen und greife nach seiner Hand, die sich feucht und kalt anfühlt.

»Meinst du?«, schluchzt Ruby. Er scheint ziemlich nah am Wasser gebaut zu sein, denn es ist jetzt schon das vierte Mal, dass ich ihn innerhalb von wenigen Stunden weinen sehe. Den ersten Weinkrampf bekam er, als mich der blöde Bus auf der engen Fahrbahn überholte und ich vor Schreck mit meinem Fahrrad ins Schleudern kam und im hohen Bogen auf die Straße flog, wobei mein Kopf unsanft auf der Bordsteinkante landete. Dabei wurde mir schwarz vor Augen, und ich verlor mein Bewusstsein. Als ich nur wenig später wieder zu mir kam, kniete ein kleiner dicker Mann mit einem freundlichen Gesicht neben mir, hielt meine Hand und sagte mit zittriger Stimme: »Mia, es tut mir so unendlich leid, aber deine Zeit auf der Erde …«

Leider konnte ich alles Weitere nicht richtig verstehen, denn plötzlich fing er an zu weinen. Und zwar so erbärmlich, dass ich ihn spontan in die Arme nehmen wollte. Und da ich mich nicht ein bisschen bewegen konnte, schlüpfte ich, ohne dass es mir bewusst war, aus meinem Körper hinaus. Aber genau das war das Problem. Während ich Ruby zu trösten versuchte, kam nämlich der Rettungswagen. Doch ich war so damit beschäftigt, auf meinen Begleitengel einzugehen, dass ich gar nicht mitbekam, was inzwischen mit meinem Körper geschah. Wieso sollte ich auch? Mir war ja gar nicht klar, dass ich mich nicht mehr in ihm befand. Das bemerkte ich erst, als ich mich umdrehte und sah, wie man mich auf der Trage in den Wagen hievte. Doch da war es schon zu spät. Die Sirenen gingen an, und ich – beziehungsweise mein Körper – war weg.

Doch das war noch nicht alles. Auf dem Weg ins Krankenhaus gelang es den Ärzten, mich zwar wiederzubeleben, aber ich fiel in eine Art Wachkoma, da sich meine Seele in diesem Moment nicht in meinem Körper befand. Das erfuhren Ruby und ich allerdings erst oben, was zu einem weiteren Heulkrampf bei ihm führte.

»Ach, komm schon«, versuchte ich ihn zu beruhigen.

»Es ist doch nicht deine Schuld, dass ich keinen Fahrradhelm aufhatte.« Den Gedanken, dass ich unlängst so ein blödes Teil geschenkt bekommen hatte, verdrängte ich in diesem Moment. Ich war einfach zu eitel, dieses gepolsterte knallrote Plastikding zu tragen. Aber dafür konnte Ruby ja nun wirklich nichts. Deswegen – und weil er immer noch vor sich hinschniefte – redete ich weiter beruhigend auf ihn ein: »Außerdem habe ich freiwillig meinen Körper verlassen. Du hast mich nicht dazu gezwungen!« Und dann machte ich noch einen kleinen Scherz, um ihn ein wenig aufzumuntern. »Sag mal, hat dir schon mal jemand gesagt, dass du genauso aussiehst wie Dirk Bach?« Aber das ließ Ruby nur noch lauter aufschluchzen.

»Du bist doch nicht etwa wirklich ...«, überlegte ich. Doch das konnte unmöglich sein, denn der dicke Komödiant war ja noch am Leben und ich erst eine gute Stunde hier – und Ruby seit etwa zwei Jahren, wie er mir zuvor mitgeteilt hatte. Die Ähnlichkeit zwischen den beiden war auf jeden Fall verblüffend.

Die dritte Heulattacke bekam mein Begleitengel, dessen Aufgabe eigentlich mein Seelenheil sein sollte, vor etwa zwanzig Minuten. Das war der Zeitpunkt, zu dem wir erfuhren, dass der Himmelsboss uns sprechen wollte. Seit ein paar Minuten ist Ruby bis auf gelegentliches Aufschluchzen still – seit ich ihm die Hand halte und diese beruhigend drücke. Er versucht, sich zu sammeln, damit er sich nicht noch mehr blamiert. Den Tipp, dabei tief in den Bauch einzuatmen und dann doppelt so lange auszuatmen, hat er von mir. Das sieht bei Ruby besonders lustig aus, weil er ja sozusagen von Natur aus mit einem dicken, runden Bauch gesegnet ist. Und der vibriert ganz leicht, wenn Ruby die Luft langsam aus seinem Körper strömen lässt. Ich habe diese besondere Atemtechnik beim Yoga gelernt. In Stresssituationen hilft das bewusste Atmen, Ruhe zu bewahren und wieder zu sich selbst zu finden. Wobei mir prompt einfällt, dass ich mal wieder nicht an mich gedacht habe. Bei dem ganzen Trubel um Ruby hatte ich gar keine Zeit, mir über meine Wenigkeit Gedanken zu machen. Immerhin bin ich gestorben. Na ja, zumindest fast. Aber das scheint in meinem Kopf irgendwie noch nicht angekommen zu sein, weil ich mich komischerweise noch sehr lebendig fühle. Aber ich bin ja auch nicht ich, sondern nur meine Seele, die schon hier oben im Himmel ist. Den körperlosen Zustand habe ich mir jedoch ganz anders vorgestellt: irgendwie schwerelos und schimmernd, wie ein Hauch von Licht oder Energie. Meine Seele sieht aber ganz genauso aus wie ich. Sie trägt dieselben Jeans, Turnschuhe, meine schwarze Fleecejacke und das rote T-Shirt mit dem Heidi-Aufdruck, das mir Lukas, zusammen mit dem Fahrradhelm, zu meinem letzten Geburtstag geschenkt hat.

Lukas! Den habe ich ja ganz vergessen. Ob er es schon erfahren hat? Ach herrje, dann denkt er jetzt vielleicht, ich hätte mit Absicht … Ich meine, ich wollte wirklich nicht … und so schon mal gar nicht!

Für einen Moment schließe ich die Augen und denke an die peinliche Situation, in der ich vor einer Woche steckte. Lukas saß auf dem Sessel in meinem Wohnzimmer. Wie ein Häufchen Elend kniete ich vor ihm, meinen Kopf auf seine Knie gelegt, und schluchzte erbärmlich. Ich flehte ihn an, mich nicht zu verlassen. Aber Lukas blieb hart. Er meinte, er hätte jetzt lange genug gewartet und nach drei Jahren wäre es langsam an der Zeit, den nächsten Schritt in unserer Beziehung zu machen. Er redete von irgendwelchen Beziehungsstufen, meinte, es wäre eine gute Idee, dass ich endlich meine Wohnung kündige und zu ihm ziehe. Aber das war noch nicht alles. Ganz plötzlich waren wir beim Thema Heiraten und – was noch viel schlimmer war – Kinder angelangt. Und damit war ich ehrlich gesagt überfordert. Okay, ich hätte etwas diplomatischer antworten können und mein »Hast du sie nicht mehr alle?« bereue ich auch mittlerweile, aber manchmal sind meine Worte eben schneller, als ich denken kann.

Lukas war auf jeden Fall sichtlich geschockt. Dann wurde er sehr ernst und stellte mich vor die Wahl. Entweder ganz oder gar nicht. Ich hatte jedoch schon immer Schwierigkeiten, wenn ich mich für etwas entscheiden musste. Außerdem fühlte ich mich in diesem Moment wie mit dem Rücken an die Wand gestellt. So schlug ich eine dritte Variante vor: Wir könnten es so lassen, wie es bisher war. Ich fühlte mich nämlich sehr wohl in der Beziehungsstufe, in der wir uns gerade befanden. Wir hatten zwar beide unsere eigene Wohnung, verbrachten aber so gut wie jeden Tag gemeinsam. Trotzdem habe ich die Tage genossen, die ich ganz für mich in meiner Wohnung hatte. Ich war einfach ab und zu gerne für mich alleine. Als Lukas dann klipp und klar sagte, dass die Beziehung damit für ihn beendet wäre, war ich diejenige, die geschockt war.

Plötzlich bekam ich Panik, ihn wirklich zu verlieren, denn das wollte ich ganz und gar nicht. Ich war einfach nur noch nicht so weit, mit ihm eine Familie zu gründen, auch wenn meine biologische Uhr angeblich bereits schon längere Zeit laut tickte.

Wie eine Ertrinkende klammerte ich mich an seine Beine, als ich merkte, dass es ihm ernst war und er Anstalten machte, meine Wohnung zu verlassen. Und dann platzte es aus mir heraus: »Wenn du jetzt gehst, dann hat das Leben keinen Sinn mehr für mich. Ich will, und ich kann ohne dich nicht leben.«

Lukas einziger Kommentar dazu war: »Aber mit mir kannst du es ja offensichtlich auch nicht.« Und dann war er weg.

Ob er nun ein schlechtes Gewissen hat, weil er denkt, ich wollte mir wirklich das Leben nehmen? Einen kurzen Moment sonne ich mich in dem Gedanken, dass er deswegen vielleicht Schuldgefühle haben könnte. Aber schon einen Moment später fühle ich mich selbst schlecht dabei. Ich möchte nicht, dass irgendjemand denkt, ich hätte das mit Absicht getan, schon gar nicht Lukas – und am allerwenigsten wegen Lukas. Aber der geht mit Sicherheit davon aus, dass ich wieder aufwache. Er ist der Meinung, dass man alles schaffen kann, wenn man es wirklich will. Er kann ja nicht wissen, dass ein wesentlicher Teil von mir, und das ist nun mal meine Seele, längst nicht mehr in meinem Körper steckt, der da unten im Koma liegt.

»Vielleicht werde ich ja doch einfach wieder zurück

auf die Erde geschickt?«, frage ich in einem Anflug von Sehnsucht nach meinem eigentlich doch ganz schönen Leben.

Bedauernd schüttelt Ruby den Kopf. »Laut Himmelsprotokoll ist deine Zeit abgelaufen. Da gibt es nichts dran zu rütteln, keine Chance.«

»Und wenn das Protokoll falsch ist? Ich meine, vielleicht liegt der Fehler ja darin, dass meine Seele hier oben ist und mein Körper hingegen unten noch lebt. Verstehst du, was ich meine?«

Erschrocken reißt Ruby seine Augen auf. »Nein, das wäre doch, das hieße ja … Das ist eigentlich … irgendwie unmöglich. Im Himmel passieren keine Fehler.«

So ganz überzeugen kann mich seine Antwort allerdings nicht. Deswegen würde ich auch gerne noch etwas weiter darüber diskutieren, doch das geht leider nicht, denn in diesem Moment schwingt die weiße Doppeltür vor uns auf. Nur noch wenige Augenblicke, dann werde ich den Himmelsboss, wie er hier allgemein genannt wird, kennenlernen. Jetzt bin auch ich aufgeregt.

»Muss ich irgendwas beachten?«, flüstere ich. »Ich meine, darf ich ihn ansehen? Es heißt doch eigentlich, man soll sich kein Bild von ihm machen, oder?«

»Das Bild ist sowieso schon in dir. Du siehst ihn also so, wie du ihn dir immer vorgestellt hast. Das ist überhaupt kein Problem.«

Ich habe aber kein Bild vor Augen, denke ich noch, als wir plötzlich vor einer weißen Treppe stehen, die wie aus dem Nichts hinter der geöffneten Tür aufgetaucht ist.

Sie führt geradewegs in die Wolken. Mutig will ich einen Schritt auf die erste Stufe setzen, doch Ruby hält mich zurück.

»Warte«, flüstert er ehrfürchtig und lenkt den Blick erwartungsvoll nach oben. Ich folge ihm und sehe einen schlanken Mann mittleren Alters, der im weißen Anzug auf dem höchsten Treppenabsatz steht.

Neugierig starre ich ihn an. Seine linke Hand steckt lässig in der Hosentasche, mit der rechten kratzt er seinen weißen Dreitagebart, der sich gut von seinem braungebrannten Gesicht abhebt. Dann kommt er uns lächelnd – für meinen Geschmack etwas zu süffisant – Stufe für Stufe entgegen.

Das soll der Himmelsboss sein? Der Kerl sieht aus wie eine Kopie von John Malkovich aus dem Nespresso-Werbespot, den ich so gerne sehe. Das ist der Hammer!

Ich arbeite als Texterin in einer Werbeagentur, die in erster Linie Werbespots und Videoclips produziert. Und jetzt scheint es so, als sei ich selbst Teil eines Films geworden. Verstohlen suche ich nach einer versteckten Kamera, kann aber keine entdecken. Mein Beruf scheint mich doch tatsächlich bis in den Himmel zu verfolgen …

Mein Name ist übrigens Mia Moosberger. Letzten Monat bin ich neunundzwanzig Jahre alt geworden, und völlig unerwartet ist heute ein wesentlicher Teil von mir gestorben. Wäre ich George Clooney, hätte ich jetzt sicherlich eine Kaffeemaschine bei mir, die ich gegen etwas mehr Zeit auf der Erde tauschen könnte. Ich aber habe einen sehr blassen, zitternden und völlig überforderten

Begleitengel im Schlepptau, der mal wieder gleich umzukippen scheint.

»Und?« Der Himmelsboss schaut uns abwartend an. Ich finde ja, er hätte uns wenigstens begrüßen können. Aber er steht einfach nur ein paar Stufen höher und lächelt selbstgefällig in seinen stoppeligen Bart hinein.

Ruby scheint das gar nicht weiter zu stören. Oder er bekommt es gar nicht mit, weil er viel zu aufgeregt ist. »Tja, nun, das war so … Ich wollte Mia gerade erklären, dass … und da ist sie … Wir wussten ja nicht …«, stottert er.

»Guten Tag«, springe ich ein und strecke dem Himmelsboss brav meine Hand entgegen, so wie ich das von meinen Eltern gelernt habe. Er grinst und ergreift sie. Sofort strömen Unmengen von Sonnenstrahlen durch meinen Körper, und ich muss unwillkürlich an meine Mutter denken. So ähnlich hat sie sich wohl gefühlt, als sie mich kurz nach der Geburt zum ersten Mal in ihren Armen hielt. Sie habe eine intensive Wärme gespürt, ganz so, als sei die Sonne in ihr aufgegangen. Sie hat mir oft von diesem Moment erzählt, besonders, wenn ich traurig war. Dann sah sie mich mit diesem besonderen Blick an und nannte mich ihre kleine Sonne.

Als der Himmelsboss nach einer gefühlten Ewigkeit meine Hand loslässt, brauche ich einen Moment, um mich zu sammeln. »Also … ähm … ich bin ja dummerweise aus Versehen zu früh aus meinem Körper geschlüpft. Und Ruby hat mich freundlicherweise hier hochbegleitet. Das Einfachste wäre wohl, Sie schicken mich wieder zurück auf die Erde. Und wenn ich dann aus dem Koma aufwache, denke ich sicher, dass das alles nur ein verrückter Traum gewesen ist.«

Hoffnungsvoll warte ich auf Antwort, doch der Mann im weißen Anzug schweigt mit krauser Stirn. Dabei reibt er sich nachdenklich das Kinn. Dann wendet er seinen Blick Ruby zu.

»Und?«, fragt er noch einmal – und ich finde, dass sein Lächeln gar nicht mehr überheblich, sondern viel eher sehr charmant wirkt.

Mein Begleitengel hat mittlerweile wieder eine normale Gesichtsfarbe bekommen. Dass er immer noch sehr aufgeregt ist, kann man jedoch gut an den kleinen Schweißperlen auf seiner Stirn erkennen. Bedauernd schüttelt Ruby den Kopf, dann seufzt er tief. Das Schweigen, das nun zwischen den beiden herrscht, macht mich echt nervös. Und dass mein Begleitengel mittlerweile im Takt mit seinen Füßen wippt, macht die Sache noch schlimmer. Aber immerhin ergreift er wieder das Wort.

»Können wir nicht mit dem Türsteher reden? Vielleicht macht er eine Ausnahme?«, versucht es Ruby.

»Arnold hat strikte Anweisungen, da ist nichts zu machen. Sie wird wohl auf Ebene zwei bleiben müssen, bis es so weit ist. Und da du die ganze Sache verbockt hast, wirst du dich auch persönlich um sie kümmern.«

»Ich? Aber …«

Das reicht. Ich bin ein sehr friedliebender, harmoniebedürftiger Mensch, mit dem man sich schlecht streiten kann. Aber langsam spüre ich, wie sich die Wut in mir ihren Weg nach draußen bahnt, da hilft auch keine Atemtechnik mehr. Schließlich kann ich nichts dafür, dass ich mich in dieser eigenartigen Situation befinde. Von der kleinen Tatsache mal ganz abgesehen, dass ich selbst daran schuld bin, weil ich einfach nicht genug aufgepasst habe und keinen Helm trug.

»Hallo?«, mache ich mich bemerkbar und winke den beiden provokativ zu. »Kann mir mal jemand erzählen, was das alles bedeutet? Wo soll ich bleiben? Wer ist Arnold? Und was zum Teufel heißt *wenn es so weit ist*?« Kurz darauf rutscht mir ein lautes Autsch heraus. Ruby hat mich doch tatsächlich getreten! Okay, vielleicht hätte ich mir das mit dem Teufel besser verkneifen sollen. Was, wenn der Himmelsboss mir das übelnimmt?

Zerknirscht blicke ich zu ihm hoch. Er schmunzelt. »Mia, du befindest dich gerade im Zwischenhimmel«, erklärt er mir, »sozusagen der Station zwischen deinem persönlichen Himmel und der Erde. Da dein Körper noch lebt, kannst du nicht in den Himmel einreisen. Aber zurück kann ich dich leider auch nicht schicken. Deswegen muss deine Seele so lange hier auf Ebene zwei warten, bis deine Hülle stirbt.«

»Ich werde also wirklich sterben? Wann denn?«, möchte ich wissen und bin dabei erstaunlich gefasst. Komisch, irgendwie habe ich überhaupt nicht das Gefühl, dass es hier gerade um mich geht. Immerhin reden wir über meinen Tod! Da sollte ich doch in Panik verfallen, traurig sein oder wenigstens Angst bekommen. Aber mir geht es gut, ich bleibe ganz ruhig und zuversichtlich.

»In drei Wochen. Solange kann die Hülle beziehungsweise dein bewusstloser Körper ohne Seele überleben.«

»Oh, dann ist es ja gut, dass ich letzten Monat noch einen Organspendeausweis ausgefüllt habe. Fast so, als hätte ich es geahnt ...«

Ich versuche, immer alles positiv zu sehen. Wenn ich schon sterben muss, dann kann ich wenigstens noch einer anderen Person helfen und ihr ein lebenswichtiges Organ vermachen, dann hat mein Tod einen Sinn gehabt.

Bisher habe ich ehrlich gesagt nicht daran geglaubt, dass es einen Himmel gibt, von einem lieben Gott ganz zu schweigen. Aber ich stehe ja nun tatsächlich vor ihm, auch wenn ich immer noch nicht einsehe, dass seine Erscheinung dem Bild entsprechen soll, das ich mir immer von ihm gemacht habe. Sein Auftritt ist nämlich ganz schön schräg!

»Und jetzt?«, frage ich neugierig. »Ich meine, was machen wir denn nun die ganze Zeit?«

2 Solche Leute wie dich können wir gut gebrauchen

»Damit hast du ihn ganz schön beeindruckt«, sagt Ruby.

»Womit?«

»Na, mit dieser Organspende-Nummer.«

»Ach so, das meinst du. Ja, das ist aber auch wirklich ein komischer Zufall. Der Freund meiner Arbeitskollegin Lea hat Probleme mit seiner Niere. Er muss ständig zur Dialyse und wartet auf einen passenden Spender. Und nachdem Lea mir das erzählt hat, habe ich gleich den Ausweis ausgefüllt. Den kann man ganz einfach im Internet runterladen.«

»Wow!« Mit großen Augen sieht Ruby mich an. »Du meinst das tatsächlich ernst?«

»Klar! Ist doch eine gute Sache.«

»Natürlich. Ich war nur etwas überrascht. Die meisten Menschen versuchen nämlich erst mal zu verhandeln, wenn sie hier oben ankommen. Sie wollen unbedingt zurück in ihr irdisches Leben. Und das, obwohl die Körper sozusagen mausetot sind. Dein Körper lebt, aber du denkst trotzdem zuerst an andere. Kein Wunder, dass der Boss dich hierhaben will. Solche Leute wie dich können wir gut gebrauchen. Bestimmt hat er was Besonderes mit dir vor.«

»Hm«, mache ich, weil mir nichts Besseres dazu einfällt und laufe schweigend neben Ruby her. Und dann kommt mir ein Gedanke, der mir gar nicht gefällt. Immerhin hatte ich den Fahrradhelm noch kurz in der Hand, bevor ich letztlich ohne losfuhr. Und es war nicht nur die Eitelkeit, die mich davon abhielt, ihn tatsächlich aufzusetzen. Irgendwo tief in mir fühlte ich diesen Wunsch, mir nie wieder Gedanken machen zu müssen, wie es nun weitergehen soll, keine Sorgen mehr haben zu müssen.

Unsere Schritte klingen ganz weich auf dem Boden, der aussieht wie edler Marmor, aber trotzdem sehr elastisch ist. Ganz plötzlich sehne ich mich nach ein wenig Einsamkeit, um das alles erst einmal sacken zu lassen.

Sollte ich meinen Tod etwa provoziert haben? Schließlich bin ich viel zu schnell gefahren … Aber ich wollte doch nur, dass der Wind mir den Kopf frei pustet, und ganz bestimmt lag mir fern, mit meinem Schädel gegen eine Bordsteinkante zu knallen!

Ich atme tief durch und bleibe stehen. Suchend schaue ich mich um. Weit und breit ist nichts und niemand zu sehen. Der komische weiße Fußboden erstreckt sich endlos in die Ferne, so wie das Meer. Aber das ist leider unten, auf der Erde, und so wie es aussieht, werde ich es nie wieder zu Gesicht bekommen. Es sei denn …

»Sag mal«, taste ich mich taktisch klug vor, »wie wird man eigentlich Begleitengel?«

Ruby scheint in seine Gedanken versunken. Er hat gar nicht bemerkt, dass ich ihm nicht gefolgt bin. Überrascht dreht er sich nach mir um. Meine Frage scheint er jedoch sofort durchschaut zu haben.

»Hast du Heimweh und willst der Erde einen Besuch abstatten? Das geht vorbei, wenn du erst einmal in deinem persönlichen Himmel bist. Da ist alles sehr schön, ehrlich!«

»Nein. Ja. Ein bisschen. Aber du hast meine Frage nicht beantwortet.«

»Das entscheidet der Himmelsboss. Aber frag mich nicht, nach welchen Kriterien er auswählt. Ich hab mich in meinem Himmel nämlich ganz wohl gefühlt. Außerdem kann man sich als Engel sowieso nicht frei auf der Erde bewegen. Als Begleitengel bist du zum Beispiel nur zum Zeitpunkt des Todes unten. Und das meistens im Krankenhaus oder in einem Altenheim.«

Krankenhäuser? Die mochte ich noch nie. Da klingt die Sache mit dem persönlichen Himmel doch um einiges besser. Und den sollte Ruby mir mal genauer erklären, denn so, wie sich das für mich anhört, bekommt hier oben jeder seinen eigenen Himmel. Und über den würde ich mir gerne vorher Gedanken machen, damit ich mich darauf einstellen kann. Gerade möchte ich nachhaken, da erzählt Ruby schon weiter.

»Als Schutzengel«, berichtet er, »kannst du Glück haben und jemanden erwischen, der viel in der Welt unterwegs ist. Aber dafür musst du eine Ausbildung absolvieren, die wirklich hart ist. Und der Job später ist auch nicht einfach. Hans-Georg ist zum Beispiel gerade ziemlich fertig, weil er dir leider nicht helfen konnte.«

»Wer?«

»Hans-Georg, dein Schutzengel.«

Ich hatte einen Schutzengel namens Hans-Georg? Ist ja toll! Ob ich auch sein erster Auftrag war? Der eine Engel hat anscheinend nicht richtig auf mich aufgepasst und der andere hat meinen Körper unten vergessen. Da habe ich wohl enorm Glück gehabt mit meinen himmlischen Aufpassern! Gerade als ich mich lautstark darüber aufregen will, stellt Ruby fest: »Wir sind übrigens gleich da. Schau mal, da ist Arnold.«

Neugierig drehe ich mich in die Richtung, in die Ruby zeigt. Wir sind keinen Schritt weitergegangen, aber etwa hundert Meter links von uns befindet sich plötzlich eine große Tür. Sie steht mitten im Weg, einfach so. Daneben sitzt ein großer Kerl auf einem Stuhl. Er trägt einen schwarzen Anzug, was einen krassen Kontrast zu dem vielen Weiß um uns herum bildet. Seine Arme hat er vor der Brust verschränkt. Als er uns sieht, schaut er kurz auf und winkt uns zu.

»Komm«, Ruby greift meine Hand und zieht mich mit zu Arnold. Nur wenige Sekunden später stehe ich mit offenem Mund vor dem Türsteher, der mir doch bekannt vorkommt.

»Hallo Ruby, hallo Mia, hab schon von der Sache gehört«, begrüßt er uns und steht auf. Dann klopft er Ruby kräftig auf die Schulter und bemerkt mitfühlend: »Kopf hoch, wird schon wieder! Den Passierschein für den Nebenhimmel habe ich euch gerade ausgestellt.« Gleich darauf öffnet sich die Tür. Beim Durchgehen drehe ich mich noch einmal um – ich kann immer noch nicht glauben, an wem ich da gerade vorbeigegangen bin.

»Ich wusste gar nicht, dass Schwarzenegger auch schon hier ist«, flüstere ich verblüfft.

Ruby lacht. »Das ist ein Via, ein *very important angel*, also nicht der echte Schwarzenegger«, erklärt er. »Engel mit besonderen Aufgaben dürfen sich ihr Äußeres selbst aussuchen.«

Überrascht schaue ich Ruby an und mustere ihn von oben bis unten. »Ach so, deswegen siehst du aus wie Dirk Bach? Ich meine, hättest du dir nicht …« Ich spreche den Satz nicht zu Ende, denn ich möchte Ruby ja nicht verletzen. Es wundert mich nur, dass er sich ausgerechnet diese Hülle ausgesucht hat, wo es doch so viele andere wirklich schöne und vor allem attraktivere Alternativen gäbe.

»Hätte ich, das kannst du mir glauben. Aber als Begleitengel bekommst du die Hülle zugewiesen, die dein Schützling dir aussucht. Mein Äußeres soll ja vertrauenerweckend wirken und nicht erschrecken. Wenn ich also jetzt aussehe wie Dirk Bach, dann ist das ausschließlich *dein* Werk.«

»Nie im Leben! Das kann unmöglich sein. In meiner Vorstellung sind Engel nicht klein und dick. Und sie tragen auch keine Hawaiihemden. Meine Engel haben lange blonde Locken und Flügel, stecken in weißen Kleidern und über ihnen schwebt ein glitzernder Heiligenschein«, versuche ich mich zu verteidigen.

»Nie im Leben, eben!«, entgegnet Ruby. »Dann wäre ich ja jetzt ein Weihnachtsengel.«

»Ich verstehe nicht ganz …«

»Na ja, wie du gerade schon so treffend gesagt hast: Im Leben hattest du vielleicht solch eine oberflächliche Vorstellung von Engeln. Mein Aussehen habe ich aber deinen inneren, himmlischen Bildern zu verdanken. Deine Zeit auf der Erde ist nämlich vorbei. Du bist ja nun mehr oder weniger gestorben.«

Dafür, dass Ruby noch vor ein paar Stunden erbärmlich in meiner Anwesenheit geheult hat, weil ich sterben sollte, geht er nun erstaunlich fröhlich und gelassen mit meinem Tod um. Es scheint ihn gar nicht mehr großartig zu interessieren, dass ich vor Kurzem noch quicklebendig war. Im Gegenteil, er scheint sich prächtig über seinen eigenen Wortwitz zu amüsieren. Ganz plötzlich verspüre ich das Bedürfnis, ihm gegen das Schienbein zu treten oder ihn wenigstens ein bisschen zu schubsen, aber stattdessen werfe ich ihm einfach nur einen eiskalten Blick zu. Den scheint er allerdings gar nicht zu bemerken. Gut gelaunt fährt er fort: »Bei den Schutzengeln ist das übrigens auch anders. Die dürfen sich ihre Hülle selbst zusammenstellen, solange sie dabei nicht aussehen wie ein Promi. Das dürfen nur die Vias. Stell dir doch mal vor, jeder könnte so aussehen, wie er wollte. Dann würde es hier oben vor George Clooneys und Orlando Blooms nur so wimmeln.«

Also, ich hätte mich ja gefreut, wenn George Clooney mich in den Himmel begleitet hätte. Schade, dass ich nicht vorher gewusst habe, dass ich die Hülle meines Begleitengels sozusagen mitbestimmen kann. Aber das sage ich jetzt lieber nicht. Ich wurde nämlich mit so etwas wie Feingefühl gesegnet! Außerdem ist mein kleiner dicker Begleitengel auf seine Art auch irgendwie schön. Besonders, wenn er lächelt, so wie gerade eben. Das hilft mir ein bisschen über die Tatsache hinweg, dass mein Leben auf der Erde wirklich vorbei zu sein scheint, wie Ruby gerade so schön taktlos bemerkt hat.

»Ich finde es toll, dass du jetzt drei Wochen bei mir wohnst«, freut Ruby sich weiter. Als der Boss gesagt hat, ich müsse auf dich aufpassen, befürchtete ich schon, wir müssten die drei Wochen im Zwischenhimmel verbringen. Dass du mit zu mir kommen darfst, finde ich aber sehr schön. Das erinnert mich ein wenig an alte Studentenzeiten und die WG, in der ich damals gelebt habe. Hier, wir sind übrigens schon da.«

3 Eine Sky-Mail vom Himmelsboss

Ein Himmel ohne Kaffee wäre für mich die Hölle. Ich bin wirklich sehr froh darüber, dass vor mir nun ein großes Glas Latte macchiato steht, gekrönt von einem leckeren Karamelltopping. Genüsslich tunke ich die kleinen Amarettinis, die Ruby mir dazu angeboten hat, in den süßen Schaum und lasse sie langsam auf der Zunge zergehen. Himmlisch!

Ruby ist ganz in seinem Element. Er erzählt, ich höre zu. Langsam beginne ich die Himmelsstruktur hier oben zu verstehen.

Ebene eins
Da waren wir vorhin. Das ist der Zwischenhimmel, sozusagen die Wartestation, zu der der Begleitengel seinen Schützling bringt. Dort wird entschieden, wo die Seele sich in Zukunft aufhalten wird. Nicht jede landet zuvor allerdings vor dem Himmelsboss. Ich habe sozusagen Glück im Unglück gehabt, weil ich ihn tatsächlich kennenlernen durfte.

Ebene zwei

Die zweite Ebene wird unterteilt in den Nebenhimmel und den Versuchshimmel. Im Nebenhimmel halten sich die Begleitengel und die Schutzengel auf – und zurzeit auch ich. Der Versuchshimmel bleibt den Wackelkandidaten vorbehalten. Das sind die Menschen, die unten irgendwas angestellt haben. Sie bekommen hier noch einmal eine Chance und dürfen nach einer gewissen Zeit in Ebene drei einreisen. Es gibt auch eine ganze Menge Menschen, die schon seit Ewigkeiten im Versuchshimmel feststecken.

Ebene drei

Das ist der endgültige Himmel. Und der ist in unzählige persönliche Himmel aufgeteilt. Wie viele das sind, weiß Ruby nicht, weil er die genaue Anzahl der Menschen nicht kennt, die hier eingetroffen sind.

Eine Hölle gibt es übrigens nicht. Dafür gibt es ja den Versuchshimmel.

Hier im Nebenhimmel sieht es auf jeden Fall fast so aus wie auf der Erde. Ruby wohnt in einem schicken Haus mit gepflegtem Vorgarten. Die Blumen blühen in den gleichen Farben wie unten, das Gras ist genauso grün. Der einzige Unterschied ist die Farbe des Himmels. An das milchige Weiß werde ich mich wahrscheinlich nie gewöhnen. Außerdem haben wir eigentlich gerade Herbst. Deswegen bin ich ja auch mit dem Fahrrad auf dem nassen Laub ins Rutschen gekommen.

Im Nebenhimmel gibt es keine Jahreszeiten, hier herrschen immer die gleichen Wetterbedingungen: zwanzig Grad bei angenehmer Luftfeuchtigkeit.

Neugierig sehe ich mich in Rubys Küche um. Sie ist mit einer Menge Hightechmaschinen ausgestattet. Neben einem sündhaft teuren Kaffeeautomaten tummeln sich eine quietschgrüne Kitchen Aid, ein Brotbackautomat, eine Brotschneidemaschine und ein weiteres Gerät auf der Küchenplatte, das ich vorher noch nie gesehen habe. Damit soll man angeblich fast alles zubereiten können, von Eis bis Suppe. Am meisten aber beeindrucken mich der Dampfgarer und die Herdinsel inmitten der Küche. Da ich leidenschaftlich gerne koche und esse, beruhigt mich Rubys Maschinenpark irgendwie. Aber vorsichtshalber frage ich doch lieber nach.

»Wir können hier also kochen und essen? So richtig mit echten Lebensmitteln?«

»Ja, allerdings nur vegetarisch.«

»Ach, das ist ja schade!«, rutscht es mir heraus. Und dann füge ich schnell hinzu: »Na ja, wenigstens etwas. Ist ja eigentlich auch logisch.«

»Soll ich dir den Rest des Hauses zeigen? Du kannst ins Gästezimmer einziehen.«

»Gerne«, sage ich und freue mich über Rubys strahlendes Gesicht. Besuch gefällt ihm, das ist nicht zu übersehen.

»Wie süß! Wer ist das denn?« Über der lilafarbenen Plüschcouch im Wohnzimmer hängt ein überdimensional großes Foto in einem kitschig verschnörkelten Rahmen.

Darauf ist ein dicker, faltiger Hund mit kurzen Beinen abgelichtet, der uns mit treuen braunen Augen anschaut.

»Das ist doch ein Mops, oder? Einer, der beim Atmen so röchelt?«

»Ja, das ist Percy. Und er atmet tatsächlich etwas schwer. Aber davon mal abgesehen, ist er der freundlichste und anhänglichste Hund der Welt. Gemütlich und durch nichts aus der Ruhe zu bringen.«

Verstohlen mustere ich Ruby von der Seite. Wie sagt man so schön? Wie der Hund, so das Herrchen. Aber Ruby hat sich seine Hülle ja nicht selbst ausgesucht ... Wie er wohl vorher ausgesehen hat?

»Hast du vielleicht auch ein Foto von dir? Ich meine, ein altes«, erkundige ich mich neugierig.

»Nein, leider nicht.«

»Und was ist das?«, frage ich, als ich mich im riesigen Wohnzimmer umsehe, das der Küche ziemlich ähnelt, zumindest was die exklusiven Geräte angeht. An der Wand hängt nämlich ein riesiger Flachbildschirm. Und daneben steht ein ganz eigenartiges Gebilde, eindeutig himmlischer Natur. Zumindest habe ich auf der Erde so etwas noch nie gesehen.

»Das ist meine Hyperduperspecial-Alien-DVD-Box. Davon gibt es nur viertausendfünfhundert Exemplare. Schau mal, hier im Sockel befinden sich die DVDs. Darauf thront das Ei, aus dem die ekligen Weltallbewohner schlüpfen. Aber das Beste an der Sache ist: Das Ei ist beleuchtet!«

Und schwupps drückt Ruby auf den Knopf einer Fernbedienung, die automatisch die Rollos runterfahren lässt. Augenblicklich ist es dunkel im Raum, aber nicht lange, denn Ruby betätigt ein weiteres Knöpfchen, und ich stehe staunend vor einem beleuchteten Alien-Ei, das irgendwie so gar nicht mehr himmlisch wirkt.

»Großartig, nicht?«

»Cool«, antworte ich, wobei ich noch nicht einmal lüge. »Wo hast du das denn her?«

»Das hat meine Frau mir zu meinem letzten Geburtstag geschenkt. Okay, ich geb ja zu, das ist irgendwie echt nerdy, aber man soll ja zu seinen Leidenschaften stehen, auch wenn man dafür manchmal komische Blicke von seinen Mitmenschen beziehungsweise Mitengeln erntet.«

»Du warst verheiratet? Mit einer Frau?« Das überrascht mich. Irgendwie bin ich automatisch davon ausgegangen, Ruby sei schwul.

»Ja, mit der besten Frau der Welt. Sie heißt Carola, aber ich nenne sie Mopsi. Durch die Bürotätigkeit in der Agentur hat sie mit den Jahren einen dicken Hintern bekommen. Hat sie selbst immer gesagt. Sie ist nämlich herrlich selbstironisch.«

Rubys Caro muss wirklich einen ausgeprägten Sinn für Humor haben. Wenn Lukas mich auch nur ein einziges Mal Mopsi genannt hätte, hätte ich wahrscheinlich den Rest meines Lebens kein Wort mehr mit ihm gesprochen. Schon gar nicht, wenn wir auch noch einen Mops gehabt hätten, dessen Anblick mich stets an meinen tierischen Kosenamen erinnert hätte.

»Was denn für eine Agentur?«, frage ich.

»Eine Werbeagentur, AdWork24/7. Wir haben dort beide gearbeitet. Na ja, und ich hab ja jetzt einen anderen Job.«

Das ist ja ein Ding! Von dem Laden habe ich schon mal gehört. Er ist in Köln, hat schon so manchen Preis abgesahnt. Da arbeiten nur wirklich kreative Leute. Ob Ruby weiß, dass ich bis gestern auch in einer Agentur gearbeitet habe?

Ich hätte es ihm nicht sagen sollen, denn schon sitzen wir nebeneinander auf der Plüschcouch und sind vertieft in ein Fachgespräch über Headlines, Kampagnen und irgendwelche Briefings. Ruby lässt sich minutenlang darüber aus, wie wenig kreativ die meisten seiner Kunden gewesen seien. Ich hingegen überlege, wie ich aus der Nummer schnellstmöglich wieder rauskomme, da ich insgeheim froh darüber bin, keinen Fuß mehr in die Agentur setzen zu müssen.

Die letzte Zeit hatte ich arge Probleme mit meinem Chef. Ich glaube, ich war einfach nicht nett genug zu ihm. Hätte ich ihn ein wenig mehr angehimmelt, wäre es bestimmt einfacher für mich gewesen. Egal, was ich gemacht habe, meine Arbeit war in seinen Augen nie gut genug. Ganz egal, wie viele Überstunden ich gemacht habe, es hätten immer noch ein paar mehr sein müssen. Ständig hatte er irgendetwas an mir auszusetzen. Aber das Schlimmste an der Sache war, dass er regelmäßig meine Ideen als seine ausgegeben hat. Natürlich hat er sie ganz geschickt geändert, aber mir ist es trotzdem aufgefallen.

Beweisen konnte ich es nicht, weswegen ich auch nie was gesagt habe. Und ehrlich gesagt hatte ich auch einfach nicht den Mut, ihn darauf anzusprechen. Konflikten bin ich immer lieber aus dem Weg gegangen, besonders wenn sie beruflicher Natur waren. Jetzt ärgere ich mich natürlich! Besonders bei dem Gedanken, dass er vielleicht gerade just in diesem Moment an meinem Schreibtisch zugange ist, weil er erfahren hat, dass ich heute nicht zur Arbeit kommen werde. Und daran möchte ich momentan überhaupt nicht denken …

Da fragt Ruby auch schon: »Was ist denn los, Mia? Du bist so still. Erzähl doch mal. Woran hast du gerade gearbeitet? Ich meine, bevor du … du weißt schon.«

Gerade will ich antworten, da piept zum Glück irgendwo ein Handy. Zumindest hört es sich so an, als hätte Ruby gerade eine SMS bekommen. Und warum eigentlich nicht? Schließlich gibt es auch Latte macchiato und Flachbildschirme im Himmel.

»Eine Sky-Mail vom Himmelsboss«, teilt mir mein pausbackiger Begleitengel auch prompt mit. »Ich schau mal schnell nach, was er will. Das MacBook steht drüben im Arbeitszimmer. Bin gleich zurück.«

Eine Sky-Mail? Auf einem MacBook? Und Ruby wird darüber per SMS auf seinem Handy informiert? Ist das alles nicht nur ein schlechter Traum, in dem ich aus irgendeinem Grund die Hauptrolle spiele?

Schnell suche ich nach der Fernbedienung, mit der Ruby vorhin den Raum abgedunkelt hat, und drücke den erstbesten Knopf. Ich habe Glück, die Rollos surren geräuschlos nach oben. Etwas wacklig auf den Beinen gehe ich zum Fenster. Wenn der Himmel jetzt blau ist, dann wird alles gut, denke ich und werfe einen Blick nach draußen. Aber er ist genauso blass wie Ruby, der schon kurz darauf wieder im Türrahmen steht.

»Was ist los?«, frage ich besorgt. »Hast du wieder einen Einsatz, weil jemand gestorben ist?« Doch Ruby gibt mir keine Antwort. Er dreht sich einfach um und verschwindet in der Küche. Als er wieder zurückkommt, hat er zwei Sektgläser und eine Flasche Prosecco in der Hand.

»Liebelein«, sagt er feierlich und lässt sich theatralisch auf die Couch sinken. Dann öffnet er gekonnt die Flasche, füllt die Gläser und fordert mich auf, einen Schluck zu trinken. Dabei sieht er mir tief in die Augen und erklärt mit ergriffener Stimme: »Das war eine gute Nachricht vom Himmelsboss. Wir dürfen für drei Wochen zurück auf die Erde. Wir beide *zusammen*!«

4 Ich fühle mich doch noch so verdammt lebendig!

Ich bin müde, und mir ist kalt, weil ich meine Jacke in Rubys Haus vergessen habe. Außerdem habe ich einen Kater. Ich hätte gestern den Rotwein nach dem dritten Glas Prosecco nicht mehr trinken dürfen. Ich weiß doch, dass ich diese Kombination überhaupt nicht gut vertrage.

»Echt, dass man sich in meinem Zustand so dermaßen schlecht fühlen kann, hätte ich nie gedacht«, jammere ich.

»Das liegt daran, dass du nicht mehr im Himmel bist. Du bist zurück auf der Erde! Normalerweise dürftest du als Seele gar keine negativen Empfindungen haben. Aber weil dein Körper noch lebt, fühlst du bestimmte Dinge noch. Hier unten anscheinend mehr als oben. Letztendlich ist es aber eine Sache der inneren Einstellung. Du kannst nämlich alles selbst bestimmen, auch dein Befinden. Du musst keinen Hunger haben und nichts essen. Du musst auch nichts trinken, wenn du nicht möchtest. Und wenn du jetzt einen Kater hast, dann nur, weil *du* ihn willst. Du entscheidest, ob du dich schlecht fühlst. Musst du aber nicht! Wie gesagt, es liegt einzig und allein an dir.«

Schlauberger, denke ich und schaue genervt auf die blöde Straße, auf der ich gestern mit dem Fahrrad ins

Rutschen gekommen bin. Und das ausgerechnet in dem Moment, in dem der Bus neben mir fuhr.

Ich bin noch nicht mal dreißig Jahre alt und war, von den üblichen Kinder- und Erkältungskrankheiten abgesehen, immer kerngesund. Ich habe nicht geraucht, war dreimal die Woche joggen und einmal beim Yoga, bin pünktlich zu Vorsorgeuntersuchungen gegangen, habe mich einigermaßen gesund ernährt und darauf geachtet, dass ich jeden Tag mindestens zwei Liter stilles Wasser trinke. Und dann sterbe ich, weil ich vom Fahrrad falle! Ich wollte noch nicht sterben, auch wenn ich vielleicht im Affekt einen kurzen Moment darüber nachgedacht habe. Es ist also mein gutes Recht, dass ich mich jetzt schlecht fühle. Das alles will ich Ruby gerade erklären, als eine junge Frau mit einem Kinderwagen geradewegs auf mich zukommt. Schnell trete ich einen Schritt zur Seite. Nicht dass sie mit mir zusammenstößt oder gar durch mich durchfährt! Das fände ich nämlich überhaupt nicht lustig.

»Pass auf!«, zische ich Ruby warnend zu. Aber der reagiert gar nicht, ganz im Gegenteil zu der Frau. Die bleibt plötzlich stehen, beugt sich über ihr Kind und steckt ihm mit liebevoller Geste den Schnuller in den Mund. Dann schäkert sie noch ein wenig mit ihrem Sprössling rum, lächelt und setzt ihren Weg fort. Dabei macht sie einen kleinen Schlenker um Ruby herum, so als könne sie ihn sehen. Verblüfft schaue ich der Frau nach. Ob sie das Hindernis instinktiv gefühlt hat? Sehen konnte sie Ruby ja nicht.

»Liebelein, die gehen nicht durch dich durch, wenn *du*

es nicht willst. Nur, wenn es gar nicht anders geht«, erklärt mein Begleitengel und zeigt auf den Jogger, der in diesem Moment auf unserer Seite zügig die Straße entlanggelaufen kommt. »Probier es doch mal aus.«

Eigentlich habe ich auf solche Experimente überhaupt keine Lust. Die Begehung des Unfallortes macht mir nämlich doch ganz schön zu schaffen. Am liebsten würde ich schleunigst wieder von hier verschwinden, aber anderenteils bin ich auch ein bisschen neugierig, wie sich die Konfrontation mit einem Menschenbürger auswirken würde.

Also vergrabe ich meine Hände tief in den Hosentaschen und fixiere den herannahenden Mann. Aber als er fast bei mir ist, wird mir doch ein wenig mulmig zumute, und ich schließe schnell die Augen.

Nach ein paar Sekunden öffne ich sie wieder und sehe, wie er scheinbar ohne Grund die Straßenseite gewechselt hat.

»O-kay«, sage ich, wobei ich die Silben in die Länge ziehe. Und dann füge ich noch ein gelangweiltes »Und jetzt?« hinzu.

Forschend sieht Ruby mich an. Dann kommt er auf mich zu und nimmt mich in seine Arme. Dass sein Kopf dabei fast in meiner Halsbeuge liegt, weil ich gut zehn Zentimeter größer bin, stört mich nicht. Augenblicklich laufen meine Tränen.

Als Ruby mir gestern gesagt hat, dass wir zurück auf die Erde dürfen, habe ich mich wirklich gefreut. Irgendwie fand ich den Gedanken hinreißend, als Geist durch die Gegend zu spuken und heimlich Leute zu beobachten.

Außerdem hat Ruby mich mit seiner Begeisterung angesteckt. Er war komplett aus dem Häuschen. Also haben wir ordentlich gefeiert und eindeutig zu viel Alkohol getrunken. So viel, dass ich irgendwann direkt auf der Couch eingeschlafen bin. Als ich dann heute Morgen zu mir kam, saß Ruby mir gegenüber in seinem Sessel und sah mich freudestrahlend an. Wie wenn er die ganze Nacht darauf gewartet hätte, dass ich endlich aufwache. »Möchtest du erst was frühstücken, oder sollen wir gleich los?«, begrüßte er mich aufgeregt. Ihm zuliebe wäre ich beinahe ohne Frühstück aufgebrochen, aber die Lust auf Kaffee hat dann doch gesiegt. Also sprintete Ruby in die Küche und kam schon kurz darauf mit einem Kaffee im Pappbecher und einem Buttercroissant zurück. Das Hörnchen durfte ich netterweise noch im Sitzen verspeisen, den Kaffee schlürfte ich, immer noch etwas verschlafen, vor dem Haus. Ich war nicht sonderlich überrascht, als plötzlich ein Paternoster vor uns auftauchte. Immerhin waren wir mit solch einem altertümlichen Aufzug auch nach oben in den Himmel gefahren. Also stieg ich brav mit ein, als Ruby erklärte, das Ding würde uns auch wieder zurück zur Erde bringen. Ich freute mich darauf, meine Eltern zu treffen, die ich bei mir im Krankenhaus vermutete.

Aber nun hält sich meine Begeisterung in Grenzen. Hätte ich gewusst, dass wir ausgerechnet dort aussteigen, wo ich den Unfall hatte, wäre ich mit Sicherheit auf der Couch geblieben.

Mir geht es auf einmal gar nicht gut. Dafür, dass ich als Seele eigentlich keine negativen Gefühle mehr haben soll, geht es mir sogar erbärmlich schlecht. Ich fühle mich ganz plötzlich einsam und verlassen – verlassen von meinem Körper, meiner Familie und von meinen Freunden.

»Ruby?«

»Ja, Mia?« Meinen Namen zu hören tut irgendwie gut. Es zeigt mir, dass ich immer noch ich bin.

»Ich kann jetzt aber nicht ins Krankenhaus gehen. Wenn ich mich da liegen sehe ... Ich glaube, das würde ich nicht gut verkraften.«

»Schon okay, musst du ja auch nicht. Willst du vielleicht die Frau kennenlernen, die dein Herz ... Du weißt schon, du hast doch den Organspendeausweis ausgefüllt. Der Boss hat mir ihren Namen und die Adresse gegeben.«

»Die Frau, die mein Herz bekommen soll, du kannst es ruhig aussprechen. Ja, die möchte ich vielleicht mal sehen. Aber nicht jetzt. Lieber irgendwann später.« Und möglicherweise auch gar nicht, aber da bin ich mir noch nicht so sicher. Irgendwie habe ich das Gefühl, dass meine Organe immer noch ein Teil von mir sind. Es ist zwar ein schöner Gedanke, dass eine andere Frau mit meinem Herz weiterleben kann, aber so richtig gestorben bin ich ja noch nicht. Ich fühle mich doch noch so verdammt lebendig!

»Wir könnten vor dem Krankenhaus auf deine Eltern warten. Du hattest dich so darauf gefreut, sie zu sehen. Was meinst du?«

»Die bleiben bestimmt die ganze Zeit im Krankenhaus.« Jetzt ist es ganz vorbei mit meiner Fassung. Meine armen Eltern, die haben sicher die ganze Nacht kein Auge zugemacht vor lauter Sorge. Und jetzt hoffen sie und beten, und sie wissen nicht, dass es längst beschlossene Sache ist, dass ich sterben werde. Dann müssen sie ihre einzige Tochter begraben. Das ist so was von ungerecht! Und sie mir bei der Beerdigung vorzustellen, das übersteigt meine Fähigkeiten, das halte ich nicht aus …

Bei dem Gedanken an meine Eltern fällt mir jedoch auch das wunderschöne Gefühl wieder ein, das ich gestern kurz in mir spürte.

»Gestern, als der Himmelsboss mir die Hand gegeben hat, da habe ich meine Mutter gespürt. Sie hat sich ganz warm angefühlt, wie die Sonne«, schluchze ich.

»Das war nicht deine Mutter, Mia. Das warst du selbst. Du hast dich selbst gespürt, deine Liebe in dir.«

»Mich selbst?«

»Ja, so fühlt es sich an, wenn du dich selbst liebst. Dass du dabei an deine Mutter gedacht hast, ist ganz normal. Du bist immerhin ein Teil von ihr.«

»Werde ich sie … im Himmel wiedersehen – irgendwann?«

»Ja, wenn du das möchtest … Mia, es tut mir so leid. Normalerweise dürftest du als Seele solche Gefühle gar nicht haben. Daran bin nur ich schuld. Ich habe mich so darüber gefreut, mit dir drei Wochen auf der Erde verbringen zu dürfen, dass ich gar nicht daran gedacht habe, wie es dir dabei gehen wird. Ich glaube, du bist hier unten noch zu sehr mit deinem Körper verbunden. Das war mir so nicht klar gewesen. In deinem Himmel wirst du nur schöne Gefühle haben, das verspreche ich dir.«

Wenn Ruby weiter so rumjammert, dann muss gleich wieder ich ihn trösten, obwohl es doch eigentlich gerade mir miserabel geht.

»Können wir nicht was machen, was mich ablenkt? Ich weiß ja, dass ich mich dem Ganzen irgendwann stellen muss, aber ich bin einfach noch nicht so weit. Ich brauch nur ein wenig Zeit«, sage ich und wische mir die Tränen aus dem Gesicht.

»Du musst gar nichts, Mia. Das will ich hier mal in aller Deutlichkeit klarstellen. Wir können auch zurück, kuscheln uns gemütlich auf meine Couch und gucken einen Film nach dem anderen. Ich hab nicht nur Science-Fiction-Filme, auch jede Menge andere. Nach meinem Tod bin ich ja sofort im Himmel gelandet. Und ich weiß ehrlich gesagt nicht, ob ich damals den Mut gehabt hätte, Mopsi noch einmal zu treffen. Ich hätte es ganz bestimmt nicht ertragen, sie leiden zu sehen. Allein die Vorstellung an ihre Trauer macht mich immer noch ganz krank. Ich kann dich also gut verstehen.«

Das stimmt, Ruby sieht bei dem Gedanken an seine Caro wirklich eine Nuance blasser um die Nase aus. So ganz verstehe ich die Unterschiede zwischen Seele, Engel, Himmel und Erde noch nicht. Es scheint aber so, als hätten Engel auch noch eine ganze Menge unbewältigte Gefühle mit sich rumzuschleppen, zumindest Ruby. Bevor ich mir weiter Gedanken darüber machen kann, redet er weiter.

»Und was hältst du davon«, möchte mein Begleitengel wissen, »wenn wir jetzt gleich in mein Haus zurückkehren? Soll ich Arnold eine Nachricht schicken?«

»Ich weiß nicht«, antworte ich, obwohl ich den Gedanken mit der Couch sehr verlockend finde. Ich mag Ruby – er hat so was beschützend Engelhaftes. Bei dem Gedanken, dass ich mir vielleicht genau deswegen diese Hülle für ihn ausgesucht habe, muss ich ein wenig lächeln. Und auf einmal kommt mir eine Idee, eine sehr schöne, ganz genau genommen.

»Sag mal«, frage ich Ruby, der mir gerade seine Jacke anbietet, damit mir etwas wärmer wird. »Wie ist das denn jetzt mit dir und deiner Mopsi? Hättest du vielleicht jetzt Lust, deine Frau zu besuchen? Und deinen Hund Percy?«

Jetzt ist es Ruby, dem Tränen in die Augen steigen. Verstohlen wischt er sie weg.

»Ja, schon. Sehr gerne sogar. Aber ich möchte dir nicht deine wertvolle Zeit auf der Erde stehlen. Du hast doch nur drei Wochen.«

»Papperlapapp«, entgegne ich rigoros. »Also dann, auf nach Köln! Wie kommen wir da am schnellsten hin?« Ob der Himmelsboss sich einen Spaß erlaubt hat, mir ausgerechnet einen Engel aus Köln zu schicken? Als gebürtige Düsseldorferin müsste ich ja fast annehmen, dass die ganze Geschichte genau deswegen schiefgegangen ist. Aber ich habe noch nie irgendwas auf die kleinen Zankereien zwischen den beiden Städten gegeben. Ich mag Köln. Außerdem habe ich dort studiert.

»Und?«, dränge ich.

»Am besten fahren wir mit der Bahn. Wir können aber auch versuchen, einen Fahrer zu finden. Vielleicht nimmt uns ja ein Schutzengel mit, der gerade in der Nähe einen PKW-Auftrag hat.«

Das darf ja wohl nicht wahr sein! Mit der Bahn? Ich bin automatisch davon ausgegangen, Engel könnten sich irgendwie rein durch die Kraft ihrer Gedanken bewegen, hätte erwartet, dass Ruby zu mir sagt: »Gib mir deine Hand und schließe deine Augen«, oder so ähnlich. Und wenn ich sie dann öffnen würde, dann wären wir genau da, wo wir uns hingewünscht hätten. Dass ein stinknormaler, altmodischer Paternoster den Himmel mit der Erde verbindet, finde ich schon mehr als merkwürdig, aber dass wir jetzt Zug fahren sollen, kann ich überhaupt nicht glauben. Abwartend schaue ich Ruby an. Ich warte darauf, dass er anfängt zu lachen, weil er einen ganz blöden Scherz gemacht hat. Tut er aber nicht, stattdessen greift er zu seinem Handy.

»Arnold? Sag mal, ist zufällig ein Guardy in unserer Nähe? Wir brauchen eine Mitfahrgelegenheit von Düsseldorf nach Köln.«

Kurz darauf legt er auch schon auf.

«Knappe fünf Minuten dauert's. Es kann allerdings ein bisschen eng werden. Wir müssen uns in einen Porsche zwängen.«

5 Jeder Mensch hat eine zweite Chance verdient

Ich mag keine Porschefahrer, was mit Sicherheit ein bisschen daran liegt, dass mein Chef, die linke Bazille, mit so einem Ding durch die Gegend braust. Ob der jetzt wenigstens ein schlechtes Gewissen hat, weil er mir meine Ideen geklaut hat? Wohl eher nicht – wahrscheinlich hofft er sogar, ich würde nie wieder aus dem Koma aufwachen. Und ich komme nicht mehr dazu, ihn zur Rede zu stellen. Schade, dass ich bisher nicht den Mut dazu gefunden habe.

»Irgendwie finde ich es ganz schön unfair, Ruby, dass es keine Hölle gibt. Ich meine, ist es nicht ungerecht, dass so richtig fiese Menschen einfach im Versuchshimmel stecken bleiben?«

»Das kommt ganz darauf an. Jeder Mensch hat eine zweite Chance verdient, findest du nicht? Oft kehrt sich das Verhalten dieser Menschen im Versuchshimmel um. Das heißt, dass sie dort selbst erleben, was sie anderen auf der Erde angetan haben. Bei manchen wirkt das wahre Wunder. Warum willst du das wissen?«

Ich komme nicht dazu, ihm zu antworten, da in diesem Moment ein schwarzer Porsche Panamera viel zu schnell die Straße entlanggefahren kommt, um dann jedoch quietschend und stotternd auf unserer Höhe anzuhalten. Schon öffnet sich die Fahrertür und ein gut gekleideter, etwa fünfzigjähriger Mann steigt aus. Wütend vor sich hinmeckernd öffnet er die Motorhaube. Seine Schimpftirade wird durch ein glockenklares Lachen übertönt.

Aus dem Wagen steigt noch eine weitere Person. Zuerst sehe ich nur lange Beine samt High Heels, die sich aus der Tür zwängen. Danach kommt ein kurzes Röckchen, gefolgt von einer viel zu engen Bluse, roten Lippen und langen blonden Haaren.

»Beeilt euch«, ruft die Frau uns zu. »Der Wagen springt gleich wieder an.«

Es dauert eine Weile, bis ich begreife, dass sie uns tatsächlich sehen kann. Die blonde Schönheit ist nicht einfach nur irgendeine Beifahrerin, sie ist der Schutzengel des Mannes, der uns bis nach Köln fahren soll.

Also, eins ist ja mal wohl klar, wenn ich richtig tot bin, dann will ich mir mein Äußeres auch selbst aussuchen dürfen. Mein Gesicht möchte ich gern behalten. Ich mag meine dunkelbraunen Locken und meine hellgrauen Augen, die einen schönen Kontrast dazu bilden. Damit bin ich voll und ganz zufrieden. Aber meine Beine, die dürften gerne gute zehn Zentimeter länger sein. Dann würde nämlich auch mein Gewicht besser zu mir passen. Bei meinem Busen bin ich mir unschlüssig. Ob ich den um eine Körbchengröße erweitern sollte?

Ich komme nicht dazu, mir darüber weiter Gedanken zu machen, denn schon sitze ich im Auto. Ruby hat mich mal wieder einfach mitgezogen. Es ist gut, dass ich nicht sehr groß bin. Mit zehn Zentimetern mehr hätte ich jetzt ernsthaft Probleme, es ist nämlich verdammt eng hinten auf den Rücksitzen – und ungemütlich.

»Mistding, verfluchtes!«, meckert der Kerl, der schon kurz darauf wieder auf dem Fahrersitz Platz nimmt und wild aufs Armaturenbrett haut. »Jetzt spinn nicht rum und geh endlich an.« Danach dreht er kopfschüttelnd den Schlüssel. Der Porsche springt ohne zu murren an, und er gibt Gas. Was er wohl sagen würde, wenn er wüsste, dass er zwei Engel und eine Seele als Beifahrer hat?

Die Blonde dreht sich zu uns um. »Ich hasse solche Aufträge … Ich bin übrigens Liane«, stellt sie sich vor und lächelt mich an.

Liane ist sehr nett. Außerdem hat sie eine sehr angenehme, fast rauchige Stimme. Lebhaft erzählt sie, was sie mit ihrem Schützling schon alles erlebt hat. Am lustigsten finde ich die Geschichte mit dem Tablettencocktail, den Kai, so heißt Lianes Auftrag, sich im letzten Monat genehmigt hat, um besonders potent zu sein. Der Cocktail funktionierte – und zwar so gut, dass die Wirkung überhaupt nicht mehr nachlassen wollte. Das war dem armen Kai so dermaßen peinlich, dass er sich nicht ins Krankenhaus traute. Und Liane hat sich so lange nicht eingemischt, bis es gar nicht mehr anders ging. »Hoffentlich hat Kai was daraus gelernt«, fügt sie grinsend hinzu. »Ich habe ihm genau die Notärztin vorbeigeschickt, die er erst zwei Tage vorher in einer Bar ganz plump angemacht hat. Ihr hättet mal sein Gesicht sehen sollen, als er sie erkannt hat!«

Allerdings hält ihn das jetzt nicht davon ab, wie ein Verrückter über die Autobahn zu rasen. Deswegen bin ich auch ganz froh über Lianes Geschichten. Sie lenken mich ein wenig von der wahrlich turbulenten Fahrweise unseres Chauffeurs ab, der ein ordentliches Tempo draufhat und schon aus Prinzip die ganze Zeit über auf der linken Spur fährt. Liane hingegen scheint das nicht tiefer zu bewegen.

Entspannt dreht sie sich zu mir um. »Ich bin bei einer Explosion ums Leben gekommen«, sagt sie. »Und du?«

So richtig ums Leben gekommen bin ich ja eigentlich noch gar nicht. Immerhin liegt mein Körper noch im Krankenhaus, aber das würde jetzt zu weit führen.

»Mich hat ein Bus ins Schleudern gebracht«, erkläre ich und wünsche mir, ich könnte mit etwas Spektakulärerem auftrumpfen, so wie Liane, die fast ein bisschen stolz auf ihre Todesursache zu sein scheint und so wie es sich anhört, gerne mehr darüber erzählen würde.

»Was ist da passiert?«, hake ich also nach.

»Einer meiner Kollegen hat das falsche Kabel durchgeschnitten. Ich war Sprengstoffexpertin.«

Jetzt bin ich wirklich beeindruckt, denn wäre meine Todesursache eine Explosion gewesen, dann mit Sicherheit, weil ich vergessen hätte, den Gashahn wieder richtig zuzudrehen oder so etwas in der Art.

Liane hingegen hatte einen verdammt aufregenden und vor allen Dingen gefährlichen Beruf, und dass nicht sie, sondern der Kollege nicht richtig aufgepasst hat, passt auch zu ihr.

»Deswegen bekommst du auch immer diese rasanten

Aufträge«, mischt Ruby sich ein, wobei mir auffällt, dass ich gar nicht weiß, woran mein himmlischer Freund eigentlich gestorben ist. Als ich ihn ansehe, fällt mir auf, dass ihm die turbulente Fahrt überhaupt nicht bekommt, er ist ganz blass im Gesicht und auf seiner Stirn haben sich wieder kleine Schweißperlen gebildet. Dabei muss er doch gar keine Angst mehr haben, er ist ja schon tot.

»Und an was bist du eigentlich gestorben?«, frage ich ihn.

»Herzinfarkt«, erklärt er. »Und den bekomme ich gleich noch einmal! Liane, kannst du nichts dagegen machen? Der fährt ja wie 'ne gesenkte Sau! Sag deinem Schützling, er soll gefälligst vom Gas runtergehen.«

»Gleich«, sagt Liane und schaut konzentriert nach vorne, so als hätte sie etwas gesichtet. »Da, da vorne! Seht ihr?«

Ja, natürlich sehen wir! Ganz plötzlich, auf der linken Spur, taucht in einiger Entfernung ein stehendes Fahrzeug vor uns auf. Und es hat noch nicht einmal die Warnblinkanlage an, um auf sich aufmerksam zu machen. Rechts neben uns fahren zwei LKWs dicht hintereinander, sodass ein Spurwechsel unmöglich scheint. Unser Chauffeur entdeckt es im gleichen Moment. »Scheiße«, flucht er laut.

»Liane!«, ruft Ruby aufgebracht. »Mach was!«

Liane legt ihre Hand auf das rechte Knie des Porschefahrers, dann sagt sie mit ihrer ruhigen, tiefen Stimme: »Nicht bremsen, das schaffst du nicht. Sonst donnern wir voll drauf. Gib Gas und zieh rüber. Los!«

Mit Tempo zweihundertzwanzig brausen wir an den LKWs vorbei und wechseln nur kurz darauf vor ihnen die Spur. Das war knapp! Im Rückspiegel sehe ich das Auto, in das wir beinahe hineingefahren wären. Ich bin mir nicht sicher, aber es sah so aus, als hätten zwei Personen darin eine Landkarte ausgebreitet, um nach dem richtigen Weg zu sehen. Die haben doch tatsächlich einfach so auf der Autobahn angehalten!

Unser Fahrer wischt sich den Schweiß von der Stirn und zündet sich mit zittrigen Fingern eine Zigarette an. Als er das Feuerzeug danach fallen lässt, halte ich unwillkürlich den Atem an. Nicht, dass er sich jetzt danach bückt, und wir doch noch einen Unfall bauen. Aber das passiert nicht. Liane legt noch einmal kurz ihre Hand auf sein Knie.

»Ich hasse solche Aufträge«, sagt sie noch einmal, »weil er sowieso irgendwann an Krebs stirbt.«

Die Fahrt verläuft daraufhin ohne weitere Zwischenfälle. Ruby schweigt. Ab und an seufzt er wehleidig, aber er hat schon wieder etwas mehr Farbe im Gesicht. Und Liane erzählt auch nicht mehr viel. Unser Porschefahrer hat die Geschwindigkeit gedrosselt und sich hinter einem LKW eingereiht. Der Schreck muss ganz schön tief bei ihm sitzen. Mit Tempo achtzig rollen wir auf der rechten Spur gemächlich in Richtung Köln. Ich schaue aus dem Fenster, sehe, wie uns die anderen Fahrzeuge überholen, und muss plötzlich grinsen, weil mir bewusst wird, dass ich mit zwei irgendwie schrägen, aber sehr sympathischen Engeln unterwegs bin. Und dann sind wir auch schon fast da.

»Kannst du ihn vielleicht dazu bringen, am Rudolfplatz anzuhalten?«, fragt Ruby, als wir von der Autobahn abfahren. »Von dort aus können wir zu Fuß gehen.«

»Klar«, sagt Liane und streichelt liebevoll über das Knie ihres Schützlings. »Wir müssen einen kleinen Umweg über den Rudolfplatz fahren«, erklärt sie ihm freundlich. »Es dauert aber nicht lange.«

Warum Kai diesen Abstecher macht, wird er nie erfahren, aber er bringt uns sicher in Richtung unseres Ziels. Wir sind fast da, als Liane ihren Schützling auf eine erneute Autopanne vorbereitet.

»Nicht wieder aufregen, ich weiß, es ist nicht dein Tag heute, aber dein Porsche spinnt jetzt gleich noch mal ein bisschen rum«, sagt sie und tippt einmal kurz gegen die Tankanzeige, die sich daraufhin langsam Richtung null dreht.

Ich bin froh, dass wir die Fahrt heil überstanden haben, obwohl uns ja eigentlich nichts hätte passieren können, da Seelen und Engel nun mal keine verletzbaren Körper haben. Wir verabschieden uns von Liane und sehen uns auf dem stark bevölkerten Platz um.

»Hier ist ganz schön viel los«, stelle ich fest und greife nach Rubys Arm. Irgendwie habe ich Angst, dass doch die eine oder andere Person durch mich hindurchlaufen könnte, wenn ich nicht aufpasse. Außerdem kann ich mir nicht vorstellen, dass uns alle Menschen ausweichen. Das würde bestimmt in einem richtigen Chaos enden, weil es zwangsläufig bedeuten würde, dass da einige Fußgänger sozusagen kollidieren würden.

»Am besten, wir suchen uns einen Vorblocker«, schlägt Ruby vor.

Verständnislos schaue ich ihn an.

»Jemanden, der uns sozusagen beschützt, wie beim Football, allerdings defensiv. Wir hängen uns einfach an eine Person dran.«

Das hört sich vernünftig an, also nicke ich und schaue mich suchend nach einem Kerl mit besonders breiten Schultern um, doch Ruby hat unseren Vorblocker längst ausgemacht.

»Guck mal, die Frau mit dem Rollator, die geht nicht so schnell.«

Unser Vorblocker ist mindestens achtzig Jahre alt und bewegt sich in der Tat nur sehr langsam vorwärts. Leicht gebückt zockelt die alte Dame mit ihrer Gehhilfe über den Rudolfplatz. Ab und an bleibt sie stehen und ruht sich ein Weilchen aus, aber das stört mich nicht. Sie macht ihre Arbeit sehr gut, und ich fühle mich absolut sicher hinter ihr.

»Danke«, sage ich ihr, als sie an einer Kreuzung in eine andere Richtung weitergeht. Die Frau bleibt stehen und dreht sich kurz zu mir um. Dabei habe ich das Gefühl, dass sie unmittelbar in meine Augen schaut. Sie lächelt, schüttelt wie in Gedanken versunken den Kopf und geht dann weiter.

»Meinst du, sie hat uns bemerkt?«

»Kann sein. Manche Menschen spüren es angeblich, wenn ein Engel in der Nähe ist. Besonders bei Kindern, älteren und sehr kranken Menschen soll das häufiger vorkommen. Aber aus eigener Erfahrung weiß ich es nicht, ich bin ja sozusagen erst das zweite Mal unten seit meinem Umzug in den Himmel.«

Der Begriff Umzug in den Himmel gefällt mir. Das hört sich nicht so endgültig an …

6 Du weißt ja nicht, was du damit anrichten kannst!

Schutzengel können durch Wände gehen, damit sie im Notfall schnell eingreifen und ihrem Schützling beistehen können. Begleitengel sind immer dann zur Stelle, wenn niemand mehr helfen kann. Und in der Regel landen sie direkt am Ort des Geschehens. Mit anderen Worten: Wir stehen vor der verschlossenen Tür der Agentur und wissen nicht, wie wir da reinkommen sollen. Uns bleibt nichts anderes übrig, als hier zu warten, bis uns zufällig jemand die Türen öffnet.

»Ist irgendwie doof«, stelle ich fest.

»Hm …«, macht Ruby.

»Und außerdem fängt es gleich an zu regnen.« Ich schaue nach oben zu den grauen Wolken, die immer dichter werden. »Wenn wir uns nicht beeilen, werden wir ganz nass.«

»Deine Seele kann nicht nass werden, Mia«, erklärt Ruby. »Sie hat doch keinen Körper.«

Dass Ruby sich damit täuscht, fühle ich schon wenige Sekunden später, als tatsächlich die ersten Tropfen vom Himmel fallen. Ich werde nass – und werde es andererseits auch nicht. Die dicken Tropfen, die nun direkt auf meinen Haaren und meiner Stirn landen, fühlen sich an wie Wackelpudding. Aber noch komischer ist, dass ich mich genauso fühle, so als steckte meine Seele selbst in einer glibberigen Hülle, in der die Tropfen versinken.

Fasziniert strecke ich meine Hände aus. Dort, wo der Regen auftrifft, dellt sich die Haut ein kleines bisschen nach innen und scheint sich mit den Tropfen zu vermischen, so als würde meine Seele das Wasser aufsaugen. Und das fühlt sich sehr angenehm an. Rubys Haut scheint von diesem Phänomen allerdings nicht betroffen zu sein, die Tropfen perlen eindeutig an ihm ab.

»Guck mal«, sage ich und halte ihm meine Hände unter die Nase.

»Mia, das ist ja interessant. Wie fühlt sich das denn an?«

»Ein bisschen wie Wackelpudding. Und so, als würde ich …«, ich suche nach einer richtigen Beschreibung, »… irgendwie auftanken. Auf jeden Fall aber gut.«

»Das könnte daran liegen, dass der Körper zum größten Teil aus Wasser besteht. Vielleicht will deine Seele sich wirklich wieder aufladen.«

»Und was passiert, wenn das Reservoir voll ist?«

»Bumm!«, feixt Ruby, aber ich finde das nicht sehr komisch.

»Kannst du nicht mal oben nachfragen, ob du Schutzengelstatus bekommen kannst?«, frage ich mit Blick auf die verschlossene Agenturtüre. »Immerhin sollst du die nächsten drei Wochen auf mich aufpassen. Und ich würde mich sichtlich wohler bei dem Gedanken fühlen.«

»Ich glaube nicht, dass das so einfach gehen wird. Ich

befinde mich ja noch ganz am Anfang der Guardytuition.«

»Der Guardy… was?«

»Der Schutzengelausbildung …«

»Du machst eine Schutzengelausbildung? Davon hast du noch gar nichts erzählt.«

»Ich bin ja auch noch nicht lange dabei. Der Job als Begleitengel ist sozusagen die erste Stufe, und die habe ich ja ordentlich versemmelt. Ich glaube also wirklich nicht, dass wir mit dem Antrag durchkommen.«

»Vielleicht ist genau das das Problem. Ich meine, dass du nicht daran glaubst. Versuchs doch wenigstens mal und frag nach!«

Umständlich kramt Ruby nach seinem Handy, um eine Nachricht hineinzutippen. Automatisch schaue ich nach oben in den Himmel, wo in den nächsten Sekunden eine SMS ankommen wird. Komm schon, Boss, denke ich, stell dich nicht so an.

Postwendend erhält Ruby Antwort – und strahlt.

»Ich kann … ich darf …«, und schwuppdiwupp ist er verschwunden, einfach so, durch die Wand.

Wow, Schutzengel können wirklich durch Wände gehen! Ruby sollte nicht immer so pessimistisch sein und öfter an sich glauben. Freudestrahlend will ich hinterher, pralle jedoch hart an der Tür ab und sitze kurz darauf auf meinem Hintern, mitten auf dem Gehweg.

»Danke auch schön!« Fluchend stelle ich mir vor, wie der Himmelsboss sich gerade seinen flachen Bauch hält vor Lachen. Wie konnte ich auch nur auf die Idee kommen, dass es bei mir auch funktioniert? Ich bin kein Engel, ich bin nur eine Seele, und eine verlorene noch dazu.

»Mia, wo bleibst du denn?« Immerhin hat Ruby mitbekommen, dass ich ihm nicht gefolgt bin. »Oh, was ist denn mit dir passiert? Hast du dir wehgetan?«

Ich horche einen kurzen Moment in mich rein. »Nein, Schmerzen kann ich anscheinend nicht fühlen.«

»Das ist gut. Mia, ich freu mich so! Es funktioniert, ich bin jetzt Schutzengel auf Zeit. Durch Wände gehen ist einfacher, als ich gedacht habe. Du kannst es allerdings nicht.«

»Ach was! Das habe ich auch schon bemerkt.«

»Warte hier, ja? Ich sehe mal nach, ob ich jemanden dazu bringen kann, die Tür aufzumachen, okay?«

Ich sitze immer noch auf der Straße – Ruby hätte mir wenigstens hochhelfen können. Ein wenig angesäuert rappele ich mich auf. Wie will er das denn hinkriegen? Ihn kann doch sowieso niemand hören! Genervt schaue ich an mir hinunter. Meine Hose ist durchnässt. Tatsache ist also, dass meine Seele nur an den unbekleideten Stellen Wasser auftanken kann …

Da sehe ich einen gut gekleideten Mann auf mich zukommen. Er trägt Jeans, einen schwarzen Rolli, dazu einen schwarzen Mantel und eine ebenso schwarze Nickelbrille, das typische Outfit der Kreativen. Er könnte gut ein Kollege von mir aus der Werbeagentur sein. Aber wir sind ja in Köln, nicht in Düsseldorf.

Tatsächlich bleibt der Kerl nun vor der Tür stehen und kramt in seiner Tasche nach dem Schlüssel. Übermütig hüpfe ich in eine kleine Pfütze, mit der Absicht, den Typen ein bisschen vollzuspritzen. Das Resultat spüre ich jedoch sofort. Meine Füße werden trotz der Schuhe nass, und damit meine ich, so richtig ganz normal nass, doch der Kerl neben mir merkt nichts und bleibt anscheinend trocken. Na toll! Als der Mann die Tür aufschließt und im Inneren verschwindet, husche ich schnell hinterher. Vorsichtshalber schaue ich nach unten auf den Boden, ob ich irgendwelche verdächtigen Wasserspuren hinterlasse, aber ich sehe nichts. Das Parkett bleibt trocken …

Wo Ruby nur bleibt? Nicht dass er doch in einer Wand stecken geblieben ist … Ist er nicht, stelle ich fest, als ich mich durch die nächste Tür schummele – er hat mich einfach nur vergessen. Ruby kniet auf dem Boden und klatscht voller Freude in seine Hände. »Percy«, lockt er das Hundchen mit zuckersüßer Stimme, »schau mal hier.«

Träge hebt Percy seinen Kopf und schaut sich im Raum um. Im nächsten Moment kommt er schwanzwedelnd aus seinem Körbchen geschossen und auf meinen Begleitengel zugerannt. Er bremst ab und schnuppert in die Luft. »Braver Junge«, sagt Ruby stolz und krault den Hund ausgiebig hinter den Ohren. Dann dreht er sich um und schnappt sich zielstrebig das halbe Brötchen auf dem Schreibtisch.

»Aber nichts verraten«, sagt Ruby grinsend zu seinem Hund, während er ihn füttert. Das muss Percy gar nicht, denn er ist noch genüsslich am Kauen, als die Tür aufgeht und eine junge Frau den Raum betritt. Sie setzt sich an den Schreibtisch und greift zum leeren Teller. Dann schaut sie sich verwirrt um. Als ihr Blick bei Percy hängenbleibt, sagt sie laut: »Das darf doch wohl nicht wahr sein! Caro, kannst du mal bitte kommen? Dein verfressener Hund hat mein Brötchen geklaut!«

»Das ist doch Quatsch!«, kommt die Antwort aus dem Nebenraum. »So etwas würde Percy nie machen.«

»Dann überzeug dich doch selbst.«

Gespannt gucken wir alle zur Tür – Ruby, Percy und ich. Mich hat noch niemand bemerkt. Wie auch? Ich bin ja nicht zu sehen, und Ruby ist so sehr mit sich selbst beschäftigt, dass er mich anscheinend völlig vergessen hat. Meine Neugierde wird schon kurz darauf befriedigt. Eine hellblond gefärbte kurzhaarige Frau mit schönen, markanten Gesichtszügen steht im Türrahmen. Sie stützt die Hände an ihre recht schlanken Hüften und richtet ihre auffallend funkelnden Augen auf das genüsslich kauende Tier.

»Percy!«, schimpft sie, »das gibt's doch gar nicht!« Aber dabei lacht sie – und zwar mit dem ganzen Gesicht, sodass ihre Augen noch ein wenig mehr leuchten.

Percy weiß anscheinend ganz genau, dass er etwas angestellt hat. Schnell lässt er sich auf die Seite fallen und legt eine Pfote über seinen Kopf. Vielleicht hofft er, dass man ihn jetzt nicht mehr sehen kann? Das sieht so lustig aus, dass ich laut auflachen muss. Als Ruby mich hört, dreht er sich schnell zu mir um. Er sieht ganz erschrocken aus. Bestimmt weil ihm in dem Moment einfällt, dass er mich schlichtweg draußen vergessen hat.

Ich zeige auf den Mann im Rolli nebenan, dessen Büro

durch eine Glaswand abgetrennt ist. »Ich bin mit ihm reingekommen. Er hat mir freundlicherweise die Tür aufgehalten.«

»Niclas«, sagt Ruby überrascht. »Er arbeitet also immer noch hier. Ist ja ein Ding!« Und dann dreht er sich wieder um zu seiner Frau. »Sie hat abgenommen«, stellt er fest. »Sieht gut aus! Obwohl ihr die paar Kilo mehr auch gut standen. Mopsi sieht immer gut aus, egal, wie viel sie wiegt.«

Da erblickt Ruby seine über alles geliebte Frau seit zwei Jahren das erste Mal wieder, und das Einzige, was ihm einfällt, ist eine nüchterne Bemerkung über ihr Gewicht? Mit allem habe ich gerechnet, mit einer Heulattacke, sogar mit einem Totalzusammenbruch, aber doch nicht damit!

Aber vielleicht ist Ruby auch einfach überfordert mit der Situation: Da steht die Frau, die er liebt, aber sie kann ihn weder sehen noch hören. Rubys Blick ist weich geworden. Ich meine, er hat ja sowieso ein rundes, fast babyhaftes Gesicht, aber jetzt sieht es irgendwie noch gutmütiger aus. Als er sich endlich in Bewegung setzt und auf seine Caro zugeht, halte ich unwillkürlich den Atem an. Er streckt den Arm aus und streicht einmal sanft über ihre linke Wange. Dabei, wie ich fasziniert bemerke, verschwinden seine Finger einfach so in ihrem Gesicht.

»Du bist wunderschön, Mopsi«, flüstert Ruby, und ich kann deutlich hören, wie seine Stimme zittert.

Ob Caro etwas gemerkt hat? Sie schließt kurz die Augen und berührt genau die Stelle an der Wange, über die Ruby eben gestrichen hat. Dieser Moment ist so rührend, dass mir eine kleine Träne über das Gesicht kullert und ich laut schniefen muss. Aber das kann Caro ja nicht hören. Sie schüttelt kurz den Kopf, wie wenn sie einen Gedanken loswerden will, und wendet sich ihrer Kollegin zu.

»Tut mir leid, die Sache mit Percy«, sagt sie. »Soll ich dir ein neues Brötchen holen?«

»Nein, lass mal gut sein. Ich hätte es eh nur aus Frust gegessen. Mir fällt nämlich heute überhaupt gar nichts ein.«

»Ich habe auch schon den ganzen Tag einen Hänger. Und dabei muss ich noch den blöden Pitch morgen für die Präsentation vorbereiten. Außerdem … ach, ich weiß auch nicht. Irgendwie fehlt er mir heute besonders. So schlimm war es schon lange nicht mehr.«

Sie liebt ihn immer noch. Wie lange die beiden wohl verheiratet waren? Das möchte ich Ruby eigentlich gern fragen, aber als ich mich zu ihm umdrehe, sehe ich, wie ihm Tränen übers Gesicht laufen, ganz leise – aber er lächelt dabei. Das sind Freudentränen, denke ich, Ruby ist glücklich, und diesen Moment möchte ich nicht stören.

Als Caro das Zimmer verlässt, schaut Ruby mich fragend an. Aufmunternd lächle ich ihm zu. »Geh nur«, flüstere ich. »Danke«, sagt er mit brüchiger Stimme und folgt Mopsi in ihr Büro.

Und ich? Ich könnte ein bisschen mit Percy spielen. Ich mag Hunde, mochte sie schon immer. Aber ich besaß nie einen, weil ich keine Zeit gehabt hatte, mich darum zu kümmern. Schade eigentlich …

»Hallo Percy, altes Haus«, sage ich freundlich, als ich mich zu ihm auf den Boden setze, aber alles, was ich zur Antwort bekomme, ist ein tiefes, zufriedenes Schmatzen. Der Hund nimmt mich überhaupt nicht wahr, niemand nimmt mich wahr! Mopsis Kollegin kaut angestrengt auf ihrem Bleistift herum. Und Niclas, der Typ im schwarzen Rolli, geht mit dem Telefon am Ohr aufgebracht hinter der Glasscheibe auf und ab.

Ich beobachte ihn eine Weile, und als er sein Büro verlässt, um sich einen Kaffee zu holen, schlüpfe ich hinein. Hinter seinem Schreibtisch steht ein schwerer Bürostuhl aus rotem Leder, der ungemein gemütlich aussieht. Wir hatten in unserer Agentur immer nur diese blöden, mehr als unbequemen Plastikteile mit ausgeleierten Sitzpolstern, die zu enormen Rückenproblemen führten, wenn man zu lange darauf saß. Sogar der Besucherstuhl sieht hier rückenfreundlicher aus, stelle ich fest.

Lässig lasse ich mich auf den Chefsessel fallen. Dabei gleitet, natürlich ganz zufällig, mein Blick über die vielen Notizen, die auf kleinen Zetteln kreuz und quer über den Tisch verteilt sind. Kreatives Chaos, so sah es bei mir auch immer aus. Ich habe nie verstanden, wie manche meiner Kollegen es schafften, beim Denkprozess Ordnung zu halten. »Nie mehr Pippi in der Hose. Elsa ist glücklich!«, lese ich auf einem der kleinen Klebezettel und muss lachen. Das hört sich nach einem Werbeslogan für eine Windel an. Inkontinenz kann auch Männer treffen, aber klar, hier müssen mal wieder die Frauen herhalten …

Eigentlich habe ich meinen Beruf immer gemocht, auch

wenn ich ihn hin und wieder verflucht habe. Nämlich dann, wenn mir die zündende Idee fehlte. Oder aber, was noch viel schlimmer war, als mir wirklich gute Einfälle einfach mal eben so geklaut wurden.

Bis zum letzten Moment habe ich noch gehofft, mein Chef würde den Sachverhalt klarstellen. Es hätte mir schon gereicht, wenn er mich einfach nur erwähnt hätte. Noch schöner wäre natürlich gewesen, er hätte sich mal bei mir bedankt, am besten vor meinen Kollegen. Aber das ist nie passiert. Er hat meine Ideen leicht verändert zu seinen gemacht, und ich habe geschwiegen.

Ich hänge noch meinen Gedanken nach, als Niclas wieder den Raum betritt und eine dampfende Tasse Kaffee genau vor meiner Nase abstellt. Hm, riecht das gut! Dass meine Seele Gerüche wahrnehmen kann, erschwert meinen Aufenthalt hier unten auf der Erde ungemein. Vor allen Dingen, weil bestimmte Düfte mir viel intensiver erscheinen, so als würde ich sie mit jeder Pore meines Körpers – in dem ich ja momentan gar nicht stecke – wahrnehmen. Und das ist wirklich gemein, weil ich jetzt sehr gerne auch einen Kaffee trinken würde, wenigstens einen kleinen, winzigen Schluck. Wie hypnotisiert starre ich die Tasse an – und dabei kommt mir eine Idee. Wie sagte Ruby doch gleich? Meine Seele würde die Tropfen aufsaugen, weil mein Körper zum größten Teil aus Wasser bestehen würde?

Vorsichtig stecke ich meinen rechten Zeigefinger in die herrlich duftende braune Flüssigkeit, die schließlich auch fast nur aus Wasser besteht. Und dann ziehe ich ihn ganz schnell wieder zurück – weil sich tatsächlich das eigenartige Wackelpudding-Gefühl wieder einstellt, womit ich nicht wirklich gerechnet habe.

Fasziniert betrachte ich meinen Finger, aber ich kann nichts Besonderes daran entdecken, er sieht wieder ganz normal aus. Also stecke ich ihn gleich noch einmal rein, diesmal aber bis auf den Tassenboden. Genüsslich schließe ich meine Augen. Ich schmecke, nein, ich fühle das Kaffee-Aroma mit all meinen Sinnen. Solch ein intensives Geschmackserlebnis habe ich noch nie gehabt. Außerdem spüre ich sofort das Koffein, das viel stärker zu wirken scheint. Ich fühle mich richtiggehend aufgeputscht.

Langsam öffne ich wieder die Augen. Mein Finger steckt noch immer in der Tasse – und die ist leer! Augenblicklich ziehe ich den Finger wieder heraus. Mist, denke ich und beobachte Niclas, der natürlich genau in diesem Moment nach seinem Becher greift und einen Schluck Kaffee trinken möchte. Verwirrt starrt er in seine leere Tasse. Dann seufzt er tief und verlässt das Büro, um nur wenig später mit einer vollen Tasse wieder zurückzukommen. Erleichtert atme ich auf.

Hier auf der Erde bin ich nur eine stille Beobachterin, was mir aber zugegebenermaßen Spaß zu machen beginnt. Niclas verschränkt die Arme hinter dem Rücken, denkt scheinbar angestrengt über etwas nach. In regelmäßigen Abständen seufzt er tief auf, dabei läuft er in gleichmäßigem Tempo im Raum auf und ab. Hin und wieder hält er am Schreibtisch an, genehmigt sich einen Schluck Kaffee, dann setzt er seinen Gedankenmarsch durchs Büro fort.

Niclas hat braunes, an den Schläfen schon leicht ergrautes Haar. Seine Nase ist gerade und etwas zu lang. Und seine Augenbrauen sind viel zu buschig, aber irgendwie hat er auch eine interessante, sehr männliche Ausstrahlung. Bestimmt hat er schon das eine oder andere Frauenherz gebrochen, denke ich. Ich schätze ihn auf Mitte dreißig. Er trägt keinen Ehering, und im ganzen Zimmer gibt es kein Foto von einer Frau oder Kindern. Vielleicht ist er ja geschieden.

Als Niclas plötzlich die Lehne seines Bürostuhls greift, bin ich mir hundertprozentig sicher, dass er sich nicht auf mich setzen wird. Wie sagte Ruby doch gleich? *Die gehen nicht durch dich durch …*

Provokativ schaue ich ihm direkt in die Augen. »Tja, dein bequemer Stuhl gehört jetzt mir«, erkläre ich frech und lege meine Füße auf seinen Schreibtisch.

Doch hier gelten offensichtlich andere Regeln! Niclas zieht den Stuhl vom Schreibtisch weg, sodass meine Füße ungebremst auf den Boden knallen. Aber das ist noch nicht alles. Ich bin noch viel zu überrascht, um irgendwie zu reagieren, als er sich einfach auf mich draufsetzt. Mit weit nach hinten geschobenem Po. Ist das zu fassen? Ich wage nicht, mich zu bewegen, und halte mich voller Panik seitlich an der Sitzfläche fest.

Es dauert eine ganze Weile, bis ich mich beruhigt habe und fühle, dass mein Herz wieder ruhiger schlägt – bis mir klar wird, dass das gar nicht mein Herz sein kann, das ich da spüre. Es ist Niclas' Herzschlag, den ich in mir wahrnehme. Und dann fängt zu allem Überfluss auch noch sein

Magen an zu gluckern. Und irgendwo im Hintergrund fühle ich irgendetwas fließen. Ob das sein Blutkreislauf ist? Gespannt schließe ich meine Augen, um mich besser auf die Geräusche konzentrieren zu können, die da auf mich einströmen. Ich kann tatsächlich hören, wie sich der Mann auf mir von innen anhört! Aber was ist mit seinem Äußeren, mit seiner Hülle?

Zaghaft sehe ich an mir hinunter und erkenne, dass ich nicht mehr da bin, zumindest da, wo er sitzt! Ich kann nur noch Körperteile von mir sehen, die nicht von ihm besetzt sind. Das sind meine Arme und meine Hände, die sich immer noch krampfhaft am Stuhl festhalten. Vorsichtig löse ich meine Hände und bewege die einzelnen Finger. Das sieht irgendwie faszinierend und gleichzeitig sehr komisch aus. Jetzt strecke ich mein rechtes Bein aus, das plötzlich aus Niclas' Knie zu wachsen scheint, und schiebe gleich darauf das linke hinterher, nur um meine Füße wieder auf dem Schreibtisch ablegen zu können. Eine ganze Weile bleibe ich so sitzen und beobachte meine Körperteile, die mal mehr, mal weniger verschwinden oder sich mit Niclas' vereinen.

Ob ich es auch schaffe, ganz in ihm zu verschwinden? Ich nehme genau seine Haltung ein und beuge meinen Arm im gleichen Winkel wie er, als er die Kaffeetasse zum Mund führt. Das Schluckgeräusch hört sich wirklich lustig an, und ich muss ein bisschen kichern. Ich hätte gar nicht so große Angst davor haben müssen, dass jemand durch mich durchläuft – jetzt sitzt sogar jemand auf mir drauf, und ich habe großen Spaß an meinen Beobachtungen!

Als Niclas wieder zum Telefon greift und ein paar Tasten drückt, ahme ich auch diese Bewegung nach, sodass unsere Körper miteinander verbunden bleiben. Ich bin ein Stückchen kleiner, aber trotzdem hält er den Hörer etwa in Höhe meines Ohres, sodass ich alles ganz genau mitbekomme.

»Sollen wir heute zum Italiener gehen und danach in den Film, über den wir kürzlich gesprochen haben?«, fragt er, und mein oder, besser gesagt, sein Herz fängt plötzlich laut an zu klopfen.

»Ja, das ist eine gute Idee. Holst du mich ab?«, sagt eine Frauenstimme.

»Klar, ich komme um sieben. Ich mache heute etwas eher Schluss. Bei mir ist es mal wieder so weit: Ich bin definitiv überarbeitet. Stell dir vor, ich habe eine ganze Tasse Kaffee leer getrunken, ohne dass ich es gemerkt habe.«

Die Frau lacht – und ich auch. Dann sagt sie: »Dann tut dir ein bisschen Ablenkung auf jeden Fall gut. Der Film fängt um neun an, aber wenn du um sieben kommst, müsste es für eine Pizza davor reichen.«

»Okay. Ich freu mich!«

»Ich mich auch!«

Oha, mein Schatten hat also ein Date mit einer Frau. Und die hat sich sehr nett am Telefon angehört. Fast so, als wäre mir die Stimme irgendwie vertraut.

Gut gelaunt lehne ich mich in dem bequemen Bürostuhl zurück. Ich fühl mich wohl in Niclas, vor allem aber fühle ich mich sehr lebendig.

Als plötzlich Ruby im Raum steht und sich suchend

umsieht, zucke ich ertappt zusammen. »Mia?« Er muss von hinten durch die Wand gekommen sein, sonst hätte ich ihn früher bemerkt.

Einen Moment verhalte ich mich mucksmäuschenstill. Da ich noch immer fast ganz mit Niclas verschmolzen bin, dürfte mich Ruby eigentlich nicht sehen. Ein bisschen Spaß kann nicht schaden, denke ich, und strecke galant einen Arm aus, um ihm zuzuwinken.

»Mia, komm sofort raus da! Du weißt ja nicht, was du damit anrichten kannst!« Ruby scheint richtig erschrocken zu sein. Und seine Sorge schwappt sofort auf mich über, weswegen ich auf der Stelle gehorche und aufspringe. Sonst bin ich doch auch nicht so schreckhaft. Wie kommt das nur?

»Rubens, was machst du denn hier?«, sage ich.

»Mia, wie lange warst du in ihm?« Ruby sieht mich eindringlich an, so als hätte ich was verbrochen.

»Wieso, was meinst du damit?«

»Weil du mich gerade Rubens genannt hast! Und den Namen hat früher eigentlich nur Niclas benutzt.«

»Quatsch! Niclas hat sich einfach auf mich draufgesetzt«, verteidige ich mich, als mir klar wird, dass Ruby recht hat.

Als er daraufhin schweigt, werde ich echt nervös. Auf jeden Fall fühle ich mich so, als hätte ich vorsätzlich etwas Verbotenes getan.

»Du hast mir nur gesagt, dass Menschen nicht durch mich durchgehen, wenn ich es nicht will. Und nun schimpfst du hier rum, obwohl du mit keinem Wort erwähnt hast, dass ich damit irgendwas anrichten kann ...«

»Ja, das stimmt, ich hab dir gesagt, keiner geht durch dich durch, wenn du es nicht willst. Wenn Niclas sich nun wirklich auf dich draufgesetzt hat, dann wolltest du es. Was mich nur wundert, ist, dass du anscheinend etwas von ihm angenommen hast, sonst hättest du mich nicht Rubens genannt. Normalerweise ist es nämlich umgekehrt. Da nehmen die Personen, in die du schlüpfst, etwas von dir an.«

Ich brauche eine ganze Weile, bis ich verstehe, was Ruby mir da erklärt. Ich kann mich also mit anderen Menschen vereinigen, nehme aber dabei bestimmte Eigenschaften oder Vorlieben von ihnen an?

Wollte ich wirklich, dass Niclas auf mir sitzt? Ich gebe es zu, ein bisschen provoziert habe ich es schon.

»Geht es dir nun schlechter? Fühlst du dich irgendwie anders?« Ruby scheint sich wirklich Sorgen zu machen. Aber ich kann nichts bemerken, außer dass ich ein wenig frustriert bin und Lust auf Pizza habe, aber das verschweige ich lieber.

»Ich fühl mich ganz normal … Was ist denn eigentlich mit dir los? Wie geht es dir überhaupt?«, frage ich, um von der Situation abzulenken, die mir langsam ein wenig peinlich ist. Außerdem interessiert mich wirklich, wie es Ruby mit Caro ergangen ist.

»Sie hat eine Verabredung heute Abend. Erst Pizzeria, dann Kino. Und ich weiß nicht, ob ich mich für sie freuen oder deswegen ausflippen soll. Es ist ja jetzt über zwei Jahre her, dass wir getrennt sind. Und eigentlich will ich ja auch, dass sie glücklich ist. Sie hat es verdient, Mia! Wenn es jemand verdient hat, dann sie.«

Niclas hat sich also mit Caro verabredet. Deswegen kam mir die Stimme auch so vertraut vor. Ob ich Ruby sagen soll, mit wem sie sich trifft?

»Hm …«, mache ich und denke kurz nach. »Also, ich würde mich freuen, wenn mein Freund mit einer anderen Frau glücklich werden würde. Ich meine, jetzt, wo ich nicht mehr da bin. Glaub ich zumindest.«

»So, glaubst du. Na ja, du hast ja auch sofort an andere gedacht, nachdem du erfahren hast, dass dein Körper sterben wird. Vielleicht solltest du zur Abwechslung auch mal an dich denken?«

»He, du kannst ja richtig zickig sein! Ich kann bestimmt nichts dafür, dass deine Caro heute ein Date hat«, wehre ich mich. Aber eigentlich weiß ich, dass Ruby recht hat. Ich habe viel zu oft immer erst an andere gedacht, bevor ich selbst drankam. Und meine Seele ist da nicht anders. Aber was soll falsch daran sein, wenn man gerne gibt oder anderen nur Gutes wünscht?

Ich finde den Gedanken, Lukas könne mit einer anderen Frau glücklich werden, wirklich nicht schlimm. Würde ich noch leben, sähe das bestimmt anders aus. Dann würde mich der Gedanke sicherlich wahnsinnig machen. Ich versuche einfach, alles realistisch zu sehen. Das Leben geht weiter – eben nur nicht für mich.

Und vielleicht ist der Rollkragenträger ja der Richtige für Caro – nach Ruby natürlich –, wer weiß?

»Sag mal«, frage ich ihn scheinheilig und nicke in Niclas' Richtung, »wie findest du den eigentlich?«

»Der ist ein netter Kerl. Eigentlich wollte er damals

schon die Agentur verlassen und nach Hamburg ziehen. Gut, dass er es sich offensichtlich anders überlegt hat. Dann ist Caro hier nicht so alleine. Warum fragst du?«

»Ach, nur so ...«

»Ob sie mit dem Kerl zu Antonio geht? Da waren wir früher oft. Er macht die beste Lasagne weit und breit.«

»Schade aber auch, dass wir hier unten nicht essen können«, erwidere ich vorsorglich, damit Ruby nicht auf dumme Gedanken kommt. Kommt er aber, wie sich schon kurz darauf herausstellt.

»Das stimmt. Aber sag mal, könntest du, könnten wir ... Ich meine, hast du nicht trotzdem Lust, mit mir später zum Italiener zu gehen? Ich würde einfach nur mal gerne sehen, ob es ihr auch wirklich gutgeht.«

Da haben wir den Salat. Wenn ich jetzt Ja sage, dann sitze ich den ganzen Abend in einem Restaurant rum und muss mit ansehen, wie Ruby leidet, wenn er mitbekommt, dass da was zwischen Niclas und Caro läuft. Wenn wir uns überhaupt irgendwo hinsetzen können. Man wird ja wohl kaum einen Tisch für uns reservieren. Und dabei rieche ich dann auch noch die ganzen leckeren Sachen und kann nichts davon probieren. Ich kann ja schlecht mit meinem Finger in sämtliche Gerichte bohren. Oder vielleicht doch? Der Gedanke gefällt mir, aber wie Ruby eben gerade festgestellt hat, denke ich nun mal gerne zuerst an andere. Tatsache ist, er wird bestimmt nicht begeistert sein, wenn er feststellt, dass Niclas in seine Mopsi verliebt ist – und noch weniger, wenn es auf Gegenseitigkeit beruht.

Außerdem wundert sich Ruby dann bestimmt, warum

ich ihm nichts davon gesagt habe. Er weiß ja, dass ich die ganze Zeit hier im Raum war und das Gespräch am Telefon mitbekommen haben muss. Es hilft alles nichts. Ich muss in den sauren Apfel beißen und ihm die Wahrheit sagen.

»Sie trifft sich mit Niclas«, erkläre ich also schlichtweg. »Ich habe gehört, wie er sich mit ihr verabredet hat.«

»Ach so! Warum hast du das denn nicht gleich gesagt? Dann ist die ganze Sache ja völlig harmlos. Die beiden sind einfach nur gute Freunde. Mopsi kennt Niclas sogar schon länger als mich, sie haben zusammen Germanistik studiert. Außerdem ist er überhaupt nicht ihr Typ. Er ist viel zu ernst.«

Nachdenklich beobachte ich Niclas noch ein Weilchen. Er ist ganz in seine Arbeit vertieft. Also, mein Typ wäre er. Er sieht echt gut aus. Und ich mag ernsthafte Menschen. Außerdem habe ich mich wohl in ihm gefühlt. Ob ich tatsächlich etwas von ihm angenommen habe? Oder warum kannte ich plötzlich den Namen Rubens für meinen Begleiter? Und warum habe ich Herzklopfen bekommen, als ich Caros Stimme gehört habe? Und vor allen Dingen: Warum denke ich die ganze Zeit an Pizza mit Anchovis, wo ich doch diese kleinen, viel zu intensiv schmeckenden Fische überhaupt nicht mag?

»Und?«, fragt Ruby und stupst mich auffordernd an.

»Was und?«

»Na, was machen jetzt? Gehen wir mit zum Italiener? Oder wollen wir lieber zurück nach Düsseldorf fahren und einen Abstecher ins Krankenhaus machen?«

7 Mit Tomatensoße und Anchovis

Dass Ruby so dermaßen fies sein kann und mich vor die Wahl stellt, zwischen Krankenhaus und Restaurant eine Entscheidung zu treffen, hätte ich nicht für möglich gehalten. Er wusste natürlich, dass ich keinen Wert darauf lege, mich an irgendwelchen Geräten angeschlossen im Bett liegen zu sehen. Deswegen sitzen wir jetzt auch schon beim Italiener – mit Caro und Niclas am Tisch –, und meine Laune wird noch ein wenig schlechter, weil sich die beiden gerade die Speisekarte laut vorlesen. Ich habe es immer geliebt, mir in Ruhe im Restaurant ein leckeres Menü zusammenzustellen. Auch wenn ich die letzten Jahre nicht oft dazu gekommen bin …

»Gibt es im Himmel so was wie einen Pizzalieferservice?«, frage ich missmutig.

»Im persönlichen Himmel ja, im Nebenhimmel nicht. Da musst du dich selbst versorgen. Wenn wir zurück sind, back ich dir eine richtig leckere Pizza, versprochen. Ich organisiere uns auch einen Steinofen. Dann schmeckt sie fast wie vom Italiener.«

»Aber dann schon bitte vegetarisch …«, schimpfe ich und ärgere mich im nächsten Moment über mich selbst, weil ich eigentlich gar nicht so griesgrämig sein möchte. Das macht nämlich Falten, im Normalfall zumindest. Aber bei mir ist das ja jetzt egal, meinem Körper kann, zumindest faltentechnisch, nichts mehr passieren. Trotzdem darf ich nicht so missmutig sein. Das ist für niemanden angenehm. Gerade als ich mich bei Ruby entschuldigen will, kommt er mir zuvor und greift nach meiner Hand.

»Mia«, sagt er, »du kannst dir gar nicht vorstellen, wie dankbar ich dir bin, dass wir jetzt hier zusammen sitzen. Es tut mir leid, dass ich dich vorhin so überrumpelt habe. Das mach ich wieder gut, ganz bestimmt.«

Wie einfach es ist, mich zum Lächeln zu bringen! »Mit Spinat, Pilzen, Artischocken und Knoblauch?«, frage ich und beschließe, die Situation positiv zu sehen. Immerhin sitzen wir problemlos beisammen, weil Caro und Niclas einen Vierertisch zugewiesen bekommen haben.

Eine Antwort auf meine Frage bekomme ich allerdings nicht. Ruby ist darauf konzentriert zu hören, was sich die beiden zu sagen haben.

»Gehen wir ein andermal ins Kino?«, sagt sie gerade lächelnd. »Ich würde gerne mal wieder richtig essen, mit Vorspeise und allem Drum und Dran.«

»Gerne«, antwortet er und lächelt wie ein krankes Honigkuchenpferd zurück.

Oh Mann, das sieht doch ein Blinder, dass zwischen den beiden irgendwas läuft – und zwar etwas, das eindeutig mehr als nur Freundschaft ist. Nur Ruby merkt nichts, denn auch er lächelt jetzt. »Das ist meine Mopsi, so kenne ich sie!«, sagt er. »Sie isst einfach viel zu gerne.«

Das hat Lukas auch manchmal zu mir gesagt. Aber nicht, weil er mich zu dick fand, sondern weil es einfach stimmte. Ich konnte mir stundenlang Gedanken über Essen machen. Und ich hatte immer verdammt viel Spaß, wenn wir am Wochenende gemeinsam unsere Einkäufe erledigten und ich mich dabei zu einem Speiseplan für die kommende Woche habe inspirieren lassen. Und ich bin auch sehr gerne mit Lukas ins Kino gegangen …

Kurz denke ich an die erste prickelnde Zeit meiner Beziehung mit Lukas. Im Kino haben wir uns das erste Mal geküsst. Anfangs haben wir uns oft Filme angesehen und dabei ein bisschen geknutscht. Irgendwann hörte die Schmuserei im Kino dann auf. Und am Ende sind wir weder ins Kino gegangen noch haben wir uns geküsst.

Beide waren wir viel zu sehr mit unseren Berufen beschäftigt – und dabei ist unsere Liebe auf der Strecke geblieben. Es ist überhaupt viel auf der Strecke geblieben in meinem Leben. Wann war ich das letzte Mal gemütlich Pizza essen? Welches war der letzte Film, den ich gesehen habe? Wann habe ich meine Eltern besucht, um mich mal ausführlich mit ihnen zu unterhalten? Wann habe ich mit meinem Patenkind gespielt, mit dem ich mindestens einmal die Woche etwas Schönes unternehmen wollte? Und warum bin ich nicht mit Lukas zusammengezogen? Melancholie macht sich in mir breit – und der Gedanke, dass irgendwie ziemlich viel falsch gelaufen ist in meinem Leben. Ich will gerade in Selbstmitleid aufgehen und mich bedauern, da werde ich von Mopsi abgelenkt.

»Teilst du dir eine Focaccia mit mir?«, möchte sie von

Niclas wissen, und ich werde etwas neidisch. »Mit Tomatensoße und Anchovis ...«

»Ja, sehr gerne, aber vielleicht könnten wir die Anchovis heute mal weglassen.«

»Was ist denn mit dir los? Du bist doch sonst ganz wild auf diese kleinen Dinger.«

»Ja, aber heute nicht, ich weiß auch nicht warum. Lass uns irgendwas mit Artischocken nehmen.«

»Du bist doch nicht etwa schwanger?« Mopsi lacht.

Ruby schubst mich an. »Siehst du, er hat doch was von dir angenommen. Du magst keine Anchovis, oder?«

Das würde ich so nicht behaupten. Ich mag Anchovis, sogar sehr. Allerdings erst seit heute, aber das erzähle ich lieber nicht. Deswegen zucke ich einfach nur mit den Schultern.

»Interessant. Dann habt ihr Vorlieben ausgetauscht. Du musst aufpassen, was du denkst, wenn du noch mal in einen anderen Körper schlüpfst.«

»Mach ich nicht noch mal«, erkläre ich bestimmt, und damit ist die Sache für mich abgeschlossen. Es gibt schließlich Schlimmeres, als Anchovis nicht zu mögen. Aber ein wenig unheimlich ist es mir schon.

Der weitere Abend verläuft entspannt. Niclas und Caro sprechen über die Arbeit, verspeisen eine Focaccia, danach Pasta und löffeln abschließend genüsslich Tiramisu. Langsam werde ich müde. Ich weiß ja, dass ich das nicht sein muss, weil ich eigentlich keinen Schlaf mehr brauche, aber meine Seele hat sich einfach noch nicht an die Körperlosigkeit gewöhnt. Ich möchte essen, trinken und schlafen – und zwar ganz normal –, am liebsten jetzt sofort!

Wie wir wohl wieder in Rubys Haus kommen? Ob wir zurück nach Düsseldorf müssen? Hier im Restaurant wird sich wohl kaum ein Paternoster befinden, der uns in Richtung Himmel befördern wird. Demonstrativ halte ich mir die Hand vor den Mund, gähne ein bisschen und schaue zu Ruby. Aber der beachtet mich gar nicht. Sein Blick klebt ungläubig an Caros Hand, die mittlerweile in der von Niclas liegt. Habe ich etwas verpasst? Sofort bin ich wieder hellwach und spitze neugierig die Ohren. Niclas scheint gerade nach den richtigen Worten zu suchen, um Caro irgendetwas Wichtiges mitzuteilen.

»Caro, letzte Woche … die Nacht …«, beginnt Niclas, worauf Ruby aufspringt und laut nach Luft schnappt. »Es war wunderschön mit dir, und ich wünschte mir …«

Wusste ich es doch! Vielleicht hätte ich Ruby doch vorwarnen sollen? Aber er wollte ja unbedingt hier dabei sein und hat mich sozusagen dazu gezwungen. Das hat er nun davon! Mit hochrotem Kopf steht er neben Niclas und sieht gar nicht mehr freundlich aus.

»Ruby«, sage ich laut, doch er ignoriert mich einfach und setzt sich dreist auf Niclas drauf, sodass dieser fast ganz in ihm verschwindet. Nur sein dicker Bauch ist noch zu sehen.

»… dass es niemals geschehen wäre«, beendet Niclas den Satz. Das kann er nie und nimmer ernst gemeint haben, so verliebt, wie er Caro die ganze Zeit angesehen hat. Außerdem habe ich es gefühlt, als ich in ihm war.

»Ruby«, sage ich bestimmt, »lass das! Komm sofort raus da!« Aber mein mittlerweile gar nicht mehr engelhaft wirkender Freund bleibt genau dort, wo er sich unbemerkt in Niclas' Geist eingenistet hat.

»Es tut mir leid«, erklärt Niclas prompt, »aber ich glaube, wir sollten es besser lassen. Ich weiß doch, wie sehr du Rubens immer noch liebst.«

Das reicht! Ruby steuert tatsächlich Niclas' Gedanken. Nur einen Augenblick später greife ich in Niclas hinein und versuche, Rubys Arm zu packen. »Komm raus da, los! Hör auf, Niclas derartig zu beeinflussen!« Doch Ruby schüttelt mich einfach ab. Und als ich versuche, mich auch auf Niclas zu setzen, um das Schlimmste zu verhindern, pralle ich an Rubys dickem Bauch ab und lande auf dem Boden. Da hilft nur eins: Kurz entschlossen setze ich mich auf Caro, die Niclas irritiert ansieht. Ich lasse mich in sie fallen und atme mit geschlossenen Augen tief ein. Ich kann fühlen, wie verwirrt Caro ist und dass sie mit sich kämpft. Und jetzt? Ich kann ihr ja wohl kaum verklickern, dass in Niclas ein dicker, eifersüchtiger Engel steckt, der seiner Frau kein neues Glück gönnt.

Vorhin, als ich in Niclas war und Caros Stimme am Telefon hörte, habe ich es ganz eindeutig gefühlt: Mein Herz fing an zu klopfen! Er liebt dich, denke ich, und zwar schon lange. Und du weißt das. Hör nicht auf das, was er gerade von sich gibt. Er ist nicht er selbst. Vertrau deinem Gefühl! Und dann schiebe ich schnell meinen Kopf heraus und zische Ruby zu: »Du bist ja so ein Idiot! Was soll der Mist? Hör auf!«

»Nein!«, grollt Ruby. Unsere Köpfe sind sich jetzt ganz nahe. »Halte du dich lieber aus meinen Angelegenheiten raus und kümmere dich gefälligst um deinen Kram!«

»Weißt du, was mich wirklich traurig macht?«, unterbricht Caro unser kleines Streitgeplänkel und spielt versunken an dem Ring an ihrer linken Hand. »Ich habe jahrelang darauf gewartet, dass Ruby mir einen Antrag macht. Dann ist es endlich so weit, wir heiraten – und eine Woche später verlässt er mich, einfach so. Und dabei wollten wir doch noch wenigstens unsere Hochzeitsreise antreten. Er wollte so gerne nach Jamaika. Aber ich musste ja unbedingt noch mein Projekt ausarbeiten. Wäre ich doch nur mit ihm verreist, dann hätten wir Ruhe und Entspannung gehabt – und vielleicht, vielleicht wäre er dann noch hier. Ich liebe ihn noch immer, und das wird auch so bleiben. Er ist einfach zu schnell aus meinem Leben verschwunden. – Das alles ist bestimmt nicht leicht für dich, Niclas, aber bitte zieh dich jetzt nicht zurück. Du tust mir so unendlich gut. Gib uns bitte eine Chance …«

»Caro, ich will mich nicht zurückziehen«, sagt Niclas mit Tränen in den Augen, »aber manchmal habe ich das Gefühl, Ruby irgendwie Unrecht zu tun, fast so, als würde ich ihn betrügen. Heute ist es irgendwie besonders schlimm. Ich vermisse ihn doch auch …«

Ruby, dessen Kopf immer noch aus Niclas rausragt, schließt einen Moment lang die Augen. Dann öffnet er sie wieder und sieht mich fest an. »Lass uns gehen«, sagt er entschlossen.

Erleichtert stimme ich zu. Außerdem bin ich froh,

Mopsis Körper wieder verlassen zu können. Es war sehr anstrengend, dem Gespräch zwischen ihr und Niclas zu folgen, weil ich gleichzeitig die ganzen Geräusche in ihrem Körper gehört habe – von dem Gefühlschaos mal ganz abgesehen … Ganz plötzlich habe ich das Bedürfnis, mit Ruby einen tollen Science-Fiction-Film auf seiner gemütlichen Couch zu gucken und dabei ein bisschen mit ihm zu kuscheln. Und das, obwohl er, zumindest rein optisch gesehen, nicht mein Typ ist und mich Filme dieses Genres bisher überhaupt nicht interessiert haben. Über die Bedeutung möchte ich mir jetzt lieber keine Gedanken machen …

Kurz bevor wir das Restaurant verlassen, drehe ich mich noch einmal zu dem Vierertisch um. Niclas hält wieder Mopsis Hand, und beide lächeln. Und Ruby? Der zeigt wenigstens den Ansatz eines Lächelns, wenn auch eines traurigen …

»Pizza?«, fragt er.

»Mit Anchovis?«, will ich wissen.

»Mia, das sind auch Tiere! Ich dachte, du willst sie vegetarisch?«

Stimmt ja, hätte ich fast vergessen …

8 Engel können sich gegenseitig umarmen

Wir müssen nicht nach Düsseldorf zurück, um von dort aus mit dem Paternoster nach oben befördert zu werden. Es gibt auch einen im Kölner Dom, sagt Ruby, und das leuchtet mir ein – immerhin ragt die Turmspitze schon weit in den Himmel hinauf.

Auf dem zwanzigminütigen Fußmarsch dorthin kommen wir an dem Haus vorbei, in dem Ruby mit Caro gelebt hat. Es ähnelt dem im Nebenhimmel, außer dass die Blumen hier im Garten alle verwelkt sind, weil es auf der Erde Herbst ist.

Percy steht schwanzwedelnd hinter dem Zaun. Wahrscheinlich wartet er darauf, dass sich gleich das Gartentor öffnet und wir mit ihm Gassi gehen. Ruby seufzt. Dann sagt er mit strenger Stimme: »So, und jetzt ab mit dir ins Körbchen. Sonst bekommst du Ärger, wenn die Mama gleich zurückkommt. Du sollst dich doch so spät abends nicht mehr im Garten rumtreiben.«

»Die Mama?«, frage ich.

»Ja, das klingt verrückt, ich weiß. Verstehen wahrscheinlich nur die Leute, die selbst Hunde haben.«

Ruby und Percy scheinen eine ganz besondere Verbindung miteinander zu haben – ganz egal, ob Ruby sich dabei Herrchen oder Papa nennt. Der kleine dicke Hund mit den krummen Beinen sieht richtig betrübt aus, als er mit geknickten Ohren folgsam zurück zur Terrasse trottet und dann durch die Hundeklappe im Haus verschwindet. Wer weiß, wie lange es dauern wird, bis die beiden sich wiedersehen, denke ich.

»Lass uns aufbrechen«, sage ich und greife fest Rubys Hand. Schweigend gehen wir nebeneinanderher. Die frische Luft tut gut. Und zum Glück hat es aufgehört zu regnen.

In Köln gibt es eine tolle römische Therme, zu der eine große Saunalandschaft gehört. Wir waren früher öfter da. In der Außenanlage befindet sich ein gemütlicher Ruheraum mit riesigen Wasserbetten, auf denen man zu zweit entspannen kann. Mit Lukas habe ich während einer langen Saunanacht sogar mal auf einem geschlafen. Ich war am nächsten Morgen sehr ausgeruht und gut gelaunt aufgewacht, ganz im Gegenteil zu meinem sehr grantigen Freund. Er hat die ganze Nacht kein Auge zugemacht, weil unser Bettnachbar angeblich sehr laut geschnarcht hat. Das ist mir wahrscheinlich deswegen nicht weiter aufgefallen, weil ich diese Art von lauten Geräuschen nur zu gut von Lukas selbst kenne. Aber das hat er natürlich abgestritten. Deswegen habe ich seine nächtlichen Schnarchtiraden am nächsten Tag mal auf Band aufgenommen und ihm vorgespielt. Geholfen hat das allerdings auch nicht viel.

Komisch, wie das manchmal so ist im Leben – und

auch in dem Teil, der danach kommt. Erst nerven dich bestimmte Eigenschaften einer Person, und dann vermisst du genau diese Macken, wenn sie plötzlich weg sind. Und überall findest du irgendwelche Dinge, die dich daran erinnern. So wie die Therme hier in Köln oder einfach die Tatsache, dass es aufgehört hat zu regnen. Lukas hat immer behauptet, nach jedem Regen folge ein Sonnenschein. Jetzt ist es zwar dunkel, und die Sonne ist längst untergegangen, aber sie kommt wieder, das weiß ich ganz bestimmt.

Und genau das werde ich meinem Begleitengel nun erklären. Er ist mir nämlich viel lieber, wenn er nicht traurig ist.

»Ruby«, will ich ihn aufheitern, »du warst bestimmt ein ganz toller Papa ...«, doch ich erreiche genau das Gegenteil. Ruby schluchzt laut neben mir auf.

»So schlimm?«

»Percy ist alt – und krank. Er wird es nicht mehr lange machen.«

»Dann kommt er eben nach oben zu dir. Das wird bestimmt schön«, versuche ich meinen Freund zu trösten.

»Hast du vielleicht irgendwo im Himmel schon einen Hund gesehen?«

»Nein, aber du hast doch gesagt, dass der persönliche Himmel genauso ist, wie man ihn sich vorstellt, oder?«

»Im Nebenhimmel gibt es keine Hunde.«

»Oh, aber du darfst doch nicht dafür bestraft werden, dass du für den Himmelsboss einen wichtigen Job erledigst. Das ist ungerecht!«

»Das erklär ihm mal.«

»Das werde ich, darauf kannst du dich verlassen.« Am liebsten würde ich sofort mit ihm reden, aber das geht nicht. Ich könnte ihm eine Sky-Mail schicken, wenn wir wieder oben sind, oder bei Arnold um einen Termin bitten. Vielleicht gehe ich auf Nummer sicher und versuche beides?

Armer Ruby. Vielleicht war die Idee, zurück nach Köln zu kommen, doch nicht so gut? Am besten, wir bleiben die restliche Zeit oben und machen es uns mit Pizza, Wein und vielen Filmen gemütlich. Aber dafür müssen wir erst einmal bis zum Dom kommen. Und in dem Schneckentempo, im dem wir gerade unterwegs sind, kann das noch eine Ewigkeit dauern. Aber das ist mir momentan sogar ganz recht.

Die Kölner Innenstadt ist belebt. Ich habe schon immer gerne Menschen beobachtet und bin fasziniert von den verschiedenen Gesichtsausdrücken, die man dabei entdecken kann. Da mein erster Aufmunterungsversuch gewaltig schiefgegangen ist, versuche ich es nun mit einem Ablenkungsmanöver. »Komm«, sage ich und schubse Ruby an, »wir suchen glückliche Leute. Oder einfach welche, die ein reines Herz haben. Ich denke nämlich, das erkennt man schon am Äußeren. Der da zum Beispiel, der hat einen völlig entspannten Gesichtsausdruck. Ich bin mir ziemlich sicher, der ist rundum zufrieden und glücklich.«

Es funktioniert. Ruby sieht in die Richtung, in die ich zeige. Dann lacht er. »Das wundert mich nicht«, sagt er und hebt grüßend die Hand. »Das ist Meo, ein Schutzengel!«

»Wie bitte?« Abrupt bleibe ich stehen und schaue mich in der Fußgängerzone um. Sind hier etwa noch mehr davon unterwegs? Laufen vielleicht sogar alle mit himmlischer Begleitung durch die Gegend? Nein, das kann nicht sein, stelle ich fest. Manche Menschen sind definitiv alleine unterwegs.

»Wie viele gibt es denn hier?«, frage ich und zwinkere einer sympathisch wirkenden Frau zu. Aber sie bemerkt mich nicht. Ohne zu reagieren, geht sie an uns vorbei.

»Da vorne läuft Hannah!« Ruby zeigt auf eine junge Frau mit braunen Zöpfen, die an der Seite einer alten Dame geht. »Und Kian kann ich auch sehen. Das ist der neben dem Punker da. Die anderen kenne ich nicht persönlich.«

»Und woher weißt du dann, dass es Engel sind?« Niemals wäre ich draufgekommen, dass das Schutzengel und keine Menschen sind.

»Schau doch mal genau hin«, erläutert Ruby und zeigt auf den Boden. »Engel hinterlassen keine Fußabdrücke. Das kannst du auf dem harten Asphalt hier zwar nicht sehen, aber es hat den ganzen Tag geregnet. Da, wo Menschen gehen, spritzt das Wasser ein bisschen hoch, bei Engeln nicht. Probier es doch mal selbst aus.«

»Muss ich gar nicht. Ich bin nämlich vorhin in eine Pfütze gehüpft, um Niclas ein bisschen nass zu spritzen. Er hat nix abbekommen, keinen Tropfen. Aber warum waren dann meine Füße nass?«

»Kennst du den Spruch *Kleine Sünden bestraft der liebe Gott sofort*?«

Ich nicke.

»Nun, dann war das wohl eine«, sagt Ruby lachend.

Während des restlichen Weges bleibt mein Blick knapp über dem Boden hängen. Vergessen sind die unterschiedlichen Gesichtsausdrücke – Engel enttarnen macht viel mehr Spaß! Deswegen bemerke ich auch nicht, dass wir schon fast an unserem Ziel angekommen sind. Erst als Ruby stehen bleibt, hebe ich wieder den Kopf. Der Kölner Dom hat mir schon immer gefallen. Es verschlägt mir glattweg die Sprache, als wir nur wenig später das imposante Bauwerk betreten. Immer schon wollte ich den Dom besichtigen, aber es hat sich einfach nie ergeben. Ich bekomme am ganzen Körper eine leichte Gänsehaut.

»Der Paternoster ist an den Beichtstühlen«, flüstert Ruby, aber ich schüttle den Kopf. Aus irgendeinem Grund möchte ich gar nicht mehr so schnell zurück in den Himmel. Ich möchte mich einfach auf einer der Holzbänke ausruhen, ein Weilchen die Stille genießen und etwas Kraft tanken.

Und das machen wir auch. Beide sitzen wir da, sichtlich ergriffen. Ruby hält seine Augen geschlossen. Mein Blick wandert immer wieder nach oben, zu den wunderschönen Fenstern. Die Zeit vergeht, und ich überlege ernsthaft, ob ich einfach den Rest der drei Wochen hier sitzen bleiben soll. Gerade als auch ich meine Augen schließen will, um die wundervolle Stimmung noch besser in mir wirken zu lassen, sehe ich zwischen den Wimpern eine Frau den

Gang entlanglaufen. Sie hat kurzes graues Haar und trägt einen schwarzen Wollmantel. Um ihren Hals hat sie einen selbst gestrickten grünen Wollschal geschlungen. Mein Herz klopft plötzlich lauter und schneller. Instinktiv greife ich nach Rubys Hand und drücke fest zu.

Er dreht den Kopf zu mir. »Was ist?«

»Die Frau dort, sie sieht aus wie meine Mutter.«

Genau in diesem Moment wendet sich die Frau kurz nach hinten, und es scheint, als würde sie mir direkt in die Augen schauen. »Nein, sie ist es nicht ... Aber sieh mal, wie traurig sie aussieht.«

»Sie bittet um Hilfe«, sagt Ruby leise. Ja, das ist nicht zu übersehen.

Die Frau zündet eine Kerze an. Dann setzt sie sich nur zwei Reihen von uns entfernt auf eine Bank und lässt den Kopf auf ihre Brust sinken.

Ohne weiter darüber nachzudenken, stehe ich auf und setze mich neben sie. Vorsichtig taste ich nach ihrer Hand, aber ich greife ins Leere. »Es wird alles gut«, sage ich sanft zu ihr. »Egal, was passiert ist. Alles wird wieder gut.« Ich bleibe neben der Frau sitzen und erzähle ihr, wer ich bin und was ich die letzten beiden Tage alles erlebt habe. Als sie wieder aufsteht und nach draußen geht, habe ich das sichere Gefühl, es würde ihr besser gehen – und mir auch. Aufgewühlt sehe ich mich nach Ruby um.

»Wir können nicht zurück in den Himmel, noch nicht. Wir müssen doch erst ins Krankenhaus. Ich würde gerne meine Eltern sehen, sie sitzen bestimmt an meinem Bett. Kommst du mit?«

»Ob ich mitkomme? Was ist das denn für eine Frage! Meinst du etwa, ich würde dich alleine gehen lassen?«

»Ich dachte ja nur, weil du doch auch leicht angegriffen bist.«

»Aber ich bin immer noch dein Begleit… ich meine Schutzengel. Im Moment wenigstens. Außerdem mag ich dich, sehr sogar«, fügt er schüchtern hinzu.

Es tut gut zu hören, dass Ruby mich mag. Ich mag ihn auch, und zwar ganz unabhängig von der Tatsache, dass ich ihn jetzt aus Mopsis Augen zu betrachten scheine.

Wir lächeln uns an. Kurz darauf liegen wir uns in den Armen und drücken uns. Engel können sich gegenseitig umarmen – und ich bin ja fast auch schon einer.

»Sag mal, da fällt mir ein, jetzt, wo du doch Schutzengelstatus hast, kannst du uns bestimmt eine Mitfahrgelegenheit besorgen. Oder müssen wir mit der U-Bahn nach Düsseldorf fahren?«

»Liebelein«, sagt Ruby und wirft sich dabei in Pose, und ich weiß, dass er wieder ganz der Alte ist. »Ich könnte uns eine Fahrt organisieren, oder wir können auch mit dem Paternoster fahren. Allerdings müssen wir dann erst nach oben und dann wieder runter, und zwar dort, wo der Bus dich erwischt hat.«

»Ich bin dem Bus ausgewichen – er hat mich nicht erwischt«, erkläre ich. »Es war vielmehr die Bordsteinkante, die mir den Garaus gemacht hat. Außerdem werde ich es jetzt besser verkraften. Vorhin war ich einfach nicht darauf vorbereitet.«

Kurz darauf stehe ich mit Ruby vor dem Beichtstuhl.

Da ich evangelisch bin, habe ich so ein Teil noch nie von innen gesehen. Überhaupt habe ich noch nicht viele Kirchen betreten, außer zu der Zeit, in der ich konfirmiert wurde. Danach haben sich die Besuche drastisch reduziert. Lediglich Weihnachten bekam ich immer das Bedürfnis nach ein wenig Tradition und saß gerührt mit meinen Eltern in der Christmette. Dann gab es natürlich noch die Taufen – und die Todesfälle …

Ob der Himmelsboss wirklich die Sünden verzeiht, nur weil man sie in einem kleinen Holzverschlag einem Priester anvertraut?

»Ich habe aus Wut über meinen Chef eine ganze Packung Druckerpapier und eine Farbpatrone aus der Agentur mitgehen lassen«, beichte ich. »Und letztens habe ich in einem Laden bei einem Bikini die Oberteile vertauscht. Aber nur weil diese Dinger immer so unmöglich geschnitten sind. Ich brauche untenrum in der Regel eine Nummer größer. Außerdem war die Verkäuferin total unfreundlich.«

»Du hast geklaut?« Ruby droht mir mit dem Finger. »Schäm dich!« Doch dann lacht er. »Er hat dir längst alles verziehen. Außerdem zählen im Himmel andere Werte.« Dann knufft er mir belustigt in meine Speckrolle, die ein kleines bisschen über meine zu engen Jeans rausquillt. »Sonst hätte er dich außerdem niemals im Nebenhimmel warten lassen, und du wärst gleich im Versuchshimmel gelandet.«

Das mit dem Versuchshimmel interessiert mich irgendwie. Die Vorstellung, alle Menschen mit schlechter Vergangenheit würden dort gemeinsam Zeit verbringen, um sich zu bessern, lässt ganze Filme in mir ablaufen. »Werden die Anwärter dort in Gruppen eingeteilt?«, frage ich. »Diebe zu Dieben, Ehebrecher zu Ehebrechern und so weiter?«

»Hasi, auch der Versuchshimmel ist persönlich.«

Dass im Himmel alles irgendwie *persönlich* sein soll, geht mir langsam ein bisschen auf die Nerven. Aber das liegt vielleicht auch daran, dass ich mir überhaupt nicht vorstellen kann, wie mein eigener persönlicher Himmel aussehen wird. Wie soll man sich das nur vorstellen?

9 Ob es im Himmel Schönheitschirurgen gibt?

Wir haben Glück. Wir müssen keine fünf Minuten warten, bis eine Krankenschwester aus dem Zimmer kommt, in der sie meinen Körper untergebracht haben. Schnell huschen wir hinein. Ich habe Ruby zwar gesagt, er soll vorher schon mal nachschauen, wie versehrt mein Körper ist, damit er mich aufs Schlimmste vorbereiten kann, aber er wollte nicht durch die Wand gehen und ganz solidarisch lieber mit mir warten.

Meine Eltern sind nicht da, mein bewusstloser Körper ist allein im Zimmer. Am Bett sind seitlich zwei hochgeklappte Metallgitter angebracht – bestimmt hat meine Mutter darauf bestanden, weil sie Angst hatte, ich könnte sonst hinausfallen. Sie weiß, dass ich manchmal sehr wüst träume und mich dabei heftig bewege. Aber mein Körper liegt ganz still. Und wären da nicht die vielen Geräte, an die er angeschlossen ist, könnte man fast meinen, er würde einfach schlafen.

Neben dem Bett steht ein Foto auf dem Nachttisch. Darauf kann man mich mit meinen Eltern erkennen. Meine Oma hat es gemacht, als wir sie mal besuchen waren. Ich war damals sechs Jahre alt. Das weiß ich so genau, weil ich auf dem Bild stolz meinen Schulranzen mit den vielen kleinen Einhörnern in die Kamera halte.

Ich weiß nicht, ob ich lachen oder weinen soll. Mir ist nach beidem zumute. Einerseits stimmt mich die Erinnerung an meine Kindheit fröhlich. Meine Mutter war immer für mich da. Sie hat viel mit mir gespielt, gebastelt und gemalt – meine Oma war eine brillante Köchin, die mir schon früh den Umgang mit dem Kochlöffel beigebracht hat. Am besten hat mir gefallen, wenn beide in meiner Nähe waren, aber das kam nur selten vor, weil meine Oma in Bayern gelebt hat. Umso mehr habe ich unsere Urlaube dort genossen, manchmal sind wir auch zusammen an die Nordsee gefahren. Ich kann wirklich behaupten, dass ich eine glückliche Kindheit hatte. Und genau das ist es, was mich andererseits auch traurig stimmt, weil mir bewusst wird, dass ich niemals eigene Kinder bekommen werde. Ich werde nie erfahren, wie es sich anfühlt, Mutter zu sein. Und es übersteigt meine Vorstellung, wie es meiner Mutter gehen wird, wenn sie erfährt, dass ich nicht mehr aufwache …

Ob meine Oma schon davon gehört hat, was mit mir passiert ist? Sie ist vor drei Jahren gestorben. Meinen Opa habe ich leider nie kennengelernt, er starb schon vor meiner Geburt. Ob sich meine Großeltern im Himmel wiedergetroffen haben? Und wie funktioniert das dann mit dem persönlichen Himmel? Teilen sich die beiden einen? Oder hat dann trotzdem jeder seinen eigenen, und sie besuchen sich gegenseitig?

»Mia«, reißt Ruby mich aus meinen Gedanken, »alles okay mit dir?«

Nein, nichts ist okay. Ich starre die ganze Zeit auf das Foto, weil ich mich nicht noch einmal traue, meinen Körper anzusehen, der mir eigenartig fremd vorkommt. Außerdem habe ich damit gerechnet, meine Eltern hier zu treffen. Dabei habe ich gar nicht auf die Uhrzeit geachtet: Es ist kurz vor Mitternacht, und bestimmt hat mein Vater meine Mutter vor nicht allzu langer Zeit genötigt, nach Hause zu gehen, um ein wenig zu schlafen. Ich bin jedenfalls enttäuscht, sie nicht im Krankenhaus angetroffen zu haben.

Langsam trete ich nah ans Bett heran. »Was meinst du«, frage ich Ruby, der sich bisher ganz still im Hintergrund gehalten hat, »was würde passieren, wenn ich mich auf mich drauflege? Verschmelzen dann die beiden Körper, die doch eh schon identisch sind?«

Ruby räuspert sich. »Mia, deine beiden Körper können nicht miteinander verschmelzen. Oder besser gesagt: Du hast nur einen Körper – und eine Seele. Was du siehst, ist nur deine äußere Hülle. Dein Körper ist nichts weiter als ein Fahrzeug für deine Seele, die sich auf der Erde unter normalen Umständen nicht selbstständig fortbewegen kann. Und ich weiß nicht, was passiert, wenn du dich – beziehungsweise deine Seele – auf deinen Körper legst.«

Dass Ruby meinen Körper als ein einfaches Beförderungsmittel darstellt, gefällt mir gar nicht. Immerhin schlägt mein Herz darin. Und wie sagt man so schön: ein Herz und eine Seele – die beiden gehören zusammen.

»Ich kann es ja mal versuchen«, überlege ich laut und

berühre vorsichtig mit dem Zeigefinger meine Handinnenfläche.

»Ich gleite nicht einfach durch«, stelle ich verblüfft fest, »aber ich dringe in die Oberfläche ein.«

Nein, es ist vielmehr so, als würde mein Körper meine Seele geradezu aufsaugen, ähnlich wie mit dem Wasser, nur andersrum. Schnell ziehe ich meinen Finger wieder hinaus. Ich möchte nicht drei Wochen hier liegen und auf meinen Tod warten. Langsam schüttle ich den Kopf.

»Was ist?«, fragt Ruby.

»Irgendwie habe ich es mir schlimmer vorgestellt. Ich meine, mich hier liegen zu sehen.«

»Wie gesagt, es ist nur deine Hülle. Eine sehr schöne übrigens …«

»Danke«, sage ich und werde ein bisschen rot dabei.

»Möchtest du hierbleiben und warten, bis deine Eltern zurückkommen? Die sind bestimmt morgen früh wieder da. Oder sollen wir direkt zu ihnen fahren? Was meinst du?«

Ich denke kurz darüber nach, Lukas zu besuchen, entscheide mich aber anders.

»Weißt du, was ich wirklich gerne möchte? Ich würde gerne schlafen. Und zwar in meinem Bett, in meiner Wohnung. Kriegen wir das hin? Du kannst ja durch Wände gehen, ich nicht.«

»Wir könnten es zumindest versuchen. Ich hab mal gehört, dass … Warte, ich bin gleich wieder da!«

Und schon stehe ich allein im Raum. Oder beinahe allein, denn mein Körper ist ja auch noch hier. Und den findet Ruby sehr schön ... Ich betrachte mich eingehend.

Meine Haut ist sehr glatt, ohne irgendwelche Unreinheiten. Allerdings finde ich mein Gesicht ein bisschen zu breit. Und wegen meiner hohen Wangenknochen und der rötlich braunen Haarfarbe wurde ich schon oft gefragt, ob ich aus Russland komme. Das hat mich früher immer geärgert, bis meine Oma mir erzählt hat, meine Vorfahren väterlicherseits hätten tatsächlich vor Urzeiten mal dort gelebt. Seitdem fand ich es schön, wenn mich jemand auf meine Herkunft angesprochen hat, und insgeheim verglich ich mich gerne mit der Schauspielerin Milla Jovovich. Die kommt ja auch aus Russland und hat genauso volle Lippen wie ich. Nur ihre Nase ist nicht so groß wie meine. Und sie hat auch nicht den kleinen Höcker darauf, den ich mir in regelmäßigen Abständen wegoperieren lassen wollte. Und zwar immer dann, wenn ich mal wieder Liebeskummer hatte ...

Ob es im Himmel Schönheitschirurgen gibt? Oder behalte ich meine äußere Hülle jetzt bis in alle Ewigkeit? Mir fällt nämlich gerade auf, dass meine Augenbrauen mal wieder gezupft werden müssten. Und bestimmt rasiert hier auch niemand die Beine, ganz zu schweigen von der Bikinizone. Eine Strähne hat sich aus den zurückgekämmten Locken gelöst und hängt jetzt über dem linken Auge. Automatisch greife ich in mein Haar und ordne es, aber ich bin ja nur meine Seele, und eigentlich habe ich keine Haare, also hilft das auch nicht viel. Die Locke bleibt an Ort und Stelle und das stört mich irgendwie.

Wo Ruby nur steckt? Zu dumm aber auch, dass ich nicht durch Wände gehen kann, dann könnte ich mich auf die Suche nach ihm machen. So aber bin ich gezwungen, hier zu warten, bis irgendjemand ins Zimmer kommt. Ich setze mich ergeben auf den Besucherstuhl neben dem Bett und betrachte wieder meinen Körper. Ich weiß ja, dass das eigentlich keinen Sinn macht, aber trotzdem fange ich an, fest in Richtung der blöden Locke zu pusten, in der Hoffnung, sie doch noch bewegen zu können. Ich bin schon ganz außer Atem, als endlich die Tür aufgeht und ich aus dem Augenwinkel eine Gestalt wahrnehme.

»Das wurde aber auch Zeit«, sage ich, bekomme aber keine Antwort. Es ist nicht Ruby, sondern eine Krankenschwester, die durchs Zimmer geht und geradewegs auf mein Bett zukommt.

»Hallo Mia«, sagt sie mit einem Lächeln. »Wie geht es dir heute?«

»Es geht so«, antworte ich, aber das interessiert die rundliche Frau, die sich gerade über meinen Körper beugt, überhaupt nicht.

»Gut siehst du aus«, redet sie weiter. »Stört dich die Locke da über dem Auge?«

»Ja, und wie!«, sage ich. »Könnten Sie sie bitte nach hinten stecken?«

Und genau das macht die Schwester. Liebevoll streicht die Frau die Haare aus meinem Gesicht und steckt sie fest hinter mein Ohr. Dann greift sie nach meiner Hand und reibt eine Weile mit ihrem Daumen darüber. Bestimmt hofft sie, dass ich das spüren kann.

»Es liegt an dir, Mia«, erklärt sie mit ernster, aber weicher Stimme. »Allein du musst es wollen. Egal, wo du jetzt bist und wie schön es dort sein mag, du musst zurückkommen! Es liegt ganz allein an dir …«

Es liegt ganz allein an mir? Und ich muss einfach nur zurückkommen? Pustekuchen! Ich bin doch hier! Aber ich habe überhaupt keine Wahl. Ich werde sterben und zwar in genau zwei Wochen und fünf Tagen. Dann wird mein Gehirn keine Reaktion mehr zeigen, nur mein Herz wird noch schlagen … Ganz plötzlich fühle ich einen dicken Kloß im Hals.

Als Ruby kurz darauf geradewegs durch die Wand den Raum betritt, findet er mich schluchzend auf dem Boden sitzend. Ich halte meine Beine umklammert und weine so laut und heftig, dass ich fast keine Luft mehr bekomme.

Ruby kniet sich sofort neben mich und streicht durch meine Haare, aber die Berührung macht die Sache noch schlimmer. Und ich habe noch nicht einmal ein Taschentuch, mit dem ich mir die Nase putzen kann. Als er fest meine Schultern greift, schüttle ich ihn ab. Ich habe jetzt keine Lust, mich mit ihm zu unterhalten, ich möchte alleine sein.

Aber als er mit strenger Stimme sagt: »Mia, bitte guck mich an, ich muss dir etwas sagen«, hebe ich doch den Kopf und sehe ihn an.

»Du kannst auch durch Wände gehen«, verkündet Ruby, »allerdings nur mit mir gemeinsam.«

»Echt?«, frage ich schniefend. »Woher weißt du das?«

»Wir sind hier im Krankenhaus. Und da sind immer

eine ganze Menge Begleitengel, aber auch einige Schutzengel unterwegs. Ich musste nur fragen.«

Das klingt logisch. Hier haben die Schutzengel bestimmt eine ganze Menge zu tun. Ich würde zu gerne mal meinen kennenlernen, also den, der nicht richtig auf mich aufgepasst hat. Wie hieß er noch gleich?

»Möchtest du es mal versuchen?« Ruby streckt mir eine Hand entgegen. Ich weiß genau, dass er mich damit abzulenken versucht, deswegen ziere ich mich noch ein bisschen, aber dann siegt die Neugierde doch. Außerdem kann ich sowieso nichts ändern an der Tatsache, dass ich bald richtig sterben werde. Und mich hier weiter liegen zu sehen, bringt mich nur auf dumme Gedanken. Von wegen Schönheitschirurgen im Himmel, als hätte ich keine anderen Probleme.

»Okay«, sage ich entschieden und lasse mich von Ruby nach oben ziehen.

10 Lukas riecht lecker nach frischen Blumen

Durch Wände gehen ist echt cool! Und dabei ist es auch noch ganz einfach. Ich muss nur Rubys Hand festhalten. Er muss zuerst durchgehen, wobei er mich nicht loslassen darf. Sobald er auf der anderen Seite ist, kann ich ihm folgen.

Beim ersten Mal hatte ich noch ordentlich Angst, ich könnte dabei in der Mauer stecken bleiben oder so etwas in der Art. Immerhin bin ich kein Engel, und meine Seele reagiert in bestimmten Dingen ganz anders als erwartet. Wir haben gleich im Krankenhaus ein wenig geübt, erst einige Male in meinem eigenen Zimmer, dann auch in anderen.

Durch eine Wand gehen fühlt sich immer gleich an. Ganz egal, wie dick sie ist oder ob es sich um eine Mauer oder um eine Holztüre handelt, ich habe immer das Gefühl, ich würde durch Schaum gehen.

Nachdem wir genug geübt haben und ich mich sicherer fühlte, haben wir beschlossen, auf direktem Weg zu meiner Wohnung zu gehen, also querfeldein durch fremde Wohnungen hindurch. Wir sind davon ausgegangen, dass die meisten Leute um diese Uhrzeit schon längst schlafen – und außerdem würde es ja auch niemand mitbekommen.

Aber da täuschten wir uns, denn gleich zu Beginn sind wir ausgerechnet in einer Wohnung gelandet, in der ein anderer Schutzengel am Bett eines kleinen Mädchens saß. Er hat uns ganz vorwurfsvoll angesehen und uns hochkant wieder rausgeschmissen. Daraufhin bekam Ruby Bedenken, weil er seinen Schutzengelstatus nicht wieder aberkannt bekommen wollte. Also sind wir eine Weile wieder ganz normal durch die Straßen gegangen, was einen großen Umweg bedeutete. Letztendlich hat dann bei Ruby doch die Bequemlichkeit gesiegt und mittlerweile macht es uns beiden richtiggehend Spaß, Abkürzungen zu nehmen – quer durch fremde Wohnungen hindurch.

Die meisten Leute schlafen friedlich, aber ein paar erwischen wir auch mitten in der Nacht bei den unterschiedlichsten Aktivitäten. Am spannendsten war bisher die dritte Wohnung, durch die wir gegangen sind. Darin haben wir eine Frau vorgefunden, die heimlich E-Mails an ihren Geliebten geschrieben hat, während der ahnungslose Ehemann im Schlafzimmer schnarchte.

Der Computer erfreut sich in der Nacht überhaupt großer Beliebtheit, besonders bei den Menschen, die irgendwelche Strategiespiele darauf spielen. Lukas hatte auch mal so eine Phase, da hat er sich sogar den Wecker gestellt, damit er in der Nacht irgendwelche Siedler oder Krieger in einen virtuellen Krieg gegen Gegner schicken konnte, die irgendwo anders auf der Welt gleichzeitig am Rechner saßen. Ich habe das nie verstanden, und es hat zu einigen

Diskussionen zwischen uns geführt, aber Lukas schien geradewegs süchtig danach zu sein. Ob er das heute Nacht auch macht? Seine Wohnung befindet sich nicht weit weg von hier. Es wäre nur ein kleiner Umweg …

Sein Computer ist ausgeschaltet. In der ganzen Wohnung ist es dunkel, weil Lukas sonst nicht schlafen kann. Zum Glück kenne ich mich gut aus, so dass ich den Weg zum Schlafzimmer auch blind finde.

»Ruby, kommst du?« Ehrlich gesagt nervt es mich allmählich, dass ich nicht alleine durch Türen und Wände gehen kann. Ständig muss ich auf meinen Begleitengel warten. Und Ruby hat immer die Ruhe weg und lässt sich bei allem enorm viel Zeit. Aber endlich steht er neben mir.

»Meinst du, das ist eine gute Idee?«, murmelt er. »Vielleicht ist Lukas ja gar nicht alleine?«

»Was soll die Fragerei«, sage ich mit hochgezogenen Augenbrauen und greife demonstrativ nach Rubys Hand. »Ich bin schließlich auch mit dir ins Restaurant gegangen! Und außerdem kann ich mir nicht vorstellen, dass er nach nur zwei Tagen mit einer anderen Frau im Bett liegt. Immerhin liege ich im Koma! Das wäre mehr als geschmacklos.« Ich schubse ihn ein wenig nach vorne, in Richtung Schlafzimmertür. »Los, geh schon!«

Lukas liegt im Bett und schläft, und zwar alleine. Er hat sich ganz in die Decke eingewickelt. Obwohl er mich sowieso nicht hören kann, achte ich darauf, mich ganz vorsichtig zu ihm auf die Matratze zu setzen.

Als ich einen leisen Schnarcher höre, lächle ich ein bisschen und erkläre Ruby, dass mein Freund meistens noch viel lauter geschnarcht hat.

»Lässt du mich ein Weilchen mit ihm alleine?«, bitte ich Ruby. »Ich möchte noch ein letztes Mal neben ihm liegen. Ich schlüpf auch nicht in ihn rein.« Fast rutscht mir noch ein *Versprochen* hinterher, aber das verkneife ich mir vorsorglich. Nicht dass ich es dann doch nicht halten kann …

»Na gut, aber mach keinen Blödsinn, ja?«

Ruby hat gut reden! Wer hat sich denn vorhin selbst in Niclas reingesetzt?

»Okay«, verspreche ich ihm und mache es mir neben Lukas im Bett bequem. Behutsam rutsche ich ganz nah an ihn ran, um ihn vielleicht doch ein bisschen fühlen zu können. Vor allem aber möchte ich seinen Geruch wahrnehmen, will ihn mir ganz einprägen. Ein letztes Mal schiebe ich meine Nase ganz dicht an ihn heran und atme tief ein. Lukas riecht lecker nach frischen Blumen …

Nach frischen Blumen? Sofort sitze ich aufrecht im Bett. Meine Augen haben sich mittlerweile an die Dunkelheit gewöhnt, aber Lukas hat sich so gut unter der Decke vergraben, dass ich kaum was von ihm erkennen kann, außer dass er wirklich alleine unter der Decke zu liegen scheint. Ein kleiner brauner Haarbüschel ragt heraus – dass sein Haar in letzter Zeit immer lichter geworden ist, hat Lukas arge Probleme bereitet. Ich wollte ihn ja dazu überreden, sich die Haare ganz kurz zu rasieren, weil Lukas ein sehr markantes Gesicht hat und das bei ihm mit Sicherheit sehr gut aussehen würde, aber er weigerte sich strikt dagegen.

Ich rücke noch näher an den Haarschopf und schnuppere daran. Und nur eine Sekunde später springe ich wie von der Tarantel gestochen aus dem Bett.

»So ein Arsch! Ruby, da liegt tatsächlich eine andere Frau im Bett!«

Die immer lichter werdenden Haare meines Exfreundes haben sich in dichtes, welliges Haar verwandelt, dessen blumiger Duft mir noch immer hartnäckig in der Nase hängt, obwohl ich mittlerweile einen Sicherheitsabstand eingenommen habe. Aber wo bitte schön ist Lukas?

»Da, guck mal!«, erkläre ich pikiert und zeige auf das Deckenknäuel, das sich gerade etwas entwirrt hat und aus dem nun ein glatt rasiertes Frauenbein hervorlugt.

»Ist ja ein Ding! Und wo ist Lukas?«

»Woher soll ich das denn wissen? Das unter der Decke ist er auf jeden Fall nicht.« Vorsichtshalber gucke ich noch einmal nach, ob nicht irgendwo doch noch ein behaartes Männerbein auftaucht. Fehlanzeige. Und da erkenne ich auch den Kopf, der zu dem Bein gehört. »Das ist Tina«, stelle ich fassungslos fest, »Lukas' Kollegin. So ein Mistkerl!«

11 So einen verrückten Traum habe ich noch nie gehabt!

Ob Lukas sich tatsächlich so schnell mit einer anderen Frau getröstet hat? Und was, wenn die beiden vielleicht sogar schon vor unserer Trennung was miteinander gehabt haben? Wie war das doch gleich: Gelegenheit macht Liebe …

Lukas und Tina arbeiten beide als Internetredakteure in derselben Firma. Sie sehen sich also fast jeden Tag und verbringen viel Zeit miteinander. Und bei dem einen oder anderen auswärtigen Kundentermin übernachten sie sogar im selben Hotel. Ich habe Lukas immer vertraut und mir nie Gedanken darüber gemacht, ob die beiden sich vielleicht bei solchen Gelegenheiten auch dasselbe Bett teilen. Aber jetzt mache ich mir solche Gedanken. Besonders seitdem mir klar geworden ist, dass wir unser Trennungsgespräch unmittelbar nach solch einem auswärtigen Kundentermin geführt haben. Bestimmt lief zu diesem Zeitpunkt längst was zwischen den beiden …

Eigentlich wollte ich spontan ein wenig in Tina hineinschlüpfen, in der Hoffnung, dabei etwas über ihr Verhältnis zu Lukas herauszufinden, aber Ruby hat mich zurückgehalten. Letztendlich hat mich das Argument, dabei könne vielleicht eine blöde Eigenschaft von Tina an mir kleben bleiben, davon abgehalten. Ruby ist klug. Und er weiß mittlerweile ganz genau, an welchen Schrauben er bei mir zu drehen hat, damit ich genau das mache, was er will.

Wütend gehe ich nun auf der Straße neben ihm her. Auf Einblicke in fremde Wohnungen habe ich momentan keine Lust, deswegen nehmen wir den normalen Weg, brav den Bürgersteig entlang. Ab und an rutscht mir ein tief aus dem Herzen kommendes »Blödmann« oder ein schlimmeres Schimpfwort heraus, wenn ich an Lukas denke. Ruby hat mich vergeblich davon zu überzeugen versucht, dass alles vielleicht ganz anders ist. Immerhin war Lukas nicht anwesend, geschweige denn waren beide in Aktion. Aber das könnte sich ja bald ändern. Vielleicht kommt er heute spät nach Hause, oder er hatte ausnahmsweise mal einen Auswärtstermin alleine. Dann wird er zu ihr ins Bett schlüpfen …

Ich gehöre ganz bestimmt nicht zu den Frauen, die sich alles schönreden. Vor Lukas hat mich schon einmal ein Mann angeblich ohne Grund verlassen. Und zwar mit der klassischen Begründung, er sei einfach noch nicht reif für eine feste Bindung, es läge aber ganz bestimmt nicht an mir, weil ich ja seine absolute Traumfrau sei. Er sei der Idiot, und später würde er es bestimmt bereuen. Hat er aber nicht! Nur zwei Tage später stellte sich heraus, dass der Grund Natalia hieß. Und sie war noch nicht einmal hübsch – finde ich zumindest.

Lukas hat mich verlassen, weil *ich* nicht mit ihm zusammenziehen wollte. Was, wenn das alles Taktik war? Wenn er ganz genau wusste, dass ich Nein sagen würde, und er einfach nicht den Mut hatte, mir von Tina zu erzählen? Nein, ich lasse mich nicht mehr veräppeln! Und ein weiteres Mal sowieso nicht mehr, weil ich glücklicherweise bald in meinem persönlichen Himmel sein werde. Und den wünsche ich mir momentan komplett ohne Männer! Ich gründe eine nette Frauen-WG, am besten in einer alten behaglichen Villa mit einer riesigen Gemeinschaftsküche. Dort werden wir stundenlang gemütlich beisammensitzen, leckeren Kaffee trinken und tratschen. Männer dürfen gerne zu Besuch kommen. Wenn sie nett sind, dürfen sie eine Zahnbürste im Badezimmer deponieren. Aber einziehen ist nicht drin. Unsere WG bleibt weiblich, so viel steht fest!

Der Gedanke gefällt mir irgendwie, deswegen muss ich schon fast wieder ein bisschen grinsen.

Ich stupse Ruby an. »Scheißtag, findest du nicht?«

Ruby grinst zurück. »Aber weißt du, was schön ist?«

Abwartend schaue ich ihn an.

»Dass wir dabei die ganze Zeit zusammen waren, das ist herrlich!«

Das stimmt wirklich. Ich mag Ruby. Er hat ein verdammt gutes Herz, und er ist sehr sensibel.

»Wir könnten uns ineinander verlieben«, schlage ich übermütig vor und schiebe die Idee mit dem Frauenhimmel spontan wieder beiseite. Aber dafür schleicht sich sofort Mopsi in meine Gedanken … …

»Du hättest besser eine andere Hülle für mich aussuchen sollen«, sagt Ruby vorwurfsvoll. »Dann würde mir vielleicht auch das Laufen leichter fallen. Dieser Körper hier hält nämlich dein Tempo nur schwer aus! Für einen Begleitengel hast du ja ganz nett gewählt, aber für einen Schutzengel ist er äußerst ungeeignet.«

Da ist was dran. Ich bin ganz ehrlich davon überzeugt, dass wahre Schönheit von Innen kommt – deswegen finde ich Ruby auch wirklich schön, aber sexuell attraktiv finde ich ihn nicht. Deswegen gehe ich auch lieber nicht auf seinen Vorwurf ein, ich hätte ihm eine andere Hülle aussuchen sollen. »Wir sind da«, sage ich stattdessen und zeige nach oben. »Schau mal, hier wohne ich.«

Wir müssen bis in die dritte Etage hinauf. Es gibt zwar einen Aufzug, aber wir wissen beide nicht, wie wir den Knopf drücken sollen, damit wir ihn auch nutzen können. Ich bin ja irgendwie der Ansicht, dass Schutzengel auch in der Lage sein sollten, Dinge zu bewegen, und wollte Ruby schon ein paarmal dazu ermutigen, es wenigstens zu versuchen. Aber er weigert sich strikt. Er meint, es wäre absoluter Schwachsinn, dass in Filmen immer gezeigt würde, wie Engel allein durch Gedanken irgendwelche Gegenstände verrücken könnten.

Also müssen wir nun drei Etagen Treppen steigen. Ich bin das ja gewohnt, aber Ruby schnauft ganz schön laut hinter mir. Gut, dass er mich gerade noch daran erinnert hat, dass ich ja seine Hülle ausgesucht habe. Also drängle ich nicht und warte geduldig, bis er neben mir vor der Wohnungstür ankommt, lasse ihn kurz verschnaufen und greife mal wieder nach seiner Hand. Nur kurz darauf stehen wir in meiner Wohnung. Es ist gemütlich warm hier. Irgendjemand hat die Heizung angedreht – bestimmt meine Mutter, sie weiß, dass ich leicht friere. Die Tür zum Wohnzimmer steht offen. Das freut mich, denn ich habe keine Lust, auch in meiner eigenen Wohnung durch Wände gehen zu müssen. Ich zeige Ruby mein großes Sofa. Es ist nicht ganz so riesig wie seine Plüschcouch, aber es ist ganz bequem und darauf haben schon viele Gäste übernachtet. Ich selbst bin einfach nur müde und habe Sehnsucht nach meinem Bett. Deswegen wünsche ich ihm schnell eine gute Nacht und gehe durch den Flur zu meinem Schlafzimmer. Auch hier steht die Tür netterweise offen. Da höre ich ein Geräusch, das aus Richtung Bett kommt und mir seltsam vertraut vorkommt. Das Geräusch, von dem ich niemals gedacht habe, dass ich es mal vermissen würde. Es ist ein Schnarchen, sehr tief und laut …

Es ist Lukas. Völlig erschöpft, aber glücklich lasse ich mich neben ihm ins Bett fallen. Er riecht, wie er immer gerochen hat, ein bisschen nach frischer Zitrone und frischem Gras.

Es ist noch früh am Morgen, als mich ein Klingelton unsanft aus dem Schlaf reißt. Er kommt von Lukas' Handy, das auf dem kleinen Nachttischschränkchen liegt. Verschlafen reibe ich mir meine Augen. So einen verrückten Traum habe ich noch nie gehabt! Weil irgendein durchgeknallter Begleitengel seinen ersten Auftrag vergeigt hat, sollte meine Seele noch drei Wochen warten, bis sie endlich in den Himmel einreisen durfte. Ich sollte so spät keine Fernsehsendungen mehr sehen! Der Engel sah nämlich ganz genauso aus wie Dirk Bach, der direkt aus der Flimmerkiste in meinem Traum gelandet zu sein scheint.

»He, Lukas«, maule ich, »wach auf, dein Handy klingelt!«, aber er bewegt sich nicht. Also knuffe ich ihn kräftig in die Seite. Doch meine Faust gleitet einfach so durch seine Rippen hindurch und verschwindet im Nichts. Träume ich etwa immer noch? Vorsichtig streiche ich mit der Hand über sein Haar – nichts, ich kann nichts fühlen. Erstarrt liege ich neben Lukas und schaue ihn eine Weile an. Dann stehe ich langsam auf und gehe mit wackeligen Beinen ins Wohnzimmer.

Auf der Couch liegt ein kleiner, dicker Mann in einem grässlichen Hawaiihemd. Er schnarcht mindestens genauso laut wie Lukas. Verwirrt drehe ich mich um. Das kann, das darf einfach alles nicht wahr sein! In dem großen Spiegel an der Wand sehe ich Lukas, wie er in meinem Bett sitzend verschlafen nach seinem Handy greift. Mich sehe ich nicht. Ich habe nicht geträumt, mich gibt es tatsächlich nicht mehr, zumindest nicht komplett. Durch einen dummen Fehler wurde ich in zwei Teile geteilt! Und was ich erschreckenderweise als noch schlimmer empfinde: Nur etwa eine Woche zuvor hat mein Freund mich verlassen. Unglücklich gehe ich zurück ins Schlafzimmer und lasse mich wieder aufs Bett fallen. Da höre ich, wie Lukas mit brüchiger Stimme »Hallo Margot« sagt.

Margot ist meine Mutter. Die beiden duzen sich seit

einer feuchtfröhlichen Feier, bei der wir alle zu tief in die Gläser geschaut haben. Gespannt beobachte ich Lukas. Er hat dunkle Ringe unter den Augen, und wenn mich nicht alles täuscht, hat er sogar geweint. Aufmerksam hört er zu, was meine Mutter ihm gerade erzählt. »Gut, dann schlafe ich noch eine Weile und komme heute Mittag. Aber ruf mich sofort an, wenn es was Neues gibt.« Dann legt er auf, dreht sich auf den Rücken und starrt an die Decke.

Und ich starre ihn an. Lukas sieht gut aus, auch wenn seine Haare langsam ausgehen. Und er ist einer von den guten Menschen. Er hätte mich niemals betrogen, als wir noch zusammen waren. Dafür hat er viel zu viel Anstand. Wie konnte ich ihm nur so etwas zutrauen? Bestimmt gibt es eine gute Erklärung dafür, dass Tina in seinem Bett schläft. Und eigentlich kann es mir ja auch egal sein, solange Lukas währenddessen in meinem schläft. Ich rutsche so nah es geht an ihn heran.

»Weißt du noch, wie wir uns damals kennengelernt haben?«, frage ich ihn. »Ich habe dir nie erzählt, dass ich dich schon Wochen vorher ganz genau beobachtet habe. Deswegen wusste ich auch, an welchen Wochentagen du immer in der Mensa essen gehst. Ich habe ganz oft unten im Foyer gestanden und auf dich gewartet. Dabei habe ich mir mindestens zwanzigmal den Speiseplan durchgelesen, sodass ich ihn fast auswendig konnte. Und dann standen wir immer relativ nah beieinander in der Warteschlange und warteten auf die Essensausgabe. Ich habe immer aufgepasst, dass ich zwar nah bei dir stand, aber doch so, dass es nicht auffiel. Aber einmal hast du direkt hinter mir gestanden. Ich hatte mir schon ein Glas Wasser geholt und tat so, als hätte ich dich nicht bemerkt. Und dann wollte ich trinken und hab das ganze Wasser versehentlich in meinen Ausschnitt geschüttet. Mir war das so was von peinlich, aber du hast so getan, als hättest du es gar nicht bemerkt. Und dann hast du mir später in der Vorlesung den Zettel zugeschoben. Darauf hattest du eine Strichmännchenfrau mit einem überdimensionalen Wasserglas gezeichnet. Den Zettel habe ich immer noch. Er liegt in der roten Holzkiste, bei den ganzen anderen Briefen und Zeichnungen. Ich habe deine kleinen Kritzeleien immer geliebt – und ich habe dich immer geliebt.

»Ich möchte, dass du glücklich wirst«, flüstere ich und wische mir eine Träne aus dem Gesicht. Und dann füge ich noch hinzu: »Und mach was aus deinem Talent, du kannst so gut schreiben. Vergeude deine Zeit nicht in einer Firma, die dich persönlich nicht weiterbringt. Ich glaube an dich, das habe ich immer.«

Lukas atmet tief durch. Ich wünsche mir, dass er mich vielleicht doch irgendwie gehört hat, aber er zeigt keine Reaktion. Er greift wieder zum Telefon und tippt eine Nummer.

»Guten Morgen«, sagt er in den Hörer, »hast du gut geschlafen?« Dann seufzt er kurz und murmelt, er habe auch keine gute Nacht gehabt. Als er sich dafür bedankt, dass er gestern nicht alleine warten musste, weiß ich, wer am anderen Ende der Leitung ist. Es ist Tina. Lukas' Stimme ist einen Ton weicher geworden. Er scheint sie also wirklich zu mögen. Er hört ihr noch eine Weile zu, bevor er sagt: »Mias Eltern sind jetzt im Krankenhaus. Ich fahre dann heute Mittag hin.« Dann macht er eine kleine Pause und fragt: »Sehen wir uns heute Abend?«

Leise stehe ich auf und verlasse den Raum. Ich hab mich immer noch nicht daran gewöhnt, dass mich niemand hören kann und es eigentlich ganz egal ist, ob ich Krach mache oder nicht. Lukas hat mich nicht betrogen, da bin ich mir sehr sicher. Und er leidet wirklich, weil er mir nicht helfen kann. Außerdem wird er einen Menschen brauchen, der ihn tröstet, wenn meine drei Wochen rum sind. Ich möchte wirklich, dass er glücklich wird, auch ohne mich. Aber dafür muss ich ihn loslassen.

Ruby ist mittlerweile auch wach. Er sitzt auf der Couch und sieht mich mitfühlend an. »Alles gut?«

»Alles gut!«, antworte ich, »aber ich möchte gerne noch einmal ins Krankenhaus. Meine Eltern sind jetzt dort.«

12 So was wie eine Jahrmarktsattraktion

Als wir ins Zimmer kommen, hält mein Vater die Hand meiner Mutter und meine Mutter hält meine. Das Lächeln der beiden wirkt aufgesetzt.

»Ich soll dich von Theresa grüßen«, sagt meine Mutter gerade. »Sie hat gestern angerufen. Wenn du nicht bald aufwachst, setzt sie sich in das nächste Flugzeug, um dich höchstpersönlich aufzuwecken.«

Bei dem Gedanken muss ich automatisch grinsen, auch wenn ich weiß, dass das gar nicht möglich ist. Tessa lebt in Schottland und ist im siebten Monat schwanger. Sie darf also gar nicht mehr fliegen.

»Ruby, kann ich vom Himmel aus eigentlich ab und an nach unten sehen, nur mal so, um zu schauen, wie es allen geht?«

»Nein, Mia, leider nicht.«

»Das überrascht mich jetzt, hatte ich doch ganz oft das Gefühl, meine Oma würde mich aus dem Himmel beobachten.«

Ruby lacht. »Das ist ein Zeichen deiner Liebe«, erklärt er. »Es gibt keine Querverbindungen zwischen Himmel und Erde.«

»Dann möchte ich Schutzengel werden und auf Tessas Kind aufpassen!«

»Das geht leider auch nicht. Schutzengel dürfen ihre Schützlinge vorher nicht kennen.«

»Dann werde ich die Kleine also nie sehen?«

»Ich weiß es nicht genau und kann es dir deswegen auch leider nicht versprechen.«

Dafür dass Ruby schon seit zwei Jahren im Himmel ist und vor Kurzem mit seiner Schutzengelausbildung begonnen hat, weiß er erstaunlich wenig.

Tessa ist meine beste Freundin. Während der letzten drei Tage habe ich überhaupt nicht an sie gedacht. Deswegen habe ich auch ein ganz schlechtes Gewissen. Besonders wenn ich daran denke, wie mies es ihr wegen meines Zustands bestimmt gerade geht und wie traurig sie ist, weil sie aufgrund ihres dicken Bauches nicht bei mir sein kann. Ich hoffe nur, sie kommt nicht auf die dumme Idee, mit Auto und Fähre anzureisen.

Tessa hat während eines akademischen Austauschjahres Deutsch an einer schottischen Schule unterrichtet – und sich prompt in ihren Kollegen Oengus verliebt. Ich hab damals erfolglos versucht, ihr den Kerl, dessen Name klingt wie eine Rinderart, auszureden. Aber Tessa schwebte auf Wolke sieben, und nachdem ich Oengus selbst kennengelernt habe, konnte ich das gut verstehen. Das ändert allerdings nichts an der Tatsache, dass ich ihn doch manchmal verflucht habe, weil er mir sozusagen meine beste Freundin geklaut hat. Heute bin ich allerdings froh, dass sie ihn hat. Und ich hoffe, dass er immer gut auf sie aufpassen wird, so wie mein Vater das gerade mit meiner Mutter macht: Er hält immer noch fest ihre Hand.

»Und von Lukas soll ich dich natürlich auch grüßen. Er kommt heute etwas später. Und stell dir vor, seine Mutter hat auch angerufen. Sie hat sogar gefragt, ob sie dich besuchen kommen darf. Aber ich habe ihr davon abgeraten.«

»Das hast du gut gemacht, Mama«, antworte ich. »Ich konnte die blöde Pute eh nie leiden.«

Und bestimmt ist sie insgeheim froh, dass Lukas sich von mir getrennt hat. Sie hat nie etwas Negatives über mich gesagt, zumindest hat Lukas das immer behauptet. Aber Positives hat sie wohl auch nie über mich erzählt. Wahrscheinlich hat sie mir nie verziehen, dass sich ihr guter Sohn damals für mich entschieden hat, wo er doch auch Carina, die Tochter eines reichen, sehr bekannten Unternehmers hätte haben können. Bestimmt arrangiert sie demnächst ein ganz zufälliges Treffen zwischen Lukas und der tollen Carina. Ich hoffe nur, dass Tina ihr dann einen Strich durch die Rechnung machen wird …

Ich kenne meine Mutter. Deswegen weiß ich auch, dass ihr Lächeln nicht echt ist. Sie hat Angst, aber das will sie mir nicht zeigen. Sie möchte mir Mut machen. Und bestimmt ist sie immer noch davon überzeugt, dass ich es schaffen werde. Meine Mutter war schon immer diejenige, die immer alle aufgebaut und bis zur letzten Sekunde an das Gute geglaubt hat. Ich stehe jetzt ganz dicht neben ihr und sehe auf sie herunter. Noch nie ist mir so deutlich aufgefallen, wie schön sie ist. Ihre Haut ist immer noch sehr glatt und rosig. Die vielen kleinen Falten rund um ihre

Augen herum stören dabei überhaupt nicht. Im Gegenteil, sie lassen sie nur interessanter wirken. Sie hat sehr wache graue Augen, so wie ich. Nur dass sie bei mir einen schönen Kontrast zu meiner Haarfarbe bilden. Bei ihr hingegen wirkt es so, als wären Augen und Haare aus den gleichen Farben gemischt worden. Meine Mutter hat sich nämlich noch nie ihre Haare gefärbt oder getönt. Sie sind genauso grau wie ihre Augen.

Mein Vater ist zwei Jahre älter als meine Mutter. Er wird also nächstes Jahr sechzig, aber von grauen Haaren ist bei ihm nicht viel zu sehen. Das liegt aber auch daran, dass seine Haare blond sind. Er war als Vater nicht sehr präsent für mich. Er hat immer viel gearbeitet, und als ich noch klein war, habe ich ihn manchmal tagelang gar nicht gesehen, weil er erst nach Hause kam, wenn ich schon schlief. Manchmal bin ich wach geworden, wenn er sich abends kurz zu mir ans Bett gesetzt hat. Und manchmal habe ich nur so getan, als würde ich schlafen, damit er mir liebevoll einen Kuss auf die Stirn drücken konnte, bevor er wieder zu meiner Mutter ins Wohnzimmer gegangen ist. Mein Vater konnte mir gegenüber schon immer schlecht Gefühle zeigen. War ich wach, wenn er zu mir ans Bett kam, bin ich leer ausgegangen. An den Wochenenden war mein Vater auch meistens beschäftigt. Entweder hat er irgendwas am Haus repariert oder im Garten rumgewerkelt. Oder aber er hat bei Freunden und Nachbarn irgendetwas repariert und ist ihnen zur Hand gegangen.

»Ich hab die gleichen Fehler gemacht wie du«, sage ich zu ihm. »Ich war viel zu sehr mit meinem Beruf beschäftigt und habe mich zu wenig um die Menschen gekümmert, die mir wichtig sind.«

Schon in dem Moment, in dem ich es ausspreche, tut es mir leid. Ich bin ungerecht. Mein Vater hat so viel gearbeitet, weil er ein Haus abbezahlen musste. Die Schulden haben ihn immer sehr belastet. Und ich? Ich habe keine Schulden – und weder ein Haus noch eine eigene Familie. Ich habe ja noch nicht einmal einen Ehemann! Und mein Vater? Der ist vor knapp einem Jahr in den Vorruhestand gegangen. Das heißt, dass er die meiste Zeit gemeinsam mit meiner Mutter zu Hause verbringt. Aber ich habe es kein einziges Mal geschafft, mich länger als zehn Minuten mit ihm zu unterhalten. Eigentlich weiß ich sehr wenig über ihn, denke ich traurig.

»Ich gehe uns einen Kaffee holen«, unterbricht meine Mutter meine Gedanken. »Hier, nimm du ihre Hand«, sagt sie und steht resolut auf. »Damit sie weiß, dass wir bei ihr sind.«

Ganz plötzlich sieht mein Vater sehr zerbrechlich aus. Zaghaft nimmt er meine Hand. Dann hebt er sie etwas in Richtung seines Gesichts und pustet in sie hinein. »Du bist ja ganz kalt«, sagt er, und ich kann fast die ausgehauchte Luft spüren, die meinen Körper wärmen soll. Jetzt, wo meine Mutter nicht mehr neben ihm sitzt, kann ich ihn viel besser sehen. Sein blondes Haar ist grauer, als ich es in Erinnerung habe. Als er kurz darauf aufsteht und einen sanften Kuss auf meine Stirn drückt, laufen mir die Tränen hinunter. »Ich liebe dich«, flüstert er.

»Und ich dich«, antworte ich und setze mich neben ihn.

»Wir müssen jetzt stark sein, wir beide. Ich weiß, dass du alles mitbekommst, was hier passiert. Deine Mutter versucht, tapfer zu sein. Du weißt ja, wie sie ist. Sie würde niemals zugeben, dass sie Angst hat, du könntest es nicht schaffen. Aber ich gebe es zu. Ich habe Angst, Mia. Ich möchte dich nicht verlieren. Bitte komm zu uns zurück! Mir zuliebe – und für deine Mutter. Sie sitzt jetzt bestimmt draußen und weint. Und wenn sie zurückkommt, behauptet sie, es hätte länger gedauert, weil die Kaffeemaschine Mucken gemacht hat.«

Sie sitzt draußen und weint? Mein Vater hat bestimmt recht. Mir kam es gleich komisch vor, dass meine Mutter Kaffee holen wollte. Sie mag das Zeug aus Automaten nämlich gar nicht.

Ich springe auf und schaue mich hektisch im Raum um. Wo ist Ruby? Ohne ihn kann ich das Krankenzimmer nicht verlassen.

»Hier bin ich!« Ruby reicht mir lächelnd seine Hand, und wir gleiten durch die Tür. An seinen roten Augen kann ich erkennen, dass auch er geweint hat.

Meine Mutter steht im Flur an einem Fenster. Am leichten Vibrieren ihrer Schultern kann ich ganz deutlich erkennen, dass sie weint.

»Ich bin hier, Mama«, sage ich leise. »Mir geht es gut. Du musst dir keine Sorgen machen.«

Suchend dreht sich meine Mutter um. »Mia?«, sagt sie ungläubig.

»Ruby, sie kann mich fühlen«, flüstere ich. »Mama, ich bin ganz in deiner Nähe …«

Aber meine Mutter hört mich nicht. Sie fängt nun laut an zu schluchzen. Ich habe sie erst einmal weinen sehen, und das war, als meine Großmutter, also ihre Mutter, gestorben ist. Sie so unglücklich zu sehen, bricht mir das Herz. Deswegen warte ich auch keine Sekunde länger, ignoriere den strengen Seitenblick und schlüpfe mit geschlossenen Augen in ihren Körper.

Die Empfindungen dabei reißen mir fast den Boden unter den Füßen weg. Ähnlich habe ich mich nur gefühlt, als der Himmelsboss mir die Hand gegeben hat. Das hier jedoch ist noch um ein Vielfaches intensiver. Grenzenlose Liebe und Wärme umhüllen mich. Aber ich fühle gleichzeitig auch Verzweiflung und tief sitzende Angst, die meiner Mutter jede Kraft zu rauben scheint. Sie befürchtet, dass ich Schmerzen habe und es nicht schaffen werde. Und damit wird sie zumindest recht behalten. Ich muss sie darauf vorbereiten, dass ich nicht wieder aufwachen werde. Und ich muss ihr klarmachen, dass es mir trotzdem gutgehen wird, weil ich meinen persönlichen Himmel haben werde, in dem wir uns irgendwann wiedersehen werden.

»Alles wird gut, Mama! Du musst keine Angst haben. Ich habe keine Schmerzen«, sage ich ihr. Anschließend versuche ich, mir die Wärme und Kraft der Sonne vorzustellen, in der Hoffnung, ihre Strahlen können meine Mutter erreichen. Dabei fällt mir der Himmelsboss wieder ein. »Hilf ihr bitte!«, sage ich und werfe einen flehentlichen Blick nach oben.

Vielleicht hat meine Mutter mich gehört, oder aber er hat mich erhört. Auf jeden Fall fühle ich, dass sich in meiner Mutter etwas verändert. Sie strafft ihre Schultern, dreht sich um und geht mit schnellen Schritten zurück in Richtung Krankenzimmer. Ich bin überrumpelt und bleibe zurück. Dann laufe ich ihr schnell nach und versuche, wieder in ihren Körper zu schlüpfen. Aber das gelingt mir nicht wirklich. Oder besser gesagt: Ich muss mich so darauf konzentrieren, mit ihr Schritt zu halten, dass ich zwar in ihr bin, aber ich fühle sie nicht mehr. Frustriert lasse ich mich zurückfallen. Das Miteinander-Verschmelzen funktioniert anscheinend nur, wenn sich beide dabei ruhig verhalten und beieinanderbleiben. Also dürfte das eigentlich auch nichts passieren, wenn mal jemand durch mich durchlaufen würde.

Diese Erkenntnis möchte ich sofort Ruby mitteilen, doch der ist aus irgendeinem Grund weit und breit nicht zu sehen. Und jetzt?

Meine Mutter verschwindet im Zimmer und schließt die Tür hinter sich. Unschlüssig gehe ich im Krankenhausflur auf und ab. Mir bleibt keine andere Wahl, wenn Ruby nicht wieder auftaucht. Ich muss vor dem Zimmer warten, bis irgendjemand die Tür öffnet.

Aber es kommt niemand. Meine Eltern verlassen nicht wieder den Raum, und es lässt sich auch kein Personal blicken. Eine halbe Ewigkeit sitze ich nun schon an die Wand angelehnt, gleich neben der Tür, durch die ich ohne Ruby nicht gehen kann. Ärzte und Ärztinnen gehen an mir vorbei, Pfleger, Krankenschwestern auch. Besucher gibt es hier wenige. Wir befinden uns auf der Intensivstation, da kann man nicht einfach so ein- und ausgehen.

Man muss sich vorher anmelden, wenn man jemanden besuchen möchte. Und in der Regel dürfen das auch nur die engsten Familienangehörigen.

Ruby ist nun schon über zwanzig Minuten lang weg. Das weiß ich so genau, weil auf der anderen Seite des Flurs eine Uhr hängt, deren Zeiger im Minutentakt weiterspringt. Ab heute mag ich keine Uhren mehr, beschließe ich. Sie machen deutlich, dass wertvolle Zeit vergeht!

Hoffentlich hat Ruby mich nicht vergessen. Nein, das würde er nicht. Aber was, wenn irgendetwas Wichtiges dazwischengekommen ist oder wenn der Himmelsboss ihn nach oben geordert hat? Dann muss ich die restlichen drei Wochen im Krankenhaus verbringen. Das würde ich nie im Leben aushalten. Aber ich lebe ja nicht mehr, und wenn ich Pech habe, sitze ich genau deswegen hier fest. Und wenn ich zurück in meine Wohnung gehe? Ich müsste nur zusehen, dass mir irgendjemand die Tür öffnet. Vielleicht ist Lukas noch da? Dann könnte ich reinschlüpfen, wenn er geht. Und falls er dann nicht wieder zurückkommt? Dann sitze ich den Rest der Zeit in meiner Wohnung und langweile mich, weil ich dort nichts machen kann, ja nicht einmal fernsehen. Nein, wenn Ruby wirklich nicht zurückkommt, dann gehe ich mit meinen Eltern mit zu ihnen nach Hause. Dann werde ich die restliche Zeit auf der Erde bei den Menschen verbringen, die mich wirklich lieben!

Aber auch die beiden lassen auf sich warten, also sitze ich weiter missmutig auf dem Boden und trommle ein wenig mit meinen Fingern gegen meine Knie.

Es vergehen weitere zehn Minuten, bis plötzlich ein Bein aus der Wand auftaucht. Allerdings ist es nicht in Jeans verpackt, und es trägt auch keine ausgelatschten Birkenstocks.

Ich bin keine von den Frauen, die sich mit einem ausgeprägten Schuhtick rumplagen. Aber ich meine, mich daran zu erinnern, dass einmal eine Kollegin von mir mit sündhaft teuren Pumps in der Agentur aufgetaucht ist, die eine ebenso knallig rote Sohle hatten wie diese, die da gerade durch die Mauer kommen. Und schon folgt auch der Rest des kurvigen Körpers mit den langen blonden Haaren.

»Mensch, Liane! Was machst du denn hier?«

»Der Raser! Diesmal habe ich es nicht geschafft. Er ist mit hundert Sachen in einer Kurve ins Schleudern gekommen. Totalschaden, das Auto – und er ist auch draufgegangen! Dabei war ich überzeugt davon, dass der Typ irgendwann an Lungenkrebs sterben wird.«

»Oh, das tut mir leid«, erwidere ich.

»Wenigstens hat er niemanden mit in den Tod gerissen. Aber es ist trotzdem immer schwer ...« Liane steht jetzt direkt vor mir. »Ich hab dich gesucht, Mia«, sagt sie.

»Hat Ruby dich geschickt?«

»Ruby? Nein, das ganze Krankenhauspersonal weiß Bescheid, dass du hier bist, du bist so was wie eine Jahrmarktsattraktion. Und als ich gehört habe, dass du heute deinen Körper hier besuchst, wollte ich wenigstens kurz nach dir schauen.« Freundlich lächelt Liane mich an.

»Das ist nett von dir.« Ich lächle zurück, obwohl mir gar

nicht danach zumute ist. Wie nannte Liane mich gerade, oder habe ich mich verhört? »Du nennst mich eine Jahrmarktsattraktion?«, frage ich vorsichtshalber nach.

»Oh, damit wollte ich dich nicht verletzen, Mia, es ist nur so, dass du sozusagen einzigartig bist. So etwas – oder vielmehr so jemanden – wie dich gibt es kein zweites Mal. Es ist noch nie passiert, dass die Seele zu früh vom Körper getrennt wurde. Was ich eigentlich meine, ist, dass im Himmel noch nie ein Fehler gemacht wurde. Du bist sozusagen der erste.«

Na prima, ich bin also ein Fehler. Liane hat wirklich eine sehr feinfühlige Art, sich auszudrücken. Kein Wunder, dass sie früher Sprengstoffexpertin war. Besser ich hake gar nicht weiter nach, sonst kommt am Ende noch raus, dass mein ganzes Leben ein Fehler war, vielleicht sogar meine Geburt.

»Guck nicht so entsetzt«, versucht sie die Situation zu retten, »das ganze Personal ist auf deiner Seite.«

»Meinst du das Krankenhauspersonal?« Vielleicht gibt es ja doch ein paar Ärzte, die eingeweiht sind?

»Ich meine die feste Belegschaft hier, Schutzengel und Begleitengel. Die Kollegen die dauerhaft die Kranken hier betreuen. Und natürlich die Engel, die bei den Geburten dabei sind. Das sind die Frauen, die schon auf der Erde als Hebammen gearbeitet haben.«

»Und die wissen alle, dass ich hier bin? Und die reden über mich?«

»Nicht nur das, viele besuchen dich auch in deinem Zimmer, wenn niemand deiner Angehörigen bei dir ist.

Und es gibt sogar noch etwas ... Ach, das erzähle ich dir später irgendwann mal.«

»Halt, was denn?«

»Wie gesagt, später! Ich muss jetzt sofort los, zu meinem neuen Auftrag. Er fährt Motorrad. Ich weiß auch nicht, warum immer ich diese Jobs erledigen muss. Aber vielleicht habe ich ja diesmal mehr Glück. Ich würde zu gerne mal eine Person so lange begleiten, bis sie an ganz normaler Altersschwäche stirbt.«

Merkwürdig, ganz plötzlich muss Liane also sofort los. Da stimmt doch was nicht! Irgendwas scheint sie mir zu verheimlichen. Ich will gerade noch einmal nachhaken, da fällt mir ein, dass ich Lianes Hilfe anderweitig gut gebrauchen könnte.

»Kannst du mich bitte vorher noch schnell in mein Zimmer bringen? Ich habe keine Ahnung, wo Ruby sich rumtreibt, und ich würde gerne bei meinen Eltern sein.«

»Ich weiß nicht, ob das funktioniert, aber wir können es gerne versuchen!«

Es funktioniert nicht! Liane ist durch die Tür gegangen, aber obwohl ich ihre Hand ganz festgehalten habe, konnte ich nicht hinterher.

»Das tut mir wirklich leid«, sagt sie, als sie den Kopf zurück durch die Tür steckt. »Es funktioniert wohl nur mit deinem persönlichen Schutzengel. Aber warte mal kurz ...«

Nur wenig später geht die Tür auf und mein Vater steht im Türrahmen.

»Schwache Blase«, sagt Liane und grinst.

»Danke dir«, lächele ich zurück und schlüpfe durch die geöffnete Tür.

Kurz darauf bin ich alleine mit meiner Mutter und meinem untätig daliegenden Körper. Meine Mutter wirkt ein wenig ausgeglichener. Vielleicht hat sie mich ja doch wahrgenommen? Sie streichelt mir mit einem Lächeln auf den Lippen über den Kopf.

Zu gerne würde ich noch ein einziges Mal ihre Berührung spüren. Ob ich mich doch auf meinen Körper legen soll? Vielleicht kommt Ruby ja tatsächlich nicht so schnell zurück? Vorsichtig schiebe ich meinen Zeigefinger in meinen linken Rippenbogen. Und schon kurz darauf sterbe ich fast zum zweiten Mal – und zwar an einem Herzinfarkt. Denn wie aus dem Nichts kommt ein Mann aus meiner seelenlosen Hülle geschossen. Er ist klein, hat einen sehr dicken Bauch und ein breites Gesicht.

»Ruby, was machst du da? Spinnst du?«

Ist es zu fassen! Der Kerl hat sich tatsächlich in mich hineingelegt! Und weil es so gemütlich war, ist er einfach mal eben so in mir eingeschlafen.

Ruby kratzt sich verlegen seinen fast haarlosen Schädel. »Und du hast mich wirklich nicht gesehen? Noch nicht einmal meinen Bauch?«, fragt er ungläubig.

»Nein, du warst komplett weg.«

»Ich habe tief und fest geschlafen. Vielleicht lag es daran?«

»Hast du gar nicht mitbekommen, dass Liane hier war?«

»Nein, was macht Liane hier?«

»Der Raser hat es nicht geschafft.«

»Oh, das tut mir leid. Trotzdem ist es merkwürdig! Dass du mich nicht sehen konntest, kann ich ja noch verstehen. Aber Liane hätte mich doch sofort entdecken müssen. Seltsam …«

»Liane wollte mir etwas Wichtiges mitteilen. Und dann musste sie plötzlich weg. Es hat irgendetwas mit den Engeln zu tun, die hier beschäftigt sind. Hast du eine Ahnung, was sie gemeint haben könnte?«

»Nein, keine Ahnung. Ich habe ja gar nicht mitbekommen, dass sie da war.«

Das ist wirklich alles sehr seltsam. Mir fällt auf, wie Ruby wieder einmal nervös mit der Gürtelschlaufe seiner Jeans spielt. Das macht er immer, wenn ihm etwas unangenehm ist. Es sei denn, er steht, dann wippt er mit seinen Füßen. Ob er vielleicht doch was weiß? Und überhaupt will ich wissen, wie er auf diese blöde Idee gekommen ist, sich in meinen Körper zu legen.

»Ich habe gehofft, dass ich dich vielleicht retten kann, jetzt, wo ich dein Schutzengel bin. Und dann bin ich eingeschlafen. Irgendwie ist die Müdigkeit deines Körpers auf mich übergesprungen.«

Ruby wollte mich retten? Gerührt drücke ich ihm einen Kuss auf die Wange, was Ruby aus irgendeinem Grund sichtlich unangenehm zu sein scheint.

»Deiner Mutter ging es übrigens wesentlich besser, als sie zurückgekommen ist. Sie scheint dich wirklich wahrgenommen zu haben. Sie hat sogar gelächelt. Außerdem hat sie deinem Vater Mut gemacht. Du siehst ihr übrigens sehr ähnlich …«

Ich kenne Ruby und seine Ablenkungstaktiken mittlerweile ganz gut, deswegen weiß ich, dass ich jetzt sowieso nicht mehr herausfinden werde. Allerdings finde ich, dass Ruby sich jetzt endlich mal vollständig von mir lösen könnte. Er sitzt nämlich immer noch halb auf mir drauf. Ich reiche ihm meine Hand, um ihm beim Aufstehen zu helfen. Plötzlich geht die Tür auf, und mein Vater betritt wieder das Zimmer.

»Seine Blase macht ihm schon seit Monaten zu schaffen«, raune ich Ruby zu. Ich werde jedes Mal wach, wenn er nachts zur Toilette geht.

Ich halte noch immer seine Hand, schaue von meinem Vater zu meiner Mutter, dann direkt in Rubys Augen.

»Jetzt spricht meine Mutter aus mir, weil ich vorhin mit ihr vereint war«, sage ich. Und dann fangen wir beide im gleichen Moment laut an zu lachen.

13 Gibt es im Himmel etwa Gras?

»Ich möchte gerne die Frau kennenlernen, die mein Herz bekommen soll, wenn ich ganz gestorben bin. Dann habe ich vielleicht das Gefühl, dass mein Tod wirklich einen Sinn gehabt hat. Außerdem möchte ich das Meer noch einmal sehen. Und ich möchte bei meinen Eltern sein, wenn ich sterbe. Bestimmt hilft ihnen meine Nähe ... Mehr fällt mir momentan nicht ein.«

»Das ist doch schon einmal ein Anfang«, nuschelt Ruby mit vollen Backen. Die Pizza ist aber auch wirklich lecker. Ich finde es zwar immer noch ein wenig schade, dass wir hier oben keine Anchovis bekommen, aber Ruby hat sich wirklich alle Mühe gegeben und extra einen Steinofen für seinen Garten angefordert. Und darin wartet schon die zweite Pizza auf uns, auf die Ruby eine Extraportion Chili und Knoblauch gestreut hat.

Seit zwei Tagen sind wir nun schon wieder im Nebenhimmel, und ich muss sagen, dass mir das Leben – oder besser gesagt mein Dasein – hier immer besser gefällt. Ich denke oft an meine Eltern und manchmal an Lukas oder Tessa. Aber es sind immer schöne Gedanken, weil ich weiß, dass ich sie alle irgendwann wiedersehen werde. Das

Leben auf der Erde ist lediglich ein kleiner Abschnitt der Ewigkeit. Nur manchmal wird mir etwas wehmütig zumute, wenn ich zum Beispiel daran denke, wie es meinen Eltern wohl gerade geht. Aber das lasse ich gar nicht weiter an mich ran, und die unangenehmen Gedanken verfliegen ganz schnell wieder. In mir fühlt sich alles einfach nur leicht und friedlich an.

Ob hier oben vielleicht Glücklichmacher in der Luft hängen? Vielleicht hängt der Himmel nicht voller Geigen, sondern voller Gras, und nur deswegen hat er so eine milchige Farbe. Noch nie habe ich mit irgendwelchen Drogen rumexperimentiert, ich hatte einfach nicht das Bedürfnis danach. Ich habe ja noch nicht einmal an einer stinknormalen Zigarette gezogen.

»Ich habe noch nie gekifft«, stelle ich fest.

Überrascht sieht Ruby mich an. Dann grinst er. »Willst du?«, fragt er und zieht dabei neckisch eine Augenbraue nach oben.

»Gibt es im Himmel etwa Gras?«

Bei Ruby kann man gut an seiner Gesichtsmimik erkennen, dass er gleich zu lachen beginnt. Meistens reißt er nämlich kurz davor beide Augen ganz weit auf. Oder seine Mundwinkel fangen an zu zucken, so wie jetzt gerade. Er lacht noch immer, als er endlich antwortet: »Nenn mir einen Grund, warum man im Himmel kiffen sollte! Hier ist doch alles schön und leicht.«

Und genau das ist das Problem. Wahrscheinlich bin ich einfach noch nicht so weit, um diese Leichtigkeit für immer zu akzeptieren. Ab und an mache ich mir gerne schwerwiegende Gedanken. Es wird mir langweilig, wenn alles einfach immer nur »gut« ist. Vielleicht ist das auch einer der Gründe, warum es mit Lukas nicht funktioniert hat. Wir hatten kaum Reibungspunkte. Alles lief glatt – und dann lief es uns aus den Händen. Wahrscheinlich hat Lukas mich deswegen gefragt, ob wir zusammenziehen. Er hat auch gespürt, dass wir uns irgendwie auseinandergelebt haben und hat so versucht, unsere Beziehung zu retten.

»Du bist vielleicht 'ne Marke ...« Ruby schmunzelt immer noch in sich hinein, was ich demonstrativ ignoriere. Trotzdem würde ich gerne wissen, warum der Himmel hier so eine milchige Farbe hat. Aber das traue ich mich jetzt nicht zu fragen, weil Ruby mich dann bestimmt für verrückt erklärt. Also wechsle ich geschickt das Thema.

»Hast du dich eigentlich oft mit Mopsi gestritten?«, möchte ich wissen.

»Nein, nicht oft, aber ab und zu schon. Warum?«

»Ach, ich überlege nur gerade, ob es mit Lukas besser gelaufen wäre, wenn wir uns ab und an mal gezofft hätten. Also wenn nicht immer alles einfach nur leicht gewesen wäre.«

»Quatsch! Streiten ist immer blöd! Außerdem stand doch von vornherein fest, dass ihr nicht füreinander bestimmt seid! Ihr habt euch vielleicht ganz gut verstanden, weil ihr eine gemeinsame Sprache in Kopfdingen hattet, aber entscheidend ist doch die gemeinsame Sprache der Herzen.«

Gerade wollte ich in das letzte Stück Pizza beißen, aber jetzt halte ich überrascht inne.

»Wie, es stand fest?«

»Lukas war nicht dein Seelenverwandter, Mia. Ich habe den Soulmater befragt. Euer Grad lag bei etwa fünfundsechzig Prozent.«

»Den Soulmater?« Ich versteh nur Bahnhof. Warum gibt es im Himmel eigentlich so viele Anglizismen?

»Soulmate heißt Seelenverwandter.«

»Schon klar, aber *soulmater* habe ich noch nie gehört. Warum schmeißt ihr hier nur so oft mit englischen Wörtern um euch?«

»Liebelein, der Himmel ist international. Und der Soulmater ist das Messgerät, mit dem man den Grad der Seelenverwandtschaft zwischen zwei Menschen messen kann. Je höher der Grad, desto wahrscheinlicher ist es, dass eine Beziehung langfristig gutgeht. Mopsi und ich hatten über neunzig Prozent!«

»Na super! Das heißt also, dass Lukas und ich nie eine reelle Chance hatten? Warum stellt der Himmelsboss das blöde Messgerät nicht auf der Erde auf? Das würde das Leben um einiges leichter machen!«

»Wie jetzt, leichter machen? Warst du es nicht, die eben noch rumgetönt hat, sie sei noch nicht so weit für die Leichtigkeit? Das sei zu langweilig ...«

An dem Argument ist was dran, doch da fällt mir Mopsi wieder ein. »War es denn zwischen deiner Frau und dir langweilig?«, möchte ich wissen.

»Kein bisschen!«, kommt wie aus der Pistole geschossen. Also bedeutet ein hoher Grad an Seelenverwandtschaft nicht automatisch auch Langeweile.

»Wo steht das Ding denn?«

»In der Bibliothek.«

»Hier gibt es eine Bibliothek? Ist ja ’n Ding.«

»Ja, nicht weit von hier. Wir können gerne mal rübergehen, wenn du magst. Aber erst noch die zweite Pizza. Ist nämlich gleich fertig!«

Eigentlich habe ich keinen Hunger mehr. Oder besser gesagt: Ich bin viel zu aufgeregt, um noch einen Bissen hinunterzubekommen.

Hier oben im Himmel gibt es tatsächlich ein Gerät, mit dem man voraussagen kann, ob eine Beziehung gutgehen wird. Wenn das mal nicht praktisch ist! Das heißt nämlich, dass ich nie Schuld hatte, wenn eine Beziehung schiefgegangen ist, es sollte nur einfach nicht sein.

Das Ding sieht aus wie ein billiger Kirmesautomat, der grell blinkend Verliebte anlocken möchte, damit er von ihnen mit ein paar Euros gefüttert wird. Irgendjemand hier im Himmel scheint doch ab und an gewaltig zu kiffen oder zumindest zu tief ins Glas zu schauen. Oder er leidet einfach an Geschmacksverirrung! Fast muss ich laut loslachen, aber Ruby sieht mich strafend an. Immerhin sind wir in der Bibliothek, und da muss man, wie unten auch, mucksmäuschenstill sein. Außerdem ist Ruby sich nicht sicher, ob ich auch an das Gerät darf, deswegen sollten wir besser nicht auffallen. Also schlucke ich mein Lachen herunter, und als Ruby theatralisch den langen Hebel nach unten zieht und der Apparat anfängt, in einer gefühlvollen Melodie zu piepen, halte ich neugierig den Atem an.

Bei Lukas und mir spuckt der Soulmater wirklich nur fünfundsechzig Prozent aus. Bei Jannik – das ist der, der mich angeblich ohne Grund verlassen hat – sind es achtundsechzig Prozent, also sogar ein klein wenig mehr.

»Darf ich auch mal?«

Unauffällig sieht Ruby sich im großen Lesesaal um. Die Engel um uns herum sitzen konzentriert über ihren Büchern und beachten uns gar nicht.

»Du musst einfach nur zwei Namen eingeben und den Hebel ziehen.«

Um ein bisschen Genugtuung zu erhalten, suche ich nach Jannik und Natalia. Über Jannik war ich eigentlich sehr schnell hinweg. Dass Natalia ausgerechnet gebürtige Russin ist, hat allerdings lange an meinem Selbstwertgefühl genagt.

Mit schadenfroher Miene warte ich darauf, dass das Blinken und Piepen aufhört, und registriere verblüfft das Ergebnis: dreiundachtzig Prozent! Mit großen Augen schaue ich Ruby an. Der schmunzelt. »Siehst du, dein Ex konnte wohl einfach nicht anders!«

»Geht es auch andersrum? Kann ich gucken, wer eigentlich zu mir gepasst hätte?«

»Klar kannst du, lass mich noch mal ran.« Und schon tippt Ruby irgendetwas in die Tasten. Nur wenig später erscheinen etliche Namen auf dem Display. Hinter allen blinkt ein dickes rotes Herz.

»Gregor Lübner: 98,65 Prozent, Sebastian Busch: 98,64 Prozent, Timothy Becks: 98,64 Prozent … Wie viele soll ich dir denn vorlesen?«

»Ich weiß nicht. Wie viele sind es denn?«

»Ach, so um die dreitausend Männer mit annähernd voller Punktzahl. Und ein paar Frauen sind auch dabei.«

»Frauen? Zeig!«

Ruby lacht. »Wusste ich doch, dass dich das neugierig macht. Aber war nur ein Spaß, hier stehen nur Männer, keine einzige Frau. Du bist nicht lesbisch, noch nicht einmal ein kleines bisschen bi.«

Das beruhigt mich jetzt irgendwie. Sonst hätte ich nämlich bestimmt das Gefühl, etwas verpasst zu haben. Tessa hat mal behauptet, dass jede Frau mindestens einmal im Leben weibliche Lippen geküsst haben sollte. Zu diesem Zeitpunkt hatten wir schon etliche Gläser Prosecco intus. Und da Tessa immer die Mutigere von uns beiden war, hat sie es gleich ausprobiert. Während eines feuchtfröhlichen Abends in unserer Lieblingskneipe hat sie unsere gemeinsame Freundin Rebecca geküsst, die mindestens genauso viel Prosecco gebechert hatte wie wir. Ich habe an diesem Abend keine Frau geküsst. Allerdings hat der Kuss der beiden die Aufmerksamkeit von etlichen Kerlen erregt. Und so kam es, dass ich in dieser Nacht noch Jongil geküsst habe, der ein Auslandssemester in Köln studiert hat. Wenigstens kann ich von mir behaupten, dass ich mal Sex mit einem Koreaner hatte.

Von meinen dreitausend seelenverwandten Männern lebt gut die Hälfte in Deutschland. Die anderen tausendfünfhundert befinden sich kreuz und quer in der ganzen Welt verteilt. Es ist sogar irgendein Typ von den Fidschi-Inseln dabei, dessen Namen ich nicht aussprechen kann.

Immerhin vier von den tausendfünfhundert leben in Düsseldorf. Wer weiß, vielleicht bin ich einem von ihnen sogar schon mal über den Weg gelaufen?

»Und wir zwei?«, frage ich Ruby.

»Wie meinst du das?«

»Du und ich, wie passen wir zusammen?«

»Das kann ich dir nicht sagen«, antwortet er und klickt für meinen Geschmack ein bisschen zu schnell die Auswertung weg. »Als dein Schutzengel und früherer Begleitengel werde ich aus der Liste ausgeschlossen. Ich bin ja schon richtig tot, im Gegensatz zu dir! Deswegen gibt es über mich auch gar keine Informationen mehr.«

»Schade! Aber sag mal, wie hieß noch mal der Typ aus Düsseldorf mit den achtundneunzig Prozent?«

»Timothy Becks.«

»Und wie alt ist er?«

»Gestern dreiunddreißig geworden.«

»Den würde ich zu gerne mal sehen.«

»Wir können ja einen kleinen Abstecher machen, wenn wir zu Julia fahren.«

»Julia?«

»Ja, die Frau, die dein Herz bekommt.«

Nun hat sie also einen Namen. Eine Julia wird in zwei Wochen meinen Herzschlag in ihrer Brust spüren. Aber heute weiß sie noch nichts davon.

Julia, das klingt sehr weich …

Wir verbringen noch eine Weile in der Bibliothek, die mehr zu bieten hat als einen kirmestauglichen Apparat, der in Sekunden den passenden Partner auswählt.

Besonders spannend finde ich die Jahreschroniken, in denen man nachlesen kann, was zu der betreffenden Zeit alles geschehen ist. Irgendwann werde ich es mir mal richtig gemütlich hier machen und darin schmökern. Ich wollte zum Beispiel schon immer gerne wissen, woran Marilyn Monroe wirklich gestorben ist.

Das interessanteste Buch bleibt für mich aber leider verschlossen. Es liegt auf rotem Samt gebettet in einem Extraraum, den Ruby ehrfurchtsvoll Lebensraum nennt. Und ich darf ihn nicht betreten. Mir bleibt also nichts anderes übrig, als durchs Schlüsselloch zu lünkern, was Ruby sichtlich peinlich ist. »Komm weiter«, fordert er mich auf, »die gucken schon alle her.«

Stimmt gar nicht. Sämtliche Engel im Lesesaal sind weiterhin in ihre Lektüre vertieft. »Ich würde zu gerne wissen, wann meine Eltern nachkommen … Interessiert dich gar nicht, wann du Mopsi wiedersehen wirst?«

»Nein! Doch … Aber es ist strengstens verboten, im Himmelsprotokoll nach der Zukunft von Angehörigen oder Freunden zu schauen. Es ist nicht gut, bestimmte Dinge zu wissen.«

»Aber könntest du nicht vielleicht nur einmal kurz durch die Wand gehen und nachgucken? Bitte!«

»Im Himmel kann man nicht durch Wände gehen, Mia.«

»Und hast du einen Schlüssel?«

»Nein, den bekomme ich nur, wenn ich einen neuen Auftrag habe und nach dem genauen Datum sehen muss.«

»Ach komm schon. Kannst du nicht behaupten, du willst dir nur schon mal deinen neuen Auftrag ansehen? Du kannst ja sagen, dass du diesmal alles richtig machen und deswegen früh genug Bescheid wissen willst.«

»Haha, sehr komisch!«

»Ach, Ruby, du weißt doch, dass ich es nicht so meine. Aber du könntest mir ja wenigstens mal meinen Todestag zeigen. Dafür müssen wir nicht in der Zukunft nachsehen. Er liegt doch in der Vergangenheit. Dann weiß ich auch, dass zumindest mein Tod kein Fehler war. Immerhin könnte es doch sein, dass ich zu Unrecht hier oben feststecke, und das wäre unfair, oder etwa nicht?«

»Ich weiß nicht ...«

Oh, jetzt wird Ruby weich, das muss ich ausnutzen, deswegen bringe ich mein bestes Argument: »Liane meint, ich sei gewissermaßen ein Fehler. Außerdem hat sie mich die Jahrmarktsattraktion im Himmel genannt.«

Es funktioniert, Ruby bekommt sofort ein schlechtes Gewissen. Dass er mich trotzdem durchschaut hat, merke ich an seinem Blick. Erst versucht er, ernst zu gucken, aber dann muss er grinsen.

»Du hast gewonnen«, gibt er klein bei. »Warte hier. Oder nein, das ist zu auffällig. Setz dich lieber rüber an einen der Tische. Und wenn ich drin bin, kommst du nach. Aber nicht sofort, ja?«

Ich greife nach einem beliebigen Buch aus einem der Regale und setze mich damit an einen Tisch in der Nähe der Tür. Um nicht aufzufallen, schlage ich das Buch in der

Mitte auf und beginne zu lesen: Kapitel drei, Absatz fünf: Die Kraft der reinen Gedanken als Methode der Suggestion von Schützlingen.

Oha, was habe ich denn da erwischt? Ich klappe das Buch zu, um den Titel auf dem Einband zu lesen. Schutzengelkunde, das ist ja spannend! Da kann ich mir ja die Wartezeit sinnvoll vertreiben. Aber ich komme nicht dazu, viel zu lesen. Ich schaffe gerade mal das Inhaltsverzeichnis, als ich Ruby betont lässig an mir vorbei zur Tür schlendern sehe. Unauffällig schaut er erst in die eine, dann in die andere Richtung. Dann zieht er einen Schlüssel aus der Hosentasche und nur wenig später ist er hinter der Tür verschwunden.

Ich warte gefühlte zehn Minuten, die in echt wahrscheinlich nur zwei waren, stelle das Buch zurück und mache mich auf den Weg. Dabei drehe ich mich nicht um, um zu sehen, ob mich jemand beobachtet, ich verhalte mich einfach so, als sei es ganz normal, dass ich gleich den Lebensraum betrete.

Ehrfurchtsvoll drücke ich die nur angelehnte schwere Eisentür auf. Der Fußboden hier ist nicht elastisch und erinnert auch nicht an Marmor. Ich versinke tief in einem flauschigen rubinroten Teppichboden, der sich unbeschreiblich weich anfühlt, obwohl ich Schuhe trage. Das Buch liegt auf einem Stehpult, das sich inmitten des Raumes befindet. Links und rechts davon stehen zwei dicke weiße Kerzen, deren Flammen kein bisschen flackern. Sie sind fast so hoch wie ich.

»Das sind die Lebenskerzen«, flüstert Ruby. Sie erlöschen nie, weil irgendwo auf der Welt immer ein Kind geboren wird.«

Ich denke an Tessa und wünsche mir, dass bei der Geburt ihrer Tochter alles gutgehen wird. Und ich hoffe, dass sie die Kleine auch wirklich Aileen nennen wird, so wie sie das von Anfang an wollte. Nicht dass sie auf die absurde Idee kommt, sie müsse sie Mia nennen, nur weil ich bei ihrer Geburt schon gestorben bin.

Ehrfürchtig gehe ich auf das Buch zu.

»Weltweit sterben etwa hundertfünfzigtausend Menschen pro Tag. Du musst also nach der genauen Zeit suchen«, flüstert mir Ruby zu.

Es war zehn nach zehn. Die vielen Zahlen erschlagen mich. Vor allem, wenn ich daran denke, dass hinter jeder ein Name steht. Außerdem stehen hier gar keine richtigen Uhrzeiten.

»Kann ich nicht einfach nach meinem Namen suchen?« Das wäre doch bestimmt viel einfacher.«

»Nein, das Buch ist in Minuten aufgeteilt.«

»Zehn mal sechzig und dann plus zehn?«

Warum so kompliziert, wenn es auch einfach geht? Im Himmel gibt es Handys und Laptops, mit denen man Sky-Mails verschicken kann. Und es gibt eine Maschine, die dir auf Knopfdruck den richtigen Partner sucht. Aber die wirklich wichtigen Dinge, die stehen handschriftlich in ein Buch notiert. Das kann ich kaum glauben! Aber es ist wirklich so.

»Ja, Minute sechshundertzehn«, rechnet Ruby aus.

Mit dem Finger gleite ich von Minute null abwärts,

blättere um, blättere ein weiters Mal um und noch einmal. Dann nehme ich gleich mehrere Seiten auf einmal, sodass ich schneller ans Ziel gelange. Und das springt mir sofort in die Augen, als ich es erfasse. Minute sechshundertzehn: Mia Moosberger, in Schönschrift geschrieben. Hier steht es, schwarz auf weiß. Und dahinter steht noch eine kleine Zahl in Klammer, eine Acht.

»Was bedeutet das?«, möchte ich wissen.

»Ach, nichts Besonderes, das ist nur so ein unbedeutendes Kürzel.«

Ich kenne Ruby. Forsch sehe ich ihn an. Was, wenn doch jemand einen Fehler gemacht hat? Er verheimlicht mir doch irgendwas!

»Ruby, sag schon! Ich finde es sowieso raus.«

»Das ist dein Lebenswille.«

»Mein was?« Damit habe ich nicht gerechnet. Schnell schaue ich mir die anderen Namen und die Zahlen dahinter noch einmal an. Sie gehen von eins bis zehn. Okay, es ist nicht die Höchstpunktzahl, aber in Anbetracht der Tatsache, dass die Skala bis zehn geht, finde ich das gar nicht mal schlecht – denke ich zumindest.

»Du darfst das nicht so eng sehen, Mia. Jeder hat mal einen schlechten Tag. Und bei der Wertung handelt es sich um eine Momentaufnahme. Einen Tag später hätte es bestimmt schon wieder besser ausgesehen.«

Es dauert eine Weile, bis ich begreife, was Ruby mir da gerade zu erklären versucht. Die Acht heißt ganz und gar nichts Gutes! Oder mit anderen Worten: Würde da eine Zehn stehen, hätte ich mich wahrscheinlich freiwillig von einem Hochhaus gestürzt, weil mein Lebenswille gleich null gewesen wäre.

Jetzt habe ich doch wieder das Bedürfnis nach milchiger Leichtigkeit. »Lass uns gehen«, bitte ich ihn, »noch ein Stück Pizza essen und ein großes Glas Wein trinken.«

14 Ich habe Amors Pfeil und Bogen oben vergessen

In einschlägigen Fernsehserien sieht man oft engagierte Ärzte in Hubschraubern von Stadt zu Stadt fliegen, um eilig Transplantationsorgane von Spender zu Empfänger zu befördern. Meine Empfängerin lebt in Düsseldorf, was ich als ungemein praktisch empfinde. Dann kann ich auf dem Weg dorthin noch einmal bei Lukas vorbeisehen.

Gestern Abend bin ich noch ein weiteres Mal in die Bibliothek gegangen, und zwar alleine. Ruby hat sich geweigert, den Schlüssel zum Lebensraum zu organisieren. Und das, obwohl ich ihm ehrlich versprochen habe, nur noch einmal genau nachzusehen, ob bei mir eventuell doch zwei Todestage eingetragen wurden. Einer für meine Seele und einer für meinen Körper. Ruby hat mir daraufhin erklärt, es könne nur einen einzigen Todestag geben, weil meine Seele ewig leben würde. Daraufhin gab es eine riesige Diskussion zwischen uns, bei der ich zugegebenermaßen etwas laut wurde. Meiner Meinung nach wurde mein Todestag nämlich doch falsch eingetragen. Wenn meine Seele ewig weiterlebt, also gar nicht sterben kann, dann müsste mein Todestag drei Wochen später sein. Also genau dann, wenn mein Körper seinen Geist aufgibt, sozusagen wörtlich genommen. So ergab ein Wort das andere, ich behauptete, ich würde auch ohne Ruby klarkommen und stampfte wütend in die Bibliothek.

Dort lungerte ich lange vor besagtem Raum rum, aber kein einziger Engel kam auch nur ansatzweise in die Nähe der Türe. Nachdem ich erfolglos versuchte, mit einer Haarklammer, die natürlich prompt im Schlüsselloch stecken blieb, die Tür zu öffnen, fiel mir der bunte Kirmesautomat wieder ein. Mit einem mehr als zufriedenstellenden Ergebnis überprüfte ich meine Eltern, meine Tanten und Onkel, einige Kolleginnen und ihre Männer, und dann fiel mir Lukas wieder ein, dessen Seelenverwandtschaft zu Tina ich natürlich auch checken wollte: Sie bringen es gerade mal auf dreiundfünfzig Prozent!

Also suchte ich auf direktem Weg nach passenden Partnerinnen für seinen Namen und machte eine verblüffende Entdeckung: Für Lukas gibt es etwa zweitausend seelenverwandte Menschen über neunzig Prozent. Darunter immerhin achtundachtzig Männer, was ich mehr als komisch finde. Von den zweitausend Personen leben über die Hälfte in Deutschland – auch wieder vier davon in Düsseldorf. Und eine davon kenne ich. Es ist tatsächlich die blöde Pute, mit der seine Mutter ihn mal verkuppeln wollte: Carina Zurhausen.

Danach nahm ich Ruby ins Visier. Er hat gelogen, er ist noch immer gelistet. Über seine Mopsi hat er jedoch die Wahrheit gesagt. Mit ihr brachte er es wirklich auf fast vierundneunzig Prozent. Da wird es Niclas mit einer Prognose von knapp achtzig Prozent bestimmt schwer mit ihr haben. Aber vielleicht wird es auch genau deswegen gutgehen? Mopsi hat ihm ja schon gesagt, dass sie Ruby immer lieben wird. Ich wünsche den beiden auf jeden Fall, dass sie es schaffen, sehr sogar.

Männer tauchen in Rubys Liste gar nicht auf, was mich eigentlich ein wenig wundert. Und ich? Nichts! Meinen Namen findet man gar nicht auf der Liste. Also hat er zumindest dabei nicht geflunkert.

Die Sache mit der Seelenverwandtschaft hat mich auf jeden Fall wieder auf andere Gedanken gebracht. Letztendlich ist es ja auch egal, welches mein richtiges Todesdatum ist. Bald werde ich in meinem persönlichen Himmel mein Dasein fristen. Und dort werde ich es mir erlauben, auch mal schwermütig zu sein. Und da ich bis dahin noch ein wenig Zeit habe, werde ich Lukas ein wenig auf die Sprünge helfen.

Und genau das erkläre ich Ruby gerade. Der tut zwar immer noch so, als sei er beleidigt, aber lange hält er das bestimmt nicht mehr durch. Er hat den ganzen Morgen noch nicht mit mir gesprochen.

»Also, was ist jetzt«, sage ich und stupse ihn an, »machst du mit?«

»Bei was?«

»Na, beim Amor spielen, was sonst?«

Ruby reißt zuerst seine Augen auf, dann grinst er. »Hat dir schon mal jemand gesagt, dass du eine ganz unglaubliche Frau bist?«

Dieses Mal bin ich darauf vorbereitet, als der Paternoster wieder an der Stelle auf der Erde hält, an der meine Seele von meinem Körper getrennt wurde. Ich zucke noch nicht einmal zusammen, als ein Bus ganz knapp an uns vorbeibraust. Er würde ja sowieso einfach durch mich durchrauschen. Heute ist Donnerstag. Da müsste Lukas eigentlich arbeiten. Es sei denn, er hat sich freigenommen. Dann ist er entweder im Krankenhaus oder in seiner oder meiner Wohnung. Wobei mir einfällt, dass es eigentlich ein Ding der Unmöglichkeit ist, dass er noch einen Haustürschlüssel von mir besitzt. Ich habe ihm seinen sofort nach der Trennung zurückgegeben.

Das Beste wird sein, wir gehen taktisch klug vor, sodass wir möglichst kurze Strecken zurücklegen müssen. Und das bedeutet, wir gehen erst zu ihm, dann zu mir und schließlich in seine Firma. Und wenn wir ihn dort auch nicht finden, versuchen wir es im Krankenhaus …

In seiner Wohnung ist er schon mal nicht. Und ich habe auch keine zweite Zahnbürste in seinem Bad oder gar irgendwelche Damenunterwäsche gefunden. Allerdings sah das Bett so aus, als hätten zwei Personen darin geschlafen, wobei eine diesen unverkennbaren Blumenduft hinterlassen hat. Aber wirklich sicher bin ich mir da nicht. Es könnte auch gut sein, dass Lukas sich unruhig im Bett hin und her gewälzt hat, und der betörende Duft in den Laken nur ein Andenken an Tinas einsame Nacht in diesem Bett ist.

Ich habe mich in Lukas' Wohnung immer sehr wohlgefühlt. Sie ist gut dreißig Quadratmeter größer als meine, und Lukas hat einen guten Geschmack, was Möbel und Farben angeht. Er hat alles mit Vliestapete in unterschiedlichen Creme- und Brauntönen tapeziert. Seine Einrichtung besteht aus einer gesunden Mischung zwischen antiken Flohmarktmöbeln und einigen sehr teuren Designerstücken. Aber am besten gefallen mir seine neu gestalteten Wände. Als wir das letzte Mal hier waren, also vor drei Tagen, hingen dort noch viele Schwarz-Weiß-Fotografien, jetzt hat er Zeichnungen aufgehängt, zum Teil koloriert mit dezenten Aquarellfarben.

»Sehr schön, schön schlicht.« Ruby steht bewundernd vor einer der Zeichnungen, die in wenigen Tuschestrichen ein Haus auf einem Hügel darstellt, umgeben von ein paar Zypressen.

»Das ist auch eines meiner Lieblingsbilder«, erkläre ich. »Ich habe es in der Toskana gezeichnet.«

»Das hast du gemacht? Die anderen auch?«

»Ja«, erwidere ich und bin ein bisschen stolz, weil sie Ruby wirklich zu gefallen scheinen.

»Die sind wunderschön, Mia. Ich wusste ja gar nicht, dass du so kreativ bist.«

»Ich habe schon immer gemalt, auch als Kind. Ich habe alle Techniken ausprobiert, Acryl, Öl, verschiedene Mischtechniken, aber die Tuschemalerei gefiel mir immer am besten. Dabei hatte ich irgendwie das Gefühl, ich würde mich auf eine Art Seelenreise begeben, an einen Ort der Stille.«

Allerdings ist es ungefähr zwei Jahre her, dass ich das

letzte Mal zu Pinsel und Tusche gegriffen habe. Genau genommen habe ich nicht mehr gemalt, seitdem ich in der Agentur angefangen habe zu arbeiten. Vom ersten Tag an gab es viel Stress, weil ich ständig Termindruck hatte. Auch war es selbstverständlich, dass ich Überstunden machte, die weder in Freizeit noch finanziell abgegolten wurden. Außerdem musste ich damit klarkommen, dass Kunden, die selbst keine E-Mail fehlerfrei und flüssig hinbekommen und das stilistische Empfinden eines Fünfjährigen haben, über meine Texte urteilten. Aber der härteste Brocken war mein Chef, eine Mischung aus einer billigen Tom-Cruise-Kopie und Attila, dem Hunnenkönig, der niemanden neben sich gelten lassen konnte.

Ich hätte nicht mit dem Malen aufhören sollen. Jetzt wo ich die Bilder vor mir an der Wand hängen sehe, wird mir klar, wie sehr es mir gefehlt hat.

»Lukas hat immer zu mir gesagt, ich soll mehr aus meinem Talent machen«, sage ich wehmütig.

»Es gibt für alles seine Zeit, Mia – und vielleicht kommt die zum Malen noch, es liegt nur an dir.«

Ruby hat recht, wenn ich erst einmal im Himmel bin, werde ich alle Zeit der Welt haben.

»Dann bestell ich jetzt schon mal Papier und Tusche für meinen persönlichen Himmel«, melde ich an – und beschließe nach vorne zu schauen. »Und jetzt lass uns Lukas suchen. Vielleicht ist er ja in meiner Wohnung.«

Auch in meiner Wohnung finden wir Lukas nicht. Jemand hat die Heizung runtergedreht. Das könnte ich als schlechtes Zeichen werten, dass keiner mehr damit rechnet, dass ich aus dem Koma aufwache. Allerdings weiß ich auch, wie Lukas in solchen Dingen tickt. Er dreht den Temperaturregler immer nach unten, sobald er die Wohnung verlässt. Ich hingegen habe die Heizung immer taktisch klug gleichmäßig durchlaufen gelassen, damit ich nicht stundenlang warten musste, bis meine Bude warm war, wenn ich nach Hause kam. Das hat oft zu Diskussionen zwischen uns geführt, besonders, wenn ich dabei auch noch vergessen hatte, das Fenster zu schließen, damit die warme Luft schön nach draußen entweichen konnte. Lukas hat sogar mal behauptet, ich hätte das mit Absicht gemacht, nur um ihn zu ärgern. Aber das war natürlich völliger Blödsinn. Ich ärgerte mich am meisten über mich selbst, wenn ich so schusselig war.

Wenn ich Lukas ärgern wollte, habe ich seine gewaschene Wäsche zusammengelegt – und dabei so getan, als sei ich ein bisschen farbenblind. Und dann habe ich mich immer gefreut, wenn ich ihn morgens fluchen gehört habe, weil er entdeckt hatte, dass er einen dunkelblauen und einen schwarzen Socken anhatte. Schade, dass ich keine Gegenstände bewegen kann. Dann würde ich jetzt zurück in seine Wohnung gehen, seine Socken vertauschen, mich in seinen Schrank setzen und warten, bis er die ersten rauszieht …

Meine Wohnung ist insgesamt bunter und um einiges chaotischer eingerichtet als die von Lukas. In meinem Badezimmer steht zum Beispiel direkt neben der Wanne ein gemütlicher pinkfarbener Sessel, in den ich mich gerne nach einem heißen Bad gekuschelt habe. Lukas hat mir zwar in regelmäßigen Abständen erklärt, die Feuchtigkeit sei nicht gut für das Polster, aber das war mir egal. Ich habe diesen Sessel geliebt, und ich mache es mir jetzt noch einmal darin gemütlich.

»Das ist ja fast so verrückt wie mein Alien-Ei«, äußert sich Ruby über meine Kuschelecke, und ich freue mich über seinen Kommentar.

Dann betrachte ich nachdenklich die Badewanne. Noch ein einziges Mal bei Kerzenlicht darin liegen, in einem Meer aus Schaum und dabei einen Kirschbananensaft auf Eis mit einem Strohhalm schlürfen …

Aber bald bin ich ja in meinem persönlichen Himmel. Da werde ich so oft und so lange baden, wie ich das möchte. Und dabei drehe ich nach Lust und Laune die Heizung auf, natürlich bei geöffnetem Fenster, damit es nicht zu stickig im Raum wird.

Ruby und Caro haben oft gemeinsam gebadet, berichtet mir mein Schutzengel. Dafür haben sie sich extra eine besonders große Wanne einbauen lassen, damit beide sich lang ausstrecken konnten. Dass Ruby früher ganz anders ausgesehen hat, vergesse ich regelmäßig. Er betont immer wieder, dass er alles andere war, nur nicht klein und rundlich. Angeblich war er fast eins neunzig groß.

Ich mag die Gespräche mit Ruby. Sie sind leicht und haben trotzdem Tiefgang. Oder sie sind schwermütig, ohne dabei an Leichtigkeit zu verlieren.

Ruby hat es sich mittlerweile in der Badewanne gemütlich gemacht, ohne Wasser versteht sich. Ich lümmele weiter in meinem Sessel herum, wir plauschen im wahrsten Sinne des Wortes über Gott und die Welt und merken nicht, wie die Zeit vergeht. Ruby erzählt gerade eine lustige Geschichte aus seiner Kindheit. Bei ihm war zu Hause samstags großer Badetag. Und bei vier Brüdern war das immer ein großes Spektakel, besonders wenn es darum ging, wer zuerst in die Wanne durfte. Aus Kostengründen wurden die Jungs nämlich nacheinander in ein und demselben Badewasser geschrubbt. Und da Ruby der empfindlichste der Brüder war, musste er immer regelrecht zu seinem Badeglück gezwungen werden – bis er eines Tages darauf kam, den Stöpsel zu verstecken, sodass die Kinder geduscht werden mussten. Dass Ruby drei Brüder hat, ist mir neu. Gespannt höre ich zu. Als Einzelkind habe ich mir oft Geschwister gewünscht – und meine Eltern haben sich das auch. Aber die Nachwuchspläne haben nicht funktioniert. Jedoch hat meine Mutter immer darauf geachtet, dass ich viel Kontakt mit anderen Kindern hatte. Stundenlang haben wir zusammen auf dem Spielplatz im Sand gebuddelt. Und als ich dann endlich im Kindergarten war, hat sie oft andere Kinder zu uns nach Hause zum Spielen eingeladen. Eine davon war Tessa. Und ich bin mächtig stolz darauf, dass ich meine beste Freundin schon so lange kenne.

Ruby ist mit seinen Berichten mittlerweile auch beim Kindergarten angekommen. Gespannt höre ich zu, wie er über seine erste große Liebe im zarten Alter von vier Jahren berichtet, und der Grund, weswegen wir eigentlich hierhergekommen sind, rückt in immer weitere Ferne.

Deswegen zucke ich auch ordentlich zusammen, als sich jemand leise an der Haustüre zu schaffen macht. Lukas, eindeutig! Nur er schafft es, die Tür fast ohne ein Geräusch hinter sich zu schließen. Und dabei gibt er sich noch nicht einmal Mühe. Ich schaffe das nicht mal, wenn ich mich anstrenge und ganz bewusst darauf achte. Bei mir macht die Tür zumindest ein lautes Klackgeräusch.

Schnell springe ich auf und laufe ins Wohnzimmer. Ruby braucht ein wenig länger, bis er sich aus der Wanne aufgerappelt hat, aber ich höre, dass er mir folgt.

Lukas sieht müde aus. Vielleicht hat er ja doch ein schlechtes Gewissen wegen meines blöden Spruches mit dem sinnlosen Leben? Ich habe das wirklich nicht so gemeint. Deswegen verstehe ich auch die komische Acht nicht, die ich im Himmelsprotokoll hinter meiner Lebensfreude entdeckt habe. So schwermütig waren meine Gedanken nun wirklich nicht immer. Trotzdem bereue ich, dass ich das damals gesagt habe. Ich möchte nicht, dass Lukas mich so in Erinnerung behält. Nachdenklich sehe ich von ihm zu Ruby. »Wie soll ich das machen?«, frage ich. »Ich habe Amors Pfeil und Bogen oben vergessen ...«

Als sich Lukas in Richtung Badezimmer bewegt, bleibe ich im Wohnzimmer auf der Couch sitzen. Unsere Toilettengewohnheiten haben wir immer getrennt erledigt. Einen Lukas, der zeitungslesend auf dem Klo sitzt, während ich mir unter der Dusche die Haare einschäume, hat es nie gegeben. Da ich jedoch keine Toilettenspülung und kein Rauschen des Duschwassers höre, sehe ich nach einer Weile nach. Lukas hat die Badtür offen gelassen.

Das spricht zumindest dafür, dass er nicht auf der Toilette ist …

Er sitzt in meinem Sessel und starrt in die Wanne. Ich kann gar nicht anders, als es mir auch auf dem Sessel – und somit auf Lukas – bequem zu machen. Sofort umhüllt mich der Geruch von Gras und Zitrone, den ich tief einatme. Ich höre und spüre Lukas' Herzschlag und fühle mich ihm sehr nah.

»Weißt du, was verrückt ist? Im Himmel, da gibt es so einen ganz schrägen Apparat, und mit dem kann man …«

Ich erzähle Lukas, was ich alles erlebt und erfahren habe die letzten Tage. Oft lächle ich dabei, besonders, als ich ihm davon berichte, dass ausgerechnet Carina seine Auserwählte sein soll. Aber ich fühle instinktiv, dass meine Worte und Gedanken nicht bei Lukas ankommen. Jetzt ist nicht der richtige Moment, um ihn auf seine Seelenverwandte vorzubereiten. Lukas muss sich erst einmal verabschieden, und zwar von mir. Und dabei kann ihm niemand helfen. Tina nicht, Carina nicht – und ich auch nicht. Vorsichtig löse ich mich aus seinem Körper. »Es wäre für alle Beteiligten das Beste gewesen, wenn ich gleich richtig gestorben wäre«, sage ich und schaue mit vorwurfsvollem Blick nach oben, in Richtung Himmelsboss. »Dann würden die hier unten sich wenigstens nicht unnötig Hoffnung machen.«

15 Schatz, weißt du, ob wir noch Schaumbad haben?

Es fällt mir schwer, Lukas alleine zurückzulassen. Vor allen Dingen, weil er jetzt im Wohnzimmer auf der Couch liegt und das Fernsehgerät einschaltet. Ich habe sehr gerne mit ihm auf meinem Sofa gelegen, besonders mittwochs, wenn gleich zwei unserer Lieblingsserien hintereinander liefen.

Der Mittwoch war immer unser gemeinsamer Fernsehabend, und zwar in meiner Wohnung. Die Wochenenden haben wir meist in seiner Wohnung verbracht. Seine Küche ist größer, und da wir immer gerne gemeinsam gekocht haben, hat es sich mit den Jahren so eingespielt. Freitag bis Sonntag waren wir bei Lukas. Montags sind wir gemeinsam zum Yoga gegangen und haben dann bei mir geschlafen. Dass Lukas mit mir zusammen den Kurs besucht hat, finde ich immer noch sehr süß, besonders, weil er der einzige Mann dort war. Ob er ohne mich auch weiter zum Yoga gehen wird?

Dienstags haben wir oft Lukas' Mutter besucht. Mir hat das zwar nicht gefallen, aber Lukas zuliebe bin ich immer mitgegangen. Nachdem sein Vater vor zwei Jahren gestorben ist, fühlte sie sich oft sehr einsam. Und da konnte ich ja schlecht rummeckern. Lukas' Vater habe ich immer sehr gerne gemocht. Und ich glaube, er mich auch. Er war mit Leib und Seele Lehrer und ist in seinem Beruf richtig aufgegangen. Wenn es im Himmel so etwas wie Schulen gibt, wird er mit Sicherheit dort jetzt unterrichten.

Donnerstags habe ich mich früher immer mit Tessa getroffen. Als sie dann nach Schottland gezogen ist, musste Lukas herhalten. Eigentlich schade, dass ich es nie wieder geschafft habe, mit einer anderen Frau eine so tiefe Freundschaft aufzubauen. Meine Arbeitskollegin Lea war sehr nett, und unser Verhältnis wurde die letzten Monate immer persönlicher, besonders nachdem ich ihr von der Sache mit unserem Chef erzählt hatte. Sie hat sich darüber ganz fürchterlich aufgeregt, und weil sie den Blödmann genauso wenig leiden konnte wie ich, haben wir oft darüber gesprochen, wie schön es wäre, wenn wir uns gemeinsam selbstständig machen würden. Leider hatten wir beide nicht den Mut dazu, und so ist es bei unseren Träumereien geblieben.

Vielleicht hätte sich auch zwischen Lukas und mir eine Freundschaft entwickelt. Mit ihm hätte ich gerne versucht, den Spruch *Lass uns Freunde bleiben* zu verwirklichen. Wie süß, dass er auch heute auf meiner Couch liegt, um sich unsere Serien anzuschauen.

»Komm«, sage ich zu Ruby, »lass uns abhauen.«

Wir sind schon fast an der Tür, da höre ich, dass der Vorspann von *Grey's Anatomy* im Fernsehen läuft, und es ist vorbei mit meinem Entschluss, die Wohnung sofort zu verlassen. Wie angewurzelt bleibe ich stehen, sodass Ruby hinter mir fast in mich hineinrennt.

Wankelmütig beschließe ich, der Vorspann müsse ein Zeichen sein. Irgendjemand (oben im Himmel?) scheint zu wollen, dass wir hierbleiben, um gemeinsam mit Lukas zu verfolgen, wie Meredith sich endlich ihren McDreamy angelt. Ruby nickt mir verständnisvoll zu.

Wir machen es uns auf dem Fußboden an die Couch gelehnt gemütlich. In meinem persönlichen Himmel wird es meine Lieblingsserien auch geben. Dafür verzichte ich gerne auf die Schönheitschirurgen …

»Hast du früher auch regelmäßig irgendwelche Serien geguckt?« Gespannt beobachte ich Rubys Gesichtszüge.

»Klar, ich war ein richtiger Serienjunkey, bin ich heute noch. Ich weiß übrigens, wie diese Folge hier ausgeht. Ich habe schon alle Staffeln gesehen.«

»Wie? Die sind doch noch gar nicht alle gelaufen!«

Ruby verzieht keine Miene. Er meint das tatsächlich ernst.

»Cool!«, freue ich mich. »Dann können wir uns die Folgen gemeinsam ansehen, solange ich bei dir wohne, was meinst du?«

Ruby grinst. »Aber nur mit genügend Knabberkram. Ich habe eine ganz tolle Maschine, mit der wir uns frisches Popcorn zubereiten können. Hast du übrigens mal das Lied am Ende der Sendung komplett gehört, *Cosy in the rocket*? Darin geht es um eine Frau, die sich in den Himmel verabschiedet. Allerdings fliegt sie in einer Rakete.«

So was aber auch. Da sehe ich seit Monaten Woche für Woche wie eine Besessene jede Folge der Serie, aber das Lied oder besser gesagt den Text dazu, habe ich noch nie bewusst wahrgenommen. Und jetzt erfahre ich, dass es dabei um eine Frau geht, die in den Himmel zieht …

Bei dem Gedanken muss ich lachen. Sofort darauf bekomme ich ein schlechtes Gewissen. Lukas liegt nur ein paar Zentimeter von uns entfernt, er leidet und hat Angst um mich. Und ich? Ich lache über den blöden Text eines Liedes und mache mir Gedanken über irgendwelchen Knabberkram. Es ist ganz schön erschreckend, dass bei mir schon so etwas wie ein Gewöhnungsprozess eingesetzt hat.

Bevor ich allzu gefühlsduselig werde, rede ich mir ein, die Zeit heile alle Wunden – und außerdem würden wir uns ja sowieso bald wiedersehen.

Auf der anderen Seite scheint Lukas gar nicht so sehr zu leiden, wie ich bisher gedacht habe. Er fängt nämlich an, mit irgendwem zu simsen. Und ich bin mir sicher, dass seine Nachrichten bei einer Empfängerin ankommen und nicht bei einem Empfänger.

Es juckt mich in den Fingern, aufzustehen und mal einen Blick auf Lukas' Handy zu werfen, doch da werde ich von der Werbepause in der Flimmerkiste abgelenkt. Mit offenem Mund starre ich auf den Bildschirm.

Gerade kommt ein gut aussehender, verschwitzter Kerl in seine Wohnung. Er war offensichtlich beim Joggen und will nun in die Badewanne. Pfeifend dreht er den Wasserhahn auf. Dann greift er zum Schaumbad und möchte etwas davon in die Wanne geben, aber die olle Plastikflasche ist leer. Also ruft er laut: »Schatz, weißt du, ob wir noch Schaumbad haben?« Da Schatz nicht antwortet, macht er sich auf die Suche. In der Küche klebt ein Zettel: *Bin einkaufen!* Der verschwitze Kerl sieht sich in der Küche um und greift sich die Spülmittelflasche. Er liest: *Samtweiche Haut – schon beim Spülen!*

Kurz darauf sieht man ihn mit geschlossenen Augen in einem Berg aus Badeschaum in der Wanne liegen. Dann hört man die Haustüre – Schatz ist zurückgekommen. Und die ruft nur kurz darauf: »Schatz, weißt du, wo das Spülmittel ist?«

»Die Werbung ist gut«, bemerkt Ruby anerkennend. »Hab ich noch nie gesehen!«

Mir fehlen noch immer die Worte. Aber schon einen kurzen Moment später bricht es aus mir heraus. »So ein Scheißkerl!«, beschwere ich mich. »Er hat die Sache tatsächlich durchgezogen. Das war meine Idee! Und dieser Widerling hat sie mir geklaut!«

Schon vor über einem Jahr habe ich meinem Chef von der Idee erzählt, und zwar in allen Details. Er hat sie damals als »zu weiblich« abgestempelt – und dabei hat er sie mir klammheimlich geklaut. Jetzt habe ich endlich einen Beweis!

Ganz plötzlich ist mir egal, ob Meredith heute ihren Derek kriegt und mit wem Lukas da gerade simst.

»Wir müssen in die Agentur«, bestimme ich.

»Jetzt? Aber da ist doch um die Uhrzeit bestimmt niemand mehr.«

»Das ist egal, wir müssen nur was nachschauen.«

»Am besten fahren wir mit der U-Bahn«, schlage ich vor. »Wir bekommen so schnell bestimmt keine Mitfahrgelegenheit, und wenn wir laufen, dann sind wir den ganzen Abend unterwegs.«

Da ich eine enorme Wut im Bauch habe, schimpfe ich unaufhörlich. Ruby nickt ab und zu, macht »Hm« oder »Aha« und versucht, mit meinem Tempo Schritt zu halten.

Als wir endlich auf einer Bank an der Haltestelle sitzen, seufzt er erleichtert auf. Die Bahn kommt in zehn Minuten. So lange kann er sich ausruhen. Wir haben schon fast halb elf, und es ist nicht mehr viel los hier um diese Uhrzeit. Ein paar Jugendliche stehen am Bahnsteig und albern herum. Dann kicken sie mit einer leeren Dose rum, bis diese vor meine Füße rollt.

Aus irgendeinem Grund vergesse ich in diesem Moment, dass ich keinen Körper mehr habe, springe auf, um die Dose elegant zurückzuschießen. Dabei mache ich einen Satz durch die Luft und lande auf meinem Hintern, was Ruby zu einem leichten Grunzen veranlasst. Bisher ist mir noch gar nicht aufgefallen, dass sich sein Lachen manchmal wie das Quieken eines Schweines anhört. Belustigt imitiere ich das Grunzgeräusch und werfe ihm ein »Schweinebacke!« an den Kopf. Aber das führt zu noch lauteren Lachgrunzern. Und weil sich das so lustig anhört, muss auch ich lachen.

Irgendwie doof, dass mein Hintern jetzt schmerzt, weil ich auf den Boden geknallt bin, aber die blöde Dose kann ich nicht bewegen, ich trete einfach durch sie hindurch. Gerade als ich mich wieder aufrappeln will, kommt ein

Kerl auf mich zu, der aussieht, als wäre er gerade auf einem Woodstock-Konzert gewesen. Er kickt die Dose zurück zu den Jungs, die sich ungläubige Blicke zuwerfen. Dann steigt er gut gelaunt in die U-Bahn, die in diesem Moment am Bahngleis gegenüber eingefahren ist.

Ruby sitzt mit dem Rücken zur Bahn, aber ich kann alles genau sehen. Der Zug fährt ganz normal los und rauscht an uns vorbei, aber plötzlich erscheint im letzten Wagen der Oberkörper eines Mannes, der sich weit herauslehnt. Als er mich sieht, hebt er zwei Finger zu einem Peace-Zeichen und winkt mir zu. Dann ist die Bahn verschwunden.

»Das darf doch nicht wahr sein!«, rufe ich überrascht.

»Wieso, was ist passiert?«

»Der Hippie-Typ von eben hat mir aus der fahrenden U-Bahn zugewunken.«

»Liebelein, in U-Bahnen kann man die Fenster nicht so weit öffnen!« Amüsiert schaut Ruby mich an.

»Sein Köper hing irgendwie halb aus dem Wagon raus und …«, ich mache eine kurze Pause, weil ich mir auf einmal nicht mehr sicher bin, ob ich das auch wirklich gesehen habe, »er hat sich mit einem Peace-Zeichen von mir verabschiedet.«

Ruby hält sich immer noch den Bauch vor Lachen, als unsere U-Bahn einfährt. Bevor wir einsteigen, schaue ich alle Wagons entlang, aber ich kann nichts Ungewöhnliches entdecken.

Wir sitzen schon ein Weilchen nebeneinander, als mir ein abenteuerlicher Gedanke kommt. »Meinst du, du kannst deinen Kopf auch mal rausstecken?«

»Spinnst du?«, entgegnet Ruby entsetzt.

»Eigentlich dürfte dir doch dabei gar nichts passieren.«

»Aber was, wenn doch? Dann kannst du meinen abgetrennten Kopf von irgendeinem dunklen Bahngleis einsammeln.«

»Aber Ruby, warte mal ...«, versuche ich es erneut, doch der lässt sich auf keine Diskussion mehr ein.

Also, wenn ich Ruby wäre, dann würde ich es versuchen, das weiß ich ganz bestimmt.

16 Der Kerl ist ein Engel!

Überstunden waren in unserer Agentur ja oftmals an der Tagesordnung. Aber bis elf Uhr abends hat selten jemand von uns gearbeitet. Nur in den ganz heißen Phasen kam es auch mal vor, dass wir die eine oder andere Nachtschicht einlegen mussten.

Heute ist das zum Glück nicht der Fall. Die Agentur ist dunkel, niemand ist mehr da. Es dauert einen Moment, bis sich unsere Augen an die Lichtverhältnisse gewöhnt haben. Außerdem scheint etwas Licht von der Straße unten durch die Fenster herein. Aber irgendwie ist es trotzdem gespenstisch, so spät abends hier durch die Flure zu schleichen.

Mein Büro befindet sich am anderen Ende des Ganges. Da ich im Koma liege und noch nicht gestorben bin, gehe ich davon aus, dass mein Arbeitsplatz noch existiert. Als Texterin mit enormem Ruhebedürfnis hatte ich lange Zeit das Glück, das Büro ganz für mich alleine zu haben. Aber kurz bevor ich den Unfall hatte, habe ich erfahren, dass ich es mir demnächst mit einer anderen Texterin teilen müsse. Die habe ich aber leider nicht mehr kennengelernt.

Dass sie jetzt mit in meinem Büro sitzt, kann man nicht übersehen: Ein zweiter Schreibtisch steht meinem gegenüber. Wahrscheinlich ist sie bildhübsch und hat meinem bestechlichen Chef schöne Augen gemacht, denn ihr Bürostuhl sieht verdammt bequem aus! Deswegen setze ich mich auch gleich mal drauf. Ruby setzt sich mir gegenüber, an meinen alten Arbeitsplatz. Mit ihm hätte ich mir gerne ein Büro geteilt, so viel ist klar.

»Unbequem«, sagt er.

Ich grinse und sehe mich neugierig auf dem Schreibtisch meiner neuen Kollegin um. »Sie hat einen Hund«, sage ich. »Hier steht ein Foto. Ich glaube, es ist ein Labrador, schokobraun.«

»Labradore sind nette Hunde. Nicht so eigenwillig wie Möpse«, meint Ruby.

Ansonsten entdecke ich nichts Aufregendes auf dem Schreibtisch. Ein wenig erinnert mich sein Aussehen an den von Niclas, denn auch hier kleben verteilt viele kleine Zettel mit kurzen Notizen. Mittendrin steht eine schwarze Kaffeetasse. Darauf steht mit großen weißen Buchstaben: *Frauenversteher*.

Bestimmt hat sie die Tasse von einem Kerl gemopst, vielleicht als Andenken? Am liebsten würde ich mit einem weißen Lackstift ein dickes I und ein N dahinterkritzeln. Auf jeden Fall ist mir meine Bürogenossin mit ihrem unaufgeräumten Schreibtisch sympathisch.

An meinem Arbeitsplatz ist von meiner Kreativität nichts mehr zu entdecken. Irgendjemand hat aufgeräumt. Wahrscheinlich mein Chef, um sicherzugehen, dass hier auch bloß keine Hinweise auf seinen Ideenklau mehr rumfliegen.

»Was suchen wir denn, Mia?«

»Mein Drehbuch. Darin habe ich alle meine Ideen aufgeschrieben. Es ist eine rote Kladde, ganz dick, weil ich viele Zeitungsausschnitte reingeklebt habe.«

»Und wo finden wir das gute Stück?«

»Du sitzt sozusagen drauf.«

»Wie bitte?«

»Ja, sagte ich doch schon, du sitzt drauf. Der Bürostuhl ist so dermaßen ausgeleiert, dass mir mein Rücken immer wehtat. Also habe ich sie unter die Sitzfläche geschoben, damit ich einigermaßen gerade sitze ... Kannst du mal nachgucken, ob sie noch da ist?«

»Haha, sehr witzig!«

»Wenn du durch eine Wand gehst, nimmst du deinen Kopf doch auch mit. Und wenn der durchgeknallte Engel seinen Schädel durch einen U-Bahn-Wagon schieben kann, dann wirst du wohl auch durch einen Stuhl gucken können!«

Ungläubig sieht Ruby mich an. Jetzt bin ich es, die ein wenig grunzt beim Lachen. Irgendwie scheint das ansteckend zu sein. Ich komme zu ihm rüber.

»Lass mich mal!«

Bereitwillig macht Ruby mir Platz. Ich setze mich noch einmal auf meinen alten, wirklich sehr unbequemen Stuhl. Forschend rutsche ich mit meinem Hintern ein bisschen auf der Sitzfläche hin und her.

»Sie ist noch da«, stelle ich erleichtert fest.

Ruby scheint das gar nicht zu beeindrucken. »Hasi«, sagt er besserwisserisch, »das ist ja alles schön und gut, aber wie willst du das Ding jetzt da rausbekommen?«

Nachdenklich kaue ich auf meiner Lippe herum. Und dann fällt mein Blick auf die Rückseite des Fotos, das bei meiner neuen Kollegin auf dem Schreibtisch steht und den schokobraunen Labrador zeigt.

»Sag mal«, frage ich scheinheilig, »dein heiß geliebter Percy, der hört doch aufs Wort, oder?«

»Aber hundertprozentig«, bestätigt mir Ruby und reißt im gleichen Moment die Augen auf. Dann schüttelt er vehement den Kopf und sagt: »Nein, das kannst du unmöglich ernst meinen!«

Als ich langsam nicke, verfällt Ruby plötzlich in eine Art Starre. Er scheint intensiv nachzudenken, und ich werde den Teufel tun, ihn dabei zu stören. Also warte ich geduldig ab.

»Das könnte funktionieren. Wir müssen ihn nur irgendwie durch die Türen kriegen«, überlegt er schließlich laut. »Und es geht nur, wenn Mopsi es nicht mitbekommt. Sie stirbt sonst vor Angst um ihn, wenn er plötzlich einfach so verschwunden ist.«

Wie war das noch gleich? Ich muss nicht schlafen und essen muss ich auch nichts? Tatsächlich verspüre ich keine Müdigkeit, bin hellwach, obwohl wir schon fast Mitternacht haben. Aber ehrlich gesagt habe ich großen Hunger, weil wir den ganzen Tag noch nichts gegessen haben. Und hier am Bahnhof riecht es auch um diese Uhrzeit noch lecker nach Pommes und Currywurst. Sehnsuchtsvoll werfe ich einen Blick in die Würstchenbude.

»Ich hoffe, meine Seele gewöhnt sich bald daran, dass sie keinen Körper mehr hat. Ich würde alles geben, wenn ich dafür eine Pommes spezial bekommen würde.«

»Selbst dran schuld«, bemerkt Ruby mitleidslos. »Du wolltest ja nicht warten. Ich hab gleich gesagt, wir ruhen uns erst einmal oben aus. Aber du musstest ja sofort wieder los.«

Diesmal fahren wir mit der Regionalbahn, weil wir bis nach Köln müssen. Die Fahrtzeit bis dahin beträgt ungefähr eine halbe Stunde. Dann müssen wir noch etwa zwanzig Minuten zu Fuß gehen. Es wird also etwa ein Uhr werden, bis wir bei Ruby sind, um uns Percy mal für ein paar Stunden auszuleihen. Wäre ich Schutzengel, hätte ich längst so etwas wie eine Gewerkschaft im Himmel gegründet, um die Arbeitsbedingungen für das himmlische Personal auf der Erde zu verbessern. Reisemöglichkeit durch die Kraft der Gedanken stände dabei an erster Stelle!

Aber wir schaffen es auch so. Es ist noch nicht ein Uhr, und wir stehen vor Rubys Haus.

»Ich schau kurz nach Mopsi, okay? Ich beeil mich auch.«

Eigentlich ist es mir gar nicht recht, dass Ruby mich hier draußen stehen lassen will, aber ich nicke brav und warte. Zum Glück dauert es nicht lang, und Ruby steht wieder neben mir. »Sie schläft«, sagt er. Und dann fügt er noch »alleine« hinzu.

»Und Percy?«

»Der ist wach. Ich habe ihn schon begrüßt. Ich muss ihn

nur rufen. Mopsi lässt die Hundeklappe eigentlich rund um die Uhr auf. Percy ist ja nicht mehr der Jüngste, und da kann es schon mal passieren, dass ihn seine Blase nachts in den Garten treibt.

Als Percy seinen Namen gehört hat, kommt er schwanzwedelnd in den Garten gelaufen. »Hier!«, ruft Ruby, und Percy steht schnuppernd am Gartenzaun. Aber der ist sehr hoch, und Percy hat verdammt kurze Beine! Deswegen schafft er es auch nach mehreren Anläufen nicht, den Zaun zu überspringen. Und eigentlich war das von Anfang an klar. Irgendwie bin ich davon ausgegangen, Ruby könne seinen Hund tragen. Immerhin hat er ihn in der Agentur gestreichelt, und seine Hand ist dabei nicht in Percy versunken. Ruby glaubt mir zuerst nicht, aber sein Versuch gelingt. Nur kurz darauf steht er mit dem Mops auf dem Arm vor mir.

»Geht!«, sagt er strahlend.

Nun müssen wir nur noch mit ihm wieder zurück nach Düsseldorf. Das bedeutet einen erneuten Fußmarsch zum Bahnhof, eine Fahrt mit der Bahn und dann wieder ein kleiner Fußmarsch. Percy hört glücklicherweise wirklich aufs Wort, brav geht er neben Ruby Fuß. Allerdings haben Möpse wirklich verdammt kurze Beine, und wenn wir uns nicht beeilen, verpassen wir die Bahn, die um diese Uhrzeit nur noch stündlich fährt. Also trägt Ruby seinen Percy kurzerhand die letzten zehn Minuten, die wir eilig zum Bahnhof zurücklegen.

Als wir kurz vor dem Ziel an einer roten Ampel warten, Percy noch immer in Rubys Arme gekuschelt, torkelt ein

Mann auf uns zu. Er zeigt mit ausgestreckter Hand auf den Hund und lallt: »Du bist ja niedlich!« Dann setzt er seinen Weg weiter fort, ohne sich noch einmal umzudrehen.

Fassungslos sehen wir uns. »Das ist jetzt nicht wahr«, sagt Ruby entsetzt. »Percy ist sichtbar!«

Schnell setzt er den Mops auf den Boden. Ein herrchenloser Hund fällt nicht so auf, wie einer, der durch die Luft schwebt.

Das Problem ist nur, dass er doch auffällt. Nämlich als er scheinbar mutterseelenallein durch die Bahnhofshalle marschiert. Und dort ist auch um diese Uhrzeit noch einiges los. Es dauert nicht lang, bis uns der Sicherheitsdienst auf den Fersen ist. »Lauf«, gibt Ruby das Kommando, aber wir schaffen es nicht. Percy ist einfach zu langsam. Wir stehen unten an der Rolltreppe, als die beiden Männer in Uniform uns eingeholt haben. »Wer bist du denn?«, versucht einer von beiden den Mops zu locken. »Komm doch mal her!«

Und dann greift der Mann zu. Aber das kann Ruby nicht gut ertragen. Schnell bückt er sich, schnappt sich Percy und sprintet mit ihm die Treppe nach oben. Die beiden Männer bleiben überrascht unten stehen – und ich auch.

»Wo ist er denn so plötzlich hin?«, fragt der eine ungläubig. »Der kann sich doch nicht so einfach in Luft aufgelöst haben.«

Der andere zuckt mit den Schultern. »Ist doch egal«, meint er, »aus den Augen, aus dem Sinn. Dann haben wir wenigstens keine Arbeit …«

Schnell laufe ich Ruby hinterher. »Ruby, warte!«

Ruby ist noch immer ganz außer Atem, als wir endlich in der Bahn sitzen. Percy liegt gemütlich auf Rubys Schoß und brummt genüsslich, weil er liebevoll von seinem Herrchen gekrault wird.

»Meinst du, dass der Typ an der Ampel ihn sehen konnte, weil er betrunken war?«, frage ich.

»Hab ich auch erst gedacht. Kann aber nicht sein. Hier haben nämlich ein paar der Fahrgäste einiges an Alkohol intus. Und die müssten ihn ja dann auch sehen.«

»Hm«, mache ich und denke nach. Und dann habe ich die Lösung. »Der Kerl ist ein Engel!«

»Das glaube ich nicht! Engel trinken nicht, zumindest nicht auf der Erde.« Aber Ruby glaubt ja auch nicht, dass es Engel gibt, die Getränkedosen kicken und durch U-Bahn-Wagons gucken.

»Und weißt du, was ich noch glaube?«

»Nein, aber du wirst es mir bestimmt gleich sagen.«

»Die Menschen können Percy nicht sehen, wenn du Körperkontakt mit ihm hast, ihn zum Beispiel trägst, weil du sehr eng mit ihm verbunden bist. Percy ist dann sozusagen ein Teil von dir!«

Der Gedanke wiederum gefällt Ruby. Er nickt.

»Das müsste eigentlich auch bedeuten, dass er gemeinsam mit dir durch Wände gehen kann«, führe ich meine Theorie weiter aus.

»Meinst du?«

»Versuch es doch mal!«, fordere ich Ruby auf. »Schieb ihn ein wenig nach draußen!«

Aber das macht er natürlich nicht. Dafür steht er auf und

geht mit dem Hund auf dem Arm durchs Zugabteil. Vor der Toilette bleibt er stehen, dreht sich noch einmal kurz zu mir um und verschwindet dann mit Percy darin – durch die geschlossene Tür. Als er wieder rauskommt, strahlt er.

»Ich geh eine Runde durch den Zug, mal testen, ob Percy wirklich unsichtbar ist.«

»Mach das«, stimme ich zu und lehne meinen Kopf ans Fenster.

Ich bin früher gerne mit der U-Bahn gefahren, weil ich die Menschen dabei beobachten konnte. Manchmal habe ich sogar meinen Skizzenblock dabeigehabt, um sie zu zeichnen. Nachts bin ich nicht so gerne alleine gefahren, das war mir zu gefährlich. Als unsichtbare Seele habe ich da so meine Vorteile, niemand weiß, dass ich hier bin.

»Hi«, begrüßt mich da auf einmal der Hippie, und ich zucke zusammen. Er lässt sich auf die Bank gegenüber fallen. »Wo ist denn dein kleiner dicker Kumpel mit dem Mops abgeblieben?«

Wusste ich es doch! Und Ruby hat mich so hingestellt, als leide ich unter Halluzinationen.

»Der testet, ob man den Mops sehen kann. Ich bin übrigens Mia«, stelle ich mich vor.

»Die vergessene Seele, ich weiß. Ich bin Rick.«

Vergessene Seele hört sich wesentlich besser an als Jahrmarktsattraktion. Ob es irgendeinen Engel gibt, der noch nichts von mir gehört hat?

Rick ist ein U-Bahn-Engel, passt auf die Fahrgäste auf – und er hat wirklich die Getränkedose zurückgekickt. Und das bedeutet, dass Engel doch Gegenstände bewegen können!

»Als Schutzengel musst du manchmal auch praktisch eingreifen können. Das lernt man gleich am Anfang während der Ausbildung, es ist eine der leichtesten Übungen«, erklärt er mir, und ich wünsche mir auf der Stelle Ruby zurück, damit er das auch hören kann. Aber der bleibt natürlich verschwunden.

Als er endlich wieder auftaucht, ist Rick schon wieder unterwegs.

»Niemand hat was mitbekommen«, erzählt er mir strahlend. »Vielleicht hattest du recht, und der Typ am Bahnhof, der Percy sehen konnte, war doch ein Engel.«

Es war sicher ein Engel, das hat Rick auch gemeint. Aber betrunken kann er nicht gewesen sein, allenfalls ein Scherzbold, der sich einen Spaß mit uns erlaubt hat. Doch das ist mir momentan relativ egal, mich interessiert vielmehr eine ganz andere Sache.

»Ruby, du hast doch gesagt, als Schutzengel muss man eine Ausbildung machen, oder?«

»Ja, muss man.«

»Lernt man dabei auch, wie man Gegenstände bewegen kann und solche Sachen?«

»Ja, eigentlich schon …«

»Und was heißt eigentlich?«

»Na ja, mich hat das alles ehrlich gesagt nicht so interessiert. Ich habe mich nämlich sehr wohl gefühlt in meinem persönlichen Himmel. Und plötzlich kommt der

Himmelsboss und ordert mich als Schutzengel. Und dann erfahre ich auch noch, dass ein Teil der Ausbildung die Arbeit als Begleitengel ist. Versteh mich nicht falsch, Mia, jetzt, wo ich dich kenne, bin ich natürlich froh, dass ich dein Engel sein darf, aber das wusste ich ja vorher nicht.«

Ach so ist das! Ob ich Ruby erzählen soll, was Rick mir gesagt hat – dass es eine der leichtesten Übungen ist, Dinge zu bewegen? Nein, dann wäre er bestimmt wieder geknickt, das muss ich geschickter anfangen.

»Ich weiß auch nicht, ob ich gerne als Schutzengel arbeiten würde«, erkläre ich solidarisch. »Guck dir Liane und ihren Raser an. Und wie hieß meiner noch mal, Hans-Georg? Wusste der, dass meine Zeit laut Himmelsprotokoll an diesem Tag ablaufen würde? Hast du nicht gesagt, dass er ziemlich fertig war, weil er mir nicht helfen konnte? Und dabei war es längst beschlossene Sache. Nein, ich glaub, für mich wäre das auch nichts.«

»Na ja, so kannst du das jetzt auch nicht sehen. Wenn du wirklich jemandem helfen kannst, ist das bestimmt auch ein sehr schönes Gefühl. Schutzengel für Kinder zum Beispiel, das könnte ich mir für dich gut vorstellen.«

»Echt, meinst du? In der Bibliothek hab ich übrigens ein Buch entdeckt, irgendwas mit Schutzengelkunde oder so. Ich habe kurz reingelesen, als ich auf dich gewartet habe. Aber dann hatte ich keine Zeit mehr.«

»Können wir ja nachholen, wenn wir zurück im Himmel sind.«

Bingo! Es hat funktioniert. »Das ist eine gute Idee«, freue ich mich.

17 Spiderman hat rote Haare

Sobald also Körperkontakt zwischen Ruby und Percy besteht, können die Menschen den Mops nicht sehen. Und so haben wir drei unseren kleinen Ausflug unentdeckt überstanden.

Es ist mittlerweile sechs Uhr früh, aber es ist immer noch dunkel. Zu dritt durch die Wand zu gehen ist ein bisschen kompliziert, weil Ruby Probleme hat, seinen schweren Mops auf einem Arm zu balancieren. Percy findet die Sache außerdem überhaupt nicht komisch. Sein kleines Hundehirn will nicht begreifen, dass er nicht gegen die Wand prallen wird, wenn sein Herrchen genau darauf mit ihm zuläuft. Deswegen zappelt Percy herum und versucht ständig, von Rubys Arm zu springen. Und das schafft er auch. Er springt hinter der Tür auf den Boden und macht erleichtert die Biege – quer durch die Agentur. Sofort stürmt Ruby ihm hinterher. Dabei bedenkt er nicht, dass er so etwas wie ein Anhängsel hat, nämlich mich.

Deswegen stecke ich nun tatsächlich in der Wand fest. Mein blöder Engel hat meine Hand losgelassen, bevor ich ganz auf der anderen Seite war! Und im ersten Moment bin ich so perplex, dass mir die Worte fehlen. Er merkt also gar nicht, dass die eine Hälfte meines Körpers noch draußen auf der Straße hängt. Mein Kopf, mein rechte Schulter samt Arm und mein linkes Bein befinden sich hingegen schon in der Agentur.

»Ruby«, brülle ich nun, nachdem mir meine prekäre Lage in vollem Ausmaß bewusst wird, »komm gefälligst sofort zurück!«

»Mia, du bist ja … Das ist …«

»Wenn du jetzt lachst, spreche ich nie wieder ein Wort mit dir.«

Aber Ruby lacht nicht, im Gegenteil. Er wird ganz blass. »Hoffentlich kriegen wir dich da auch wieder raus.«

Das war ganz genau das, was ich in dieser für mich mehr als ungemütlichen Situationen nicht hören wollte.

»Red keinen Quatsch und hilf mir«, blaffe ich ihn an.

Aber Ruby kann mir nicht helfen. Er zieht und zieht, doch ich bewege mich keinen Millimeter vorwärts.

»Ich rufe Arnold an«, sagt er verzweifelt. Der Türsteher bewacht nicht nur den Eingang zur dritten Ebene, er organisiert auch Mitfahrgelegenheiten auf der Erde, sorgt für einen reibungslosen Paternosterverkehr und, so wie es aussieht, gibt er auch gute Ratschläge.

Konzentriert hört Ruby ihm zu. Dann bedankt er sich mindestens zehnmal und legt auf. »Ich muss von außen durch die Wand und dabei deine Hand greifen. Warte kurz …«

Gesagt, getan. Nur Sekunden später fühle ich wieder Boden unter den Füßen, und zwar unter beiden.

»Das war gar nicht lustig«, maule ich beleidigt, als ich

sehe, wie Rubys Mundwinkel nun doch beginnen zu zucken. »Ganz und gar …«

Als wir vor meinem Büro stehen, sehen wir, dass die Tür geschlossen ist. Ruby greift nach meiner Hand und erklärt: »Wir gehen in zwei Etappen durch. Erst bringe ich dich, dann hole ich Percy.«

Das ist eine gute Idee. Warum sind wir nicht gleich draufgekommen? Ob es auch eine gute Idee war, Percy zu entführen, weiß ich noch nicht so genau.

Ruby kniet mittlerweile auf dem Fußboden vor meinem alten Bürostuhl, hält seinen Mops auf Höhe des Polsters und versucht, ihn dazu zu überreden, nach der Kladde zu suchen.

Percy schnuppert auch brav, aber Interesse an meinem Stuhl zeigt er nicht. Langsam läuft uns die Zeit davon. Zwischen sieben und Viertel vor acht werden alle Mitarbeiter in der Agentur auftauchen. Dann laufen die Kaffeemaschinen auf Hochtouren, die Computer werden angeschmissen, letzte Notizen ausgedruckt, und dann geht es ab in den Besprechungsraum, zur großen Morgenrunde. Wer zu spät kommt, muss satte fünf Euro in das Schwein schmeißen, das feist grinsend auf seine Opfer wartet.

Außerdem müssen wir uns beeilen, weil wir wieder zurück in Köln sein müssen, bevor Mopsi Percys Verschwinden feststellt. Die steht allerdings erst dann auf, wenn hier schon alle Köpfe rauchen. In der Kölner Agentur beginnt das Arbeitsleben zu humaneren Zeiten.

»Versuchen wir es mal so … Mach Männchen, Percy!«, befiehlt Ruby.

Es klappt! Percy stellt sich auf seine Hinterbeine. Dann läuft er auf Ruby zu, der sich hinter den Stuhl gestellt hat.

»Das Kunststück hat seine Mama ihm beigebracht«, erklärt er stolz.

Tollpatschig und Schritt für Schritt nähert sich Percy mit seinen kurzen krummen Beinen Ruby und somit auch dem Stuhl. Es sind noch ein paar Zentimeter, dann hat er es geschafft. Er lässt seine Vorderpfoten auf die Sitzfläche fallen und wedelt sein Herrchen glücklich an. Dabei verrutscht das Polster ein kleines Stück, und die Ecke eines abgegriffenen roten Lederbuches wird sichtbar.

»Na wenigstens ein Anfang!« Ruby klatscht in die Hände, und ich freue mich auch. Wir loben Percy überschwänglich, damit er das Kunststück gleich noch einmal vorführt.

Doch wir kommen nicht dazu, weil ein klackendes Geräusch unsere Aufmerksamkeit auf sich zieht. Schnell werfe ich einen Blick auf die Uhr. Es ist halb sieben.

»Bestimmt die Putzfrau. Aber eigentlich macht sie nur die Hausflure draußen sauber.«

»Ich schau vorsichtshalber mal nach«, schlägt Ruby vor – und verschwindet.

Ob Percy auch auf mich hört? Ich gehe hinter dem Stuhl auf die Knie und versuche den Tonfall nachzuahmen, mit dem Ruby gerade den Mops gelockt hat.

»Mach Männchen, Percy«, säusele ich, aber der Hund denkt gar nicht daran. Er steht einfach nur da und röchelt vor sich hin. Und dann legt er sich auf den Boden. Pause.

Als die Tür aufgeht, weiß ich gleich, dass das nicht Ruby

sein kann. Mittlerweile habe ich mich daran gewöhnt, dass er den Raum immer durch die Wand oder eine verschlossene Tür betritt.

Im Türrahmen steht ein etwa dreißigjähriger, extrem großer, schlaksiger Mann. Er trägt ein grünes Sweatshirt, auf dem ein großes Spidermanbild abgedruckt ist. Auf der schwarzen Wollmütze, die schief auf seinem Kopf sitzt, befindet sich das dazugehörige rote Spinnennetz.

Spinner, denke ich und vergesse, dass ich immer noch in einem T-Shirt mit Heidi-Aufdruck durch die Gegend laufe.

Der Typ sieht noch etwas verschlafen aus, was sich aber im nächsten Moment ändert. Überrascht reibt er sich die Augen und blinzelt. »Wer bist du denn?«, fragt er freundlich und geht in die Hocke, was bei seinen langen Beinen sehr lustig aussieht. Percy läuft sofort auf ihn zu und wedelt ihn an.

Erst als Spiderman wieder aufsteht und die Tür schließt, wird mir klar, dass das nicht gut ist, was hier gerade passiert. Wo Ruby nur bleibt? Das erfahre ich vorerst leider nicht, aber dafür weiß ich nun, wer dieser Typ ist. Wie selbstverständlich lässt er sich in den gemütlichen Bürostuhl fallen. Dann greift er zum Telefon. Meine Kollegin ist ein Kerl, daher die Tasse mit dem *Frauenversteher*-Aufdruck!

»Eva«, poltert er entrüstet in den Hörer hinein, »ich habe dir doch tausendmal gesagt, dass ich noch nicht so weit bin. Und dann auch noch ein Mops! Was hast du dir nur dabei gedacht?«

Gespannt höre ich zu. Und dann begreife ich. Er denkt, diese Eva habe ihm den Mops ins Büro gesetzt – und zwar als Ersatz für seinen Labrador, der wohl gestorben ist. Dass es Eva nicht war, sieht er am Ende des Gespräches, das ihn ganz schön ins Schwitzen gebracht hat, auch ein. Ratlos zieht er sich die Mütze vom Kopf.

Spiderman hat rote Haare! Und zwar so richtig knallig feuerrote, gefärbte Haare. Außerdem hat er ein kleines Piercing in seiner rechten Augenbraue stecken, das mir bisher noch gar nicht aufgefallen ist. Dass mein Chef so einen durchgeknallten Typen einstellt, hätte ich nicht für möglich gehalten.

Entzückt schiebe ich meinen Kopf etwas näher an ihn heran, um seinen Gesichtsschmuck genauer inspizieren zu können. Genau in diesem Moment pustet er Luft in meine Richtung und fuchtelt mit seiner Hand herum, so als wäre ich eine Fliege, die er verscheuchen möchte. Erschrocken weiche ich zurück. Ob das Zufall war? Noch einmal nähere ich mich vorsichtig an, aber diesmal passiert nichts. Außer dass er seinen roten Schopf nach unten beugt und zu Percy sagt: »Na, dann komm mal her. Du scheinst ja irgendjemandem zu gehören.« Und dann greift er nach Percys Halsband. Daran baumelt ein kleines rotes Lederherz, in dem ein Zettel steckt.

Mein irgendwie verrückter, aber dennoch sympathischer neuer Kollege greift wieder zum Telefon. »Guten Tag« – wenn mich nicht alles täuscht, müsste Mopsi in der Leitung sein –, »mein Name ist Tim, Timothy Becks, ich arbeite in der Werbeagentur …«

In diesem Moment kommt Ruby durch die Wand, aber das bekomme ich nur am Rande mit. Timothy Becks? So hieß doch einer von den Typen, die der Kirmesapparat für mich ausgespuckt hat! Das soll einer meiner Seelenverwandten sein?

»Wo warst du so lange?«, zische ich Ruby zu.

»Bei der Putzfrau. Sie hat ihren Schutzengel im Schlepptau, weil sie gleich auf dem nassen Fußboden ausrutschen wird. Ich habe nur kurz mit ihm gequatscht.«

»Über achtundneunzig Prozent«, sage ich, ohne auf Rubys Erklärung einzugehen, und zeige auf Tim. »Und deine Mopsi wird auch gleich hier anrauschen.«

Das Schöne an Ruby ist, dass er immer gelassen bleibt. »Das ist gut«, erwidert er trocken. »Dann müssen wir Percy wenigstens nicht mehr zurück nach Köln bringen. Mir geht diese ewige Hin-und-Her-Gurkerei nämlich gewaltig auf den Senkel.«

Ich stimme ihm zu und lasse mich in meinen Bürostuhl fallen. Ruby stellt sich hinter mich und legt seine linke Hand auf meine Schulter. Etwas erschöpft von der ganzen Aufregung schaue ich zu ihm auf.

»Nett«, bemerkt Ruby und deutet grinsend mit dem Kopf auf meinen Seelenverwandten. Obwohl Ruby aufrecht steht und Tim sitzt, befinden sich ihre Köpfe etwa auf gleicher Höhe.

Bisher habe ich Tim für einen durchgeknallten Spinner gehalten, viel zu dürr für meinen Geschmack. Aber seitdem ich weiß, dass wir eigentlich füreinander bestimmt sind, fallen mir ganz viele Nettigkeiten an ihm auf. Er hat zum Beispiel wirklich schöne, sehr sanfte braune Augen. Außerdem klingt seine Stimme gut, er hat schöne Hände und volles, dichtes Haar, das normalerweise schwarz zu sein scheint. Tim muss einfach ein netter Kerl sein, immerhin ist er mein Seelenverwandter! Und genau das bringt mich auf eine Idee.

Die rote Kladde liegt noch immer unter dem Polster. Aber das wird weiter niemanden auffallen, es sei denn …

»Kannst du Percy noch mal Männchen machen lassen?«, frage ich.

Diesmal funktioniert es besser. Percy stemmt seine kleinen Pfoten auf das Polster, das noch ein wenig mehr verrutscht, und die Kladde fällt auf den Boden.

»Hol sie dir!«, befiehlt Ruby, und Percy schnappt zu. Freudig rennt er auf sein Herrchen zu, um ihm seine Beute zu präsentieren.

Mein Seelenverwandter beobachtet die ganze Aktion, reagiert aber in keiner Weise. Still sitzt er auf dem Stuhl und lässt dabei Percy nicht aus den Augen. Dabei entgeht ihm natürlich, dass Ruby sich langsam in Richtung seines Schreibtisches bewegt und nun ganz dicht hinter ihm steht. Und natürlich hört er auch nicht, dass Ruby den Hund zu sich ruft.

Tim sieht nur, dass ein kleiner, krummbeiniger Mops aufgedreht auf ihn zugewackelt kommt. In seinem Maul steckt ein rotes Buch, das er kurz darauf vor Tims Füßen fallen lässt. Er macht Sitz und sieht Tim erwartungsvoll an.

»Ist das für mich?«, fragt Spiderman, und Ruby säuselt mit zuckersüßer Stimme: »Percy, sag Ja!«

Ungläubig beobachte ich die Vorgänge. Wenn der Mops gleich mit dem Kopf nickt, falle ich glattweg vom Stuhl! Aber Percy nickt nicht. Er sitzt still vor Tims Füßen und wartet auf ein Kommando.

Endlich greift mein Seelenverwandter nach meinem Drehbuch und legt es auf seinen Schreibtisch. Sanft streicht er einmal mit der flachen Hand über das Leder. Dann öffnet er es langsam …

Das Buch hat mir mal meine liebe Tessa geschenkt. Gleich auf die erste Seite hat sie ein großes Herz gemalt. Darin steht in großen Buchstaben *Für dich, mein Herz – von Tessa*. Darunter steht *Im Notfall nie vergessen* und es folgen Tessas Telefonnummer und ihre Handynummer.

Meine beste Freundin hat mir das Buch zu meinem ersten Arbeitstag hier in der Agentur geschenkt. Das ist jetzt gute zwei Jahre her. So lange habe ich hier gearbeitet – und ungefähr genauso lange habe ich überlegt, den Job hier wieder hinzuschmeißen. Tessas Nummer habe ich während dieser Zeit oft gewählt. Heute ist weder ihre Handynummer noch ihre E-Mail-Adresse noch aktuell.

Man kann Tim deutlich anmerken, dass er mit sich kämpft, ob er weiterblättern soll. Der Mann hat Anstand! Ich stehe nun direkt hinter ihm und schaue ihm über die Schulter. »Schau ruhig rein«, flüstere ich ihm ins Ohr.

In dem Buch befinden sich all meine gesammelten Gedanken und Ideen zu verschiedenen Kampagnen und Produkten. Als Tim das entdeckt und die erste Scheu überwunden hat, ist er viel zu sehr Werbefuzzi, um nicht neugierig weiterzublättern. Ungeduldig trete ich von einem Bein auf das andere. In der Agentur hat der Arbeitsbetrieb bereits begonnen. Verschwommen kann ich Stimmen hören, die durch den Flur bis zu uns ins Büro klingen. Jeden Moment muss Tim auf die Seite mit dem Spülmittelwerbespot gelangen, es sind nur noch ein paar Seiten … Da fliegt geräuschvoll die Tür auf und eine gut aussehende hellblonde Frau betritt resolut das Zimmer.

»Mopsi …«, freut sich Ruby.

Als Ruby seine Frau das erste Mal wiedergesehen hat, war er sehr gerührt und ganz nah am Wasser gebaut. Das ist nur vier Tage her. Heute liegt in seinem Blick eine gewisse Art von Stolz, als er seine Frau betrachtet.

»Mopsi ist wahnsinnig intelligent. Sie wird die Sache sofort durchschauen. Außerdem hat sie schon mal was Ähnliches erlebt. Jetzt muss er ihr nur noch das Buch mit dem Werbespotentwurf zeigen.«

Dass Mopsi clever ist, glaube ich Ruby aufs Wort. Und vielleicht enttarnt sie auch die miese Nummer, die mein Chef sich mit mir geleistet hat. Aber eine Erklärung für Percys nächtlichen Ausflug von Köln nach Düsseldorf, die wird sie mit Sicherheit nicht parat haben.

18 Wie geht es deinem Motorradfahrer?

»Was machen wir denn jetzt, Ruby?«

»Was immer du möchtest.«

»Schlafen«, antworte ich spontan. »Essen geht ja nur oben im Himmel. Wir schlafen, dann ziehen wir uns *Grey's* bis zum Abwinken rein. Und wenn wir nicht mehr können, dann schlafen wir wieder. Zwischendurch futtern wir was. Ich mach sagenhaft gute Spaghetti mit einer ganz einfachen Tomatensoße, die aber trotzdem total lecker ist.«

»Okay, dann ruf ich Arnold noch mal an. Ich hab nämlich überhaupt keine Lust, schon wieder einen Fußmarsch hinzulegen«, sagt Ruby. Ihm scheint mein Plan zu gefallen. Aber die Idee mit der Mitfahrgelegenheit ist auch gut, richtig gut sogar!

Unser Taxi lässt auch nicht lange auf sich warten. Ein weißer Lieferwagen hält am Straßenrand, genau auf Höhe der Agentur. Die Beifahrertür geht auf, und ich sehe lange, sehr schöne Beine, die elegant auf die Straße schwingen.

»Liane, was für eine Freude!«

»Hallo, macht schnell ihr beiden. Ruby, du kannst vorne mitfahren. Da ist es bequemer. Mia, wir zwei müssen hinten rein.«

Von der Agentur bis zum Paternoster an meinem Unfallort braucht man mit dem Auto etwa zehn Minuten. Ich sitze mit Liane zwischen etlichen Obstkisten auf dem Boden des Wagens und werde während der Fahrt ordentlich durchgeschüttelt. Das erschwert das Erzählen ein wenig, aber ich rede ohne Punkt und Komma.

Liane hat mich kein einziges Mal unterbrochen. Wir sind fast da – und mein Bericht nähert sich auch dem Ende. Ich berichte, wie Tim und Mopsi mein Buch durchgeblättert haben, aber niemand von beiden die Seite entdeckt hat, auf der man erkennen kann, dass das mit dem Spülischaumbad meine geniale Idee war. Aber immerhin haben sie begriffen, dass es mein Buch ist! Und dann hat Tim bewiesen, dass er wirklich mein Seelenverwandter ist, zumindest sehe ich das so. Er hat nämlich die Kladde in seine Aktentasche gesteckt und gesagt, er nimmt sie mit zu sich nach Hause, bis ich wieder da bin. Was er wohl damit macht, wenn er erfährt, dass ich nicht mehr zurückkommen werde?

Mopsi hat sich immer wieder zwischendurch gefragt, ob Tim nicht doch was mit Percys Ausflug zu tun gehabt haben könnte, das hat man ihr manchmal richtig angesehen. Und nachdem Tim ihr von seinem eigenen kürzlich verstorbenen Hund erzählt hat, hat sie ihm ganz scheinheilig hintenrum Fragen gestellt, um ihn zu entlarven. Sie wollte zum Beispiel wissen, ob Tim seinen Hund noch immer vermisse – und ob er sich nicht insgeheim schon lange einen Mops gewünscht habe. Aber Tim hat die Fragen schnell durchschaut. Er hat Mopsi klipp und klar erklärt, Percy sei ein feiner Kerl, aber er kein Psychopath. Und wenn er einen Hund entführt hätte, dann ganz gewiss keinen Mops.

Ruby meint ja, Mopsi wird schon noch auf die Sache mit meinem Chef kommen, weil sie von Natur aus sehr neugierig ist. Bestimmt wird ihr die Sache mit Percy nicht aus dem Kopf gehen. Wahrscheinlich wird sie sogar mitten in der Nacht aufwachen und Tim aus dem Bett jagen, weil sie alles noch mal ganz genau erklärt haben möchte. Und dann wird sie zu ihm fahren und sich mein Buch angucken. Und natürlich wird sie sofort wissen, dass da gerade ein Werbespot läuft, für den ich die Idee hatte. Mopsi guckt nämlich leidenschaftlich gerne Werbung – und jeder neue Spot fällt ihr sofort auf, besonders wenn er so gut ist wie meiner. Und dann wird sie meinem Chef ordentlich die Hölle heißmachen, die es ja bekanntlich nicht gibt. Ich beneide Mopsi. So wie Ruby über sie spricht, ist sie eine Powerfrau, die sich nichts gefallen lässt. Ich jedoch habe viel zu lang geschwiegen und muss mich jetzt mit dem Gedanken begnügen, dass mein Chef nach seinem Tod für eine Weile im Versuchshimmel stecken bleiben wird. Aber immerhin habe ich es versucht und vielleicht kann Mopsi ja wirklich etwas bewirken.

Jetzt möchte einfach nur nach Hause und finde es erstaunlich, dass ich damit den Himmel meine.

Als der Lieferwagen anhält, wundere ich mich, wie flott die Zeit vergangen ist. Ich habe Liane gar nicht zu Wort kommen lassen.

»Wie geht es deinem Motorradfahrer?«, frage ich deswegen noch schnell, bevor wir aussteigen. Das wollte ich eigentlich direkt am Anfang fragen, als Liane mit diesem Lieferwagen aufgetaucht ist.

»Ist in seinem persönlichen Himmel gelandet«, erklärt sie und seufzt.

»Du hast aber auch ein Pech. Das ist ja dann schon der Zweite so kurz nacheinander. Dein Job ist bestimmt nicht einfach.«

»Ja, aber was mir noch viel mehr zu schaffen macht, ist die Tatsache, dass meine Seelenverwandten alle Idioten zu sein scheinen. Du hast da anscheinend mehr Glück. Dein Tim ist vielleicht ein wenig schräg, scheint aber ganz nett zu sein. Für mich gab es bisher nur Angeber, die mit schweren Autos oder dicken Maschinen durch die Gegend rasen, bis sie an einem Baum oder in der Leitplanke landen. Das spricht nicht gerade für mich.«

»Doch, das tut es. Ich bewundere dich auf jeden Fall dafür. Du hast auf der Erde einen besonderen Job gehabt und im Himmel hast du ihn auch. Du solltest stolz auf dich sein.«

»Findest du?«

»Ja, ganz ehrlich.«

Wir stehen schon neben dem Wagen, da verstehe ich erst die tiefere Bedeutung von Lianes Ausführungen über ihre Arbeit als Schutzengel. Was sagte sie noch gleich?

»Passen Schutzengel immer auf die Menschen auf, die eigentlich ihre Seelenverwandten sind? Ich meine, wenn du noch leben würdest, dann hätten der Raser und du einen hohen Grad an Seelenverwandtschaft?«, frage ich.

»96 Prozent«, seufzt Liane. »Das macht die Aufgabe leichter – angeblich. Und das gilt auch nur für die Erwachsenen. Bei Kindern verhält es sich anders. Für die Kleinen braucht man eine besondere Ausbildung.«

Die besondere Ausbildung interessiert mich aber momentan gar nicht. Ruby kommt nämlich in diesem Moment aus dem Lieferwagen gesprungen.

»Liane«, flüstere ich leise, »gilt das auch für Begleitengel oder vorübergehende Schutzengel, so wie Ruby? Passen die auch auf ihre Seelenverwandten auf?«

»Keine Ahnung«, flüstert sie zurück und grinst.

19 Sag ihm, ich will sie nicht

Begleitengel passen nicht auf ihre irdischen Seelenverwandten auf. Begleitengel passen nämlich auf gar keinen auf, sie begleiten lediglich körperlose Seelen nach oben in den Himmel. Unter normalen Umständen dauert das nur ein paar Minuten. Außerdem würde es die Umstände erschweren, wenn Begleitengel ihre Seelenverwandten nach oben begleiten würden. Das glaube ich zumindest, sicher bin ich mir aber nicht.

Skeptisch betrachte ich Ruby und überlege, ob er vielleicht doch ein Seelenverwandter von mir ist.

»Was ist? Warum guckst du so komisch?«

»Ach nichts ...«

»Komm, sag schon!«

»Es ist nur ... Ich frag mich, wie das so ist als Begleitengel. Wann erfährst du denn von einem neuen Auftrag?«

»Mia, du warst mein erster Auftrag. Andere gab es noch nicht.«

»Ach so, ja, das hab ich ganz vergessen.« Ich erinnere mich daran, wie er an meinem Unfallort auf der Straße gesessen und über meinen viel zu frühen Tod geweint hat. Ruby ist ein toller Engel. Und mit Sicherheit war er früher ein ebenso toller Mensch. Er hat Humor, ist ehrlich, und vor allen Dingen hat er ein großes Herz. Aber einen Seelenverwandten stelle ich mir doch irgendwie anders vor. Nur wie?

»Was bist du denn jetzt eigentlich für mich«, frage ich unbedarft, »mein Begleitengel oder mein Schutzengel?«

»Ich bin der Begleitengel, der dich auf dem Weg in deinen persönlichen Himmel beschützt.«

Erleichtert atme ich auf, doch da redet Ruby auch schon weiter. »Zumindest war das anfangs so. Jetzt bin ich der Schutzengel, der dich momentan begleitet.«

Unauffällig betrachte ich Ruby von der Seite. Was, wenn ich ihm eine andere Hülle ausgesucht hätte? Ich stehe auf große Typen mit breiten Schultern und ausdrucksstarken Augen. Männlich müssen sie sein, am liebsten mit Dreitagebart und ein paar kleinen, aber sympathischen Macken. Lukas' Fußzehen waren zum Beispiel ganz fürchterlich krumm und sehr lang, weswegen er nicht gerne barfuß lief. Außerdem war die linke Hälfte von seiner Oberlippe etwas dicker als die rechte. Am besten gefielen mir allerdings die beidseitigen kleinen Narben hinter seinen Ohren. Als Kind hat Lukas nach seinen eigenen Angaben so ausgesehen wie Oskar, der kleine Hauptdarsteller aus Günter Grass' *Blechtrommel*, nur noch schlimmer. Deswegen hat er sich die Ohren annähen lassen, als er volljährig war. Erst nachdem wir über ein Jahr zusammen waren, hat er mir Fotos aus seiner Kindheit gezeigt, und ich musste zugeben, dass seine Löffelchen wirklich extrem abstanden. Trotzdem, oder gerade deswegen, sah Lukas als Kind sehr süß aus, wie ein richtiger Lausbub.

Jannik hatte weniger Macken und war wesentlich mehr von sich überzeugt. Wahrscheinlich hätten ihm als Kind eine zu lange Nase oder fiese X-Beine gutgetan.

Die anderen Männer, die ich hatte, waren nicht großartig von Bedeutung. Vor Jannik hatte ich eine kurze Affäre mit einem Zirkusartisten, der sich biegen konnte wie eine Brezel. Aber das ging schnell vorbei ... Dann war da noch die Sache mit dem Koreaner – und natürlich meine Jugendliebe Christian, mein allererster richtiger Freund. Mit richtig meine ich, dass ich mit ihm das erste Mal Sex hatte.

Seelenverwandt habe ich mich bisher mit niemand gefühlt, außer mit Tessa, aber die ist eine Frau und zählt in diesem Fall nicht.

Ruby hätte als Mann, rein äußerlich betrachtet, bei mir keine Chance, auch bei einem Seelenverwandtschaftsgrad von hundert Prozent. Obwohl ich manchmal ganz überraschende Momente habe, in denen ich mich unbeschreiblich zu ihm hingezogen fühle, trotz seiner Größe von gerade mal knapp eins sechzig. Aber da bin ich mir nicht sicher, ob ich ein Fünkchen von Mopsis Sehnsucht abbekommen habe, als ich im Restaurant in ihr steckte.

Und mein anderer Seelenverwandter, Tim? Wie kann man sich als Mann nur derart verunstalten und sich die Haare in so einem hässlichen Rotton färben? Das machen in der Regel nur Frauen. Und die sind dabei wesentlich geschickter – oder aber vierzehn Jahre alt und noch in der Experimentierphase. Und das trifft anscheinend auch auf Tim zu. Er wirkte auf mich wie ein kleines Kind in einem viel zu großem Körper. Riesengroß, bestimmt über einen Meter fünfundneunzig, aber dafür irgendwie in der Pubertät stecken geblieben. Dazu kommt noch, dass er spindeldürr ist. Das fühlt sich bestimmt nicht gut an, vor allem nicht im Bett. Bei dem Gedanken muss ich ein bisschen kichern. Vor allem, als ich mir kurz darauf die gleichen Gedanken über Ruby mache. Müsste ich mich heute für eines der beiden Exemplare entscheiden, hätte ich die Wahl zwischen Dick und Doof, und das wären keine guten Aussichten.

»Was ist, warum kicherst du so?«

Ertappt verdränge ich die Vorstellung, nackt mit Ruby im Bett zu liegen. Er ist mein einziger Freund hier oben im Himmel, und ich bin verdammt froh darüber, dass er es ist.

»Nix, es ist einfach nur schön, dass es dich gibt!«

Und das ist wirklich nicht gelogen. Immerhin liegen wir schon seit einhundertsiebenunddreißig Folgen meiner Lieblingsserie zusammen auf der Couch und amüsieren uns über die vielen Techtelmechtel der Ärzte und deren ausgeprägtes Liebeslieben. Im Seattle Grace Hospital hat so ziemlich jeder mit jedem zumindest ein kleines Abenteuer gehabt.

Dass ich mal so viele Folgen hintereinander sehen würde, hätte ich niemals für möglich gehalten. Rubys Flachbildschirm läuft nun seit sechs Tagen fast ohne Unterbrechung. Nur wenn wir Lust auf etwas Essbares bekommen, machen wir eine Pause – geschlafen wird nicht. Und eigentlich genieße ich die Mammut-Serien-Session auch sehr, aber eben nur eigentlich.

»Wie viele sind es noch?«, frage ich träge. Ohne ersichtlichen Grund schlägt plötzlich meine Laune um.

»Zehn. Warum? Machst du schlapp?«

»Nein, auf keinen Fall. Es ist nur so, dass ich zwischendurch immer mal wieder denke, ich müsse meine Zeit sinnvoller nutzen. Außerdem stört es mich gewaltig, dass der Himmel hier nicht blau ist. Diese undefinierbare Milchfarbe macht mich ganz kirre.«

»Wir sind ja auch im Nebenhimmel. In deinem persönlichen Himmel ...«

Leicht gereizt seufze ich laut auf. Viel zu oft wollte mir in letzter Zeit Ruby den persönlichen Himmel schmackhaft machen.

»Was ist denn auf einmal los mit dir?«, fragt Ruby und schiebt sich eine Portion Erdnussflips in den Mund.

»Mit vollem Mund spricht man nicht«, erwidere ich.

Aber Ruby geht gar nicht auf meine Äußerung ein. »Wenn Mopsi solche Stimmungsschwankungen hatte, war das ein sicheres Zeichen dafür, dass die rote Armee vor der Tür stand«, sagt er grinsend zu mir.

Rote Armee? Na ganz toll! Den Begriff mochte ich noch nie. »Jetzt sag mir nicht, dass man hier oben immer noch seine Tage bekommt«, frage ich entsetzt. »Immerhin sind wir im Himmel!«

»Liebelein, ich weiß ja, dass du das jetzt bestimmt nicht hören willst, aber es liegt trotzdem einzig und allein an dir, ob du ...«

Ruby hat recht, das will ich nicht hören, deswegen greife ich beherzt nach einem Kissen und schlage zu. »Sag ihm, ich will sie nicht. Hier nicht – und in meinem persönlichen Himmel erst recht nicht! Er soll sich seine blöde rote Armee dahin stecken, wo der Pfeffer wächst.«

Schlagartig geht es mir besser. Entweder hat der Himmelsboss mich gehört, oder aber die kleine Streiterei hat mir gutgetan. Anscheinend kann ich zu viel Harmonie auf Dauer wirklich nicht gut vertragen.

Trotzdem freue ich mich, als Ruby mich aufzuheitern versucht. »Und«, will er wissen, »was jetzt? Hast du vielleicht Lust auf Schokolade, Plätzchen oder eine Portion Vanillepudding nach dem ganzen herzhaften Knabberkram? Das soll ungemein gut helfen bei Hormonschwankungen.«

»Nö«, antworte ich, befinde mich aber schon auf dem Weg in die Küche. »Aber ein Schokoladenpudding wäre jetzt genau richtig ...« Und der schmeckt am besten selbst gekocht – ohne Puddingpulver, aber mit ganz viel geriebener dunkler Schokolade ...

Als ich mir nur kurze Zeit später Löffel für Löffel die lauwarme braune Masse in den Mund schiebe, hebt sich meine Stimmung tatsächlich. Genießerisch schließe ich die Augen.

Ruby hat nach dem Aufkochen der Puddingmasse noch ein paar zerbröckelte Plätzchen untergemischt, was ich sehr skeptisch kommentiert habe. Aber ich muss sagen, letztlich schmeckt das wirklich gut.

»Geht es dir nun wieder besser?«

Besänftigt nicke ich mit dem Kopf und genehmige mir noch eine Fuhre Schokopudding. Gut, dass ich unten auf der Erde regelmäßig Sport getrieben habe. Dadurch habe ich die eine oder andere Kalorie verbrannt, die sich ansonsten in Form von Speck bevorzugt um meine Hüften gelegt hätte. Dass ich mich hier oben so gut wie gar nicht mehr bewege, ist mir egal. Schließlich ist es meine Seele, die sich das ganze süße Zeug gerade einverleibt. Und die scheint das aus irgendeinem Grund gerade zu brauchen. Ob es wirklich die Hormone sind? Vielleicht ist mir aber auch einfach nur langweilig?

»Die zehn Folgen gucken wir noch, aber dann machen wir wieder einen Ausflug nach unten«, schlage ich vor. »Was meinst du?«

»Du möchtest noch mal runter?«

»Ja, ich möchte gerne noch Julia kennenlernen.«

20 Oskar sieht mal wieder Gespenster!

Abrupt bleibe ich stehen und lausche fasziniert dem mitreißenden Lachen. Auch Ruby hält an und schaut über den Gartenzaun. Nur wenige Meter von uns entfernt tobt ein junges, etwa fünfzehnjähriges Mädchen mit einem Mann im Garten herum. Die beiden beschmeißen sich mit kleinen Luftballons, die prall mit Wasser gefüllt sind. Auf der Gartenbank sitzt die beiden lächelnd beobachtend eine Frau mit ihrem Strickzeug. Sie ist in eine Wolldecke gewickelt, und eigentlich ist es um diese Jahreszeit viel zu kalt für eine Wasserschlacht.

»Das muss Julia sein«, flüstere ich und fühle dabei mein Herz schlagen.

Aufgewühlt trete ich noch ein Stückchen näher an den Zaun heran, um im nächsten Moment wieder einen Satz zurückzuspringen. Der Garten wird von einem feurigen Jack Russel Terrier bewacht, der wie ein Flummi an den Holzlatten hoch- und runterspringt. Dabei bellt er, als hätte er gerade zwei Einbrecher entdeckt. Und damit liegt er gar nicht so falsch, auch wenn wir nicht hier sind, um irgendetwas zu stehlen. Ruby, ganz in seinem Element, reagiert sofort und spricht beruhigend auf den kleinen

Kläffer ein, allerdings ohne Erfolg. Erst als das Mädchen lachend angerannt kommt, hält der Hund inne. Sie wirft einen Blick über den Zaun, kann aber nichts Außergewöhnliches entdecken. Sie dreht sich sofort wieder um und ruft: »Oskar sieht mal wieder Gespenster!«

»Meinst du, der kann uns wirklich sehen?«, frage ich Ruby.

Eigentlich bin ich davon ausgegangen, dass Percy Ruby nur gesehen hat, weil die beiden eine besondere Bindung zueinander haben. Dass andere Hunde das auch zu können scheinen, wundert mich.

»Nein, das glaube ich nicht. Aber er scheint uns zu hören und vor allen Dingen zu riechen. Percy hat mich ja auch sofort bemerkt. Und der ist fast blind.«

»Ist ja gut, du kleiner Spinner!« Das Mädchen kniet mittlerweile auf dem Boden und krault Oskar hinter den Ohren. Dann nimmt sie ihn auf den Arm und trägt ihn zu einer kleinen Hundehütte. »Rein mit dir!«, sagt sie streng. »Und benimm dich jetzt gefälligst!«

In dem Moment, in dem sie sich wieder umdreht, kommt eine kleine Wasserbombe angeflogen. Sie zerplatzt an ihrer Schulter, und das Rumgetobe geht weiter.

Ruby und ich stehen noch immer am Gartenzaun. Es macht Spaß, den beiden zuzuschauen. Als eins der Wurfgeschosse genau auf mich zugeflogen kommt, springe ich rasch zur Seite. Ohne darüber nachzudenken, bücke ich mich lachend nach der Wasserbombe. Sie ist nicht sehr prall gefüllt und hat deswegen den Aufschlag auf den Boden unbeschadet überstanden.

Tatsächlich vergesse ich, wie letztens schon in der U-Bahn-Station, dass ich keinen Körper mehr habe. Meine Hand gleitet durch den gefüllten Luftballon hindurch, als wäre er aus Luft – oder als wäre ich aus Luft. Enttäuscht schließe ich meine Augen. Als ich sie wieder öffne, schaue ich direkt in zwei unbeschreiblich blaue Männeraugen. Wie das Meer, denke ich und möchte auf der Stelle darin ertrinken. Ganz dicht vor mir kniet der Mann, der eben noch mit dem Mädchen im Garten getobt hat. Unsere Gesichter sind nur einen Hauch voneinander entfernt.

»Hast du sie?«, ertönt die Mädchenstimme hinter dem Gartenzaun.

»Ja, ich kann sie erwischen.«

Meine Hand liegt noch immer dort, wo ich nach der Wasserbombe greifen wollte. Als der Mann durch mich durchgreift, fühle ich ein leichtes Bitzeln, das sich von meinen Fingerspitzen bis in den Arm ausbreitet. Wie elektrisiert stehe ich auf und halte unwillkürlich den Atem an, als er aufsteht und zurück in den Garten geht.

Irritiert schaue ich ihm nach, dann drehe ich mich zu Ruby um. »Hast du das gesehen?«

»Ich bin ja nicht blind.«

»Ob das Julias Mann ist?« Der Gedanke gefällt mir. Immerhin schlägt bald mein Herz in Julias Brust!

»Keine Ahnung. Lass uns mal reingehen, die beiden machen sich auch auf den Weg ins Haus. Am besten gehen wir durch den Vordereingang. Dann denkt Oskar nicht, wir seien Einbrecher.«

Das ist eine gute Idee! Ich werfe noch einen Blick über den Gartenzaun. Julia ist inzwischen aufgestanden und geht mit der um den Leib gewickelten Decke langsam auf die Terrasse zu. Bevor sie im Haus verschwindet, dreht sie sich noch einmal für einen Moment in unsere Richtung um …

Es ist immer wieder aufregend, eine Wohnung oder ein Haus auf diese Art zu betreten. Da wir unangemeldet und vor allen Dingen unbemerkt kommen und gehen können, erfahren wir, wie es wirklich dort zugeht. Die Menschen verhalten sich ganz natürlich.

Es riecht nach Lavendel und Orange. Das ist das Erste, was ich wahrnehme, als wir durch die Haustür in die Diele kommen. Neugierig sehen wir uns um. An der Garderobe hängen mehrere Jacken, zwei Regenschirme und eine große rote Handtasche. Der Schuhschrank ist mit vielen bunten Herzen in unterschiedlichen Größen bemalt und passt eigentlich gar nicht zu dem altmodischen Bauernschrank, der gleich daneben steht. Auf der anderen Seite hat das auch wieder einen gewissen Charme. Irgendjemand scheint hier sehr kreativ zu sein.

Aus dem Raum am anderen Ende des Flures kann man gedämpfte Stimmen vernehmen. Die Tür steht offen … Am Küchentisch sitzt eine etwa vierzigjährige blonde Frau mit ganz verweinten Augen. Sie klammert sich mit beiden Händen an eine große Teetasse, so als könne diese ihr Halt geben. Das ist definitiv nicht die Frau aus dem Garten, die rötliches Haar hatte, das sie locker aus dem Gesicht gesteckt trug. Oder hatte ich mich geirrt? Vielleicht ist dies hier meine Julia? Sie sieht viel zerbrechlicher aus. Und sie hat Angst, das spüre ich.

Der Mann von eben steht mit dem Rücken zu mir. Er bedient eine Kaffeemaschine und sieht dabei zu, wie die dampfende braune Flüssigkeit langsam in eine Tasse läuft. Der Duft findet sofort den Weg in meine Nase …

»Ist sie in ihrem Zimmer?«, fragt er und dreht sich um, sodass ich deutlich erkennen kann, dass seine blauen Augen eine Nuance dunkler geworden sind.

»Ja, sie ruht sich aus. So wie ihr über die Stränge geschlagen habt!«

Der Kaffee ist mittlerweile durchgelaufen, und der Mann setzt sich zu der Frau an den Tisch.

»Weißt du, Sophia …« Gedankenverloren schüttet er etwas Milch in seine Tasse. Dann gibt er vier Löffel Zucker dazu und rührt eine Zeitlang um. Er trinkt und verzieht kurz darauf das Gesicht. Der Kaffee ist wohl zu süß geraten. Das zaubert ein kleines Lächeln auf das Gesicht der Frau. Und in meins auch.

Sie heißt also Sophia! Es hätte mich auch gewundert, wenn sie sich als Julia entpuppt hätte. Ich bin mir sicher, dass ich das gefühlt hätte. Gespannt warte ich darauf, wie die Unterhaltung weitergehen wird. Zu gerne würde ich wissen, wer hier zu wem gehört. Ob Sophia Julias Schwester ist? Die beiden dürften ungefähr im selben Alter sein.

»Ich kann sehr gut verstehen, dass du dir große Sorgen um das Kind machst, aber Julia kann ganz gut selbst auf sich aufpassen. Sie kennt ihre Grenzen. Hast du gehört, wie sie gelacht hat?«

Sophia ist Julias Mutter? Überrascht drehe ich mich zu Ruby um. »Hast du das gewusst?«

»Nein, das habe ich nicht. Ich habe nur den Namen und die Adresse bekommen. Außerdem, was denkst du denn von mir? Wenn ich das gewusst hätte, hätte ich dich darauf vorbereitet, dass es ein junges Mädchen ist.«

Ich glaube Ruby. Er hätte niemals Informationen zurückgehalten. Außerdem sieht er genauso überrascht aus wie ich. Gespannt höre ich weiter zu.

»Ich habe nur diese eine Tochter!«, sagt sie. »Und der Gedanke, dass sie irgendwann nicht mehr da sein soll, ist für mich unerträglich.«

»Sie wird es schaffen. Du musst ihr ein bisschen mehr vertrauen. Julia hat einen starken Lebenswillen. Es wird ganz bestimmt alles gutgehen, das weiß ich! Aber du musst auch daran glauben, das wird ihr helfen.«

Es stimmt also, Julia ist Sophias Tochter.

»Und wie passt *er* dazu?«, frage ich.

»Die beiden sehen sich ähnlich«, stellt Ruby fest. Forschend betrachte ich Sophias Gesicht. Sie hat die gleichen tiefblauen Augen. Dass mir das nicht gleich aufgefallen ist!

»Bestimmt der Bruder«, überlege ich. Dann wäre er Julias Onkel. Und der versucht immer noch, seiner Schwester Mut zu machen.

Ob es was bringt, wenn ich Sophia erzähle, dass ihre Tochter bald mein Herz bekommen wird? Ich hoffe nur, dass ihr Bruder auch recht hat. Er scheint wirklich davon überzeugt zu sein, dass alles gutgehen wird. Das war nicht einfach nur so dahergesagt, das habe ich gespürt. Zuversichtlich lächelt er Sophia an. Und sein Lächeln wird noch eine Spur breiter, als eine helle Mädchenstimme durch das Haus tönt.

»Onkel Manuel, kommst du mal?«

Als der Mann nach oben geht, hefte ich mich an seine Fersen.

Julia sitzt auf ihrem Bett, angelehnt an mindestens vier bis fünf große bunte Kissen. Zwischen ihren Fußzehen klemmen kleine Schaumstoffwürste, die verhindern sollen, dass ihre frisch lackierten Fußnägel zusammenkleben.

»Guck mal, wie findest du die Farbe?«, fragt sie ihren Onkel.

»Ziemlich pink!«

Julia lacht. Dann schaut sie ihn ernst an. »Sag mal, kannst du nicht noch mal mit Mama reden? Sie weigert sich immer noch, mich auf die Party gehen zu lassen.«

»Du hast vielleicht Wünsche.«

»Ach komm schon, bitte! Auf dich hört sie immer. Kannst du es nicht wenigstens versuchen? Alle aus der Klasse gehen hin!«

»Ich könnte dich ja begleiten! Vielleicht darfst du dann?«

»Ja, super! Damit wäre ich der Knaller des Abends. Die kleine Julia und ihr Aufpasser …«

»Du könntest doch so tun, als wäre ich dein Freund. Dann fällt es vielleicht gar nicht auf.« Grinsend setzt sich Manuel neben Julia aufs Bett.

»Du bist steinalt!«

»Ich bin siebenunddreißig, im besten Alter.«

»Und ich bin fünfzehn, du bist also fast dreimal so alt. Außerdem möchte ich alleine hingehen. Das heißt, Saskia kommt natürlich auch mit. Und die passt auch auf mich auf, bestimmt!«

»Soso, deine beste Freundin passt auf dich auf. Ein guter Plan!«

»Bitte, Onkel Manuel, ich war noch nie auf einer richtigen Fete. Stell dir doch mal vor, ich sterbe heute. Dann bekomme ich nie wieder die Gelegenheit dazu.«

»Du weißt schon, wie du bekommst, was du willst, oder? Okay, ich rede mit deiner Mutter, aber nur, wenn du mir eine Sache versprichst.«

»Was denn?«

»Du darfst nicht sterben. Heute nicht – und die nächsten siebzig Jahre auch nicht.«

»Ist abgemacht!«

Ich würde ja zu gerne wissen, was dazu im Himmelsprotokoll geschrieben steht, aber Ruby organisiert den Schlüssel bestimmt nicht noch einmal …

Julia geht erstaunlich unbeschwert mit dem Thema Tod um. Ob ihr bewusst ist, wie schlecht es um sie steht? Immerhin wird sie bald mein Herz bekommen. Dass sie krank ist, merkt man ihr gar nicht an, und wenn ich nicht das Gespräch zwischen ihrer Mutter und ihrem Onkel mitbekommen hätte, würde ich glatt daran zweifeln, dass dieses lebensfrohe Mädchen die kleine Herzpatientin sein soll.

Julia wartet, bis ihr Onkel wieder unten im Flur ist, dann springt sie schnell auf und schleicht sich auf Socken die

Treppe hinunter. Sie setzt sich auf die unterste Treppenstufe, lehnt ihren Kopf an das Geländer und versucht, möglichst viel von dem Gespräch in der Küche mitzubekommen. Ruby hat sich neben sie gesetzt, und sie lauschen gemeinsam. Sieht richtig süß aus.

Ob mein Schutzengel auch manchmal neben mir gesessen hat, wenn ich mich draußen vor dem Küchenfenster auf die Bank gesetzt und meine Eltern belauscht habe?

21 Einen Kaktus im Kopf, wo andere Menschen ein Gehirn haben

Julia erinnert mich in vielen Dingen an mich. Allerdings war ich sechzehn, als ich auf meiner ersten Party war. Und ich weiß noch heute, wie speiübel mir danach war. Vor allem aber hatte ich richtig Angst, nachdem ich mich noch im Badezimmer des Gastgebers übergeben musste. In der Schlammbowle waren eindeutig zu viele Kirschen gewesen. In meinem volltrunkenen Zustand war ich jedoch felsenfest überzeugt davon, ich hätte gleich ganze Brocken Blut gespuckt. Das war das erste und letzte Mal, dass ich Schlammbowle getrunken habe.

Während Ruby weiterhin Julia auf der Treppe Gesellschaft leistet, schaue ich mich ein bisschen näher in ihrem Zimmer um. Als ich in ihrem Alter war, hatte ich meine Wände mit vielen *Bravo*-Postern in unterschiedlichen Größen zugekleistert. Hier hängen stattdessen viele selbst bemalte Leinwände, die ich sehr schön finde. Eines der Bilder gefällt mir besonders gut. Es hat ein quadratisches Format, welches wiederum in den unterschiedlichsten Pink- und Lilatönen in viele kleine Quadrate aufgeteilt ist. Auf jedem davon wurde, jeweils eine Nuance heller, ein kleines Herz gemalt. Das ganze Bild besteht aus genau hundert Kästchen, in dem hundert Herzen stecken. Unten rechts hat die Künstlerin mit einem silbernen Stift ihren Namen hinterlassen: *Julia*.

Sie malt auch, denke ich, wie schön …

»Julia ist sehr kreativ.«

Überrascht drehe ich mich um. Hinter mir steht die Frau mit dem rötlichen Haar und den sanften braunen Augen, die vorhin noch auf der Gartenbank saß und Julia und Manuel zugesehen hat.

Da ich mir nicht sicher bin, ob nicht noch eine weitere Person im Raum ist, lasse ich meinen Blick schnell noch einmal durchs Zimmer wandern. Wir sind alleine, also hat sie eben mit mir gesprochen. Und da sie mich sehen kann, muss sie also ein Engel sein.

»Bist du Julias Schutzengel?«, frage ich.

»Ja, seit dem Tag ihrer Geburt. Mein Name ist Josefine.«

»Ich bin Mia«, stelle ich mich vor.

»Ich weiß, wer du bist. Arnold hat mich auf euch beide vorbereitet. Allerdings habe ich nicht damit gerechnet, dich so schnell hier zu sehen. Aber ich freu mich, dass du da bist. Wo ist denn Ruby?«

»Der sitzt mit Julia unten auf der Treppe – die beiden spionieren.«

»Sophia wird es ihr nicht erlauben, zur Party zu gehen.«

»Oh, da wird Julia aber enttäuscht sein.« Und ich bin es ehrlich gesagt auch ein wenig. Denn irgendwie hatte ich mich schon darauf gefreut, heute Abend noch einmal auf eine Fete zu gehen.

Enttäuschung ist allerdings nicht ganz die richtige Bezeichnung für Julias Gemütszustand. Ich würde es vielmehr als Wut bezeichnen: Wie eine Furie kommt sie ins Zimmer geschossen und schmeißt geräuschvoll die Tür hinter sich zu. Aber schon im nächsten Moment reißt sie sie wieder auf.

»Du bist so was von egoistisch!«, brüllt sie. »Es geht immer nur um dich! Nur weil du Angst hast, darf ich kein bisschen Spaß haben. Das ist so was von unfair! Du machst mein ganzes Leben kaputt!« Und als sie die Tür ein weiteres Mal zuknallt, fügt sie noch ein: »Ich hasse dich« hinzu. Aber das kann man kaum verstehen, weil sie dabei so schluchzt.

Könnte ich ihr nur helfen! Ich setze mich zu ihr aufs Bett und sehe sie besorgt an. Julia liegt auf dem Bauch, ihren Kopf hat sie unter einem Kissen vergraben. Das würde ich ihr liebend gerne wegziehen, um über ihr Haar streichen zu können, aber das geht ja leider nicht.

»Deine Mutter meint es doch nur gut«, versuche ich es trotzdem, aber Josefine unterbricht mich.

»Vergiss es, das bringt eh nichts«, erklärt sie mir. »Die junge Dame ist fünfzehn. Sie hat einen Kaktus im Kopf, wo andere Menschen ein Gehirn haben. Sie steckt mitten in der Pubertät!«

Obwohl Julia mir immer noch leidtut, muss ich über Josefines trockene Art von Humor lachen.

»Mit fünfzehn ist das Leben verdammt schwer«, sage ich. »Da fühlt man sich schon sehr erwachsen und wird immer noch behandelt wie ein kleines Kind.«

Mit ernstem Gesicht setzt Josefine sich neben mich aufs Bett. »Wobei dieses Mädchen schon seit Geburt an erwachsener ist als ihre Altersgenossinnen«, sagt sie mit milder Stimme. »Die Kleine wurde mit dem Herzfehler geboren und hat schon einiges hinter sich. Lässt du mich mal?«

Ich rutsche ein Stück zur Seite, damit Julias Schutzengel näher an das Mädchen rankommt. Die hat sich mittlerweile auf den Rücken geworfen und starrt mit verweinten Augen trotzig an die Decke.

»Julia, denkst du bitte an deine Tabletten?«, fragt Josefine freundlich. Und dann etwas bestimmter: »Es ist nach acht Uhr!«

Aber Julia reagiert nicht. Scheinbar gelangweilt schnickt sie mit Daumen- und Zeigefinger die Schaumstoffröllchen, die eben noch zwischen ihren Zehen steckten, quer durch das Zimmer. Erst als Josefine ihre Hand auf das Knie des Mädchens legt, hört sie mit ihrem Wurfspiel auf.

»Julia, deine Tabletten.«

Fasziniert schaue ich auf Josefines Hand, die nicht in Julias Knie versinkt.

Es dauert keine zehn Sekunden, da steht Julia auf, holt aus einem Döschen von ihrem Schreibtisch zwei Tabletten und schiebt sie sich in den Mund.

»Wie hast du das gemacht?«, frage ich begeistert. Und im gleichen Moment fällt mir Liane und unser Ausflug mit dem Raser wieder ein. Wie hat Liane ihn dazu gebracht, aufs Gas zu treten, anstatt zu bremsen?

Sie hat ebenfalls ihre Hand auf sein Knie gelegt.

»Wie meinst du das?«, fragt Josefine. Offenbar kann sie

meine Aufregung nicht verstehen. Für sie scheint es ganz normal, dass sie Menschen und sogar Gegenstände beeinflussen kann.

»Kannst du das Ruby beibringen?«, frage ich. Eigentlich wollten wir im Himmel ja mal einen Blick in das Ausbildungsbuch werfen, aber irgendwie war der gute Vorsatz in dem Moment vorbei, in dem die erste Folge *Grey's* auf Rubys extragroßem Fernsehbildschirm angelaufen war. Aber warum sich mit Theorie rumplagen, wenn man die Gelegenheit dazu bekommt, gleich praktisch zu üben?

»Ich kann es versuchen – wenn er es möchte.«

Wo Ruby nur wieder steckt? Nicht, dass er sich wieder in irgendjemand reingelegt hat und nun ein bisschen schläft? Nein, das würde er nicht machen. Bei mir war das eine Ausnahme. Es handelte sich dabei nur um meine Hülle. Da bestand nicht die Gefahr, er könne sich eine meiner schlechten Eigenschaften einfangen.

Ruby ist draußen im Garten und spielt mit Oskar. Er lässt ihn Sitz und Platz machen, wirft imaginäre Luftstöckchen und jagt ihn quer durch den Garten. Beide haben sichtlich Spaß.

Als er uns auf ihn zukommen sieht, hält er erstaunt inne. Aber dann lächelt er wissend. »Julias Schutzengel!«, stellt er fest, geht in die Knie und führt uns Oskars neuestes Kunstwerk vor. Der Hund kann jetzt Pfötchen geben. Und dabei unterscheidet er sogar links von rechts. Hätte Ruby nicht schon einen Job im Himmel, könnte man ihn gut als Hundedompteur engagieren. Aber im Himmel gibt es ja keine Hunde, noch nicht.

Interessiert höre ich Josefine zu. Als Engel brauche man vor allen Dingen so etwas wie innere Gelassenheit, erklärt sie, damit man Dinge beeinflussen könne. Möchte man gar einen Menschen erreichen, muss man mit sich selbst absolut im Reinen sein, sonst funktioniert es nicht. Und am besten klappt es, wenn man dabei eine Hand auf bestimmte Körperteile wie das Knie oder die Schulter legt. Dabei bleibt die Hand des Schutzengels auf der Oberfläche liegen, aber die Schützlinge fühlen es nicht als Druck, sondern eher als Wärme.

Ruby tut so, als würden ihn Lianes Erläuterungen interessieren, aber ich sehe ganz genau, wie seine Blicke immer wieder zu Oskar wandern. So ein Idiot! Er spielt lieber mit Hunden, anstatt sich eine sinnvolle Gabe anzueignen, die wir bestimmt irgendwann gut brauchen können. Dass er nicht scharf auf seine Schutzengelausbildung ist, ist seine Sache. Aber solange er mein Schutzengel ist, kann er sich ruhig ein bisschen anstrengen.

»Hau ab, Oskar!«, sage ich und staune nicht schlecht, als sich der Hund tatsächlich in seine Hütte trollt. Endlich gesellt sich Ruby mit voller Konzentration dazu. Aber Josefines Ausführungen bringen uns trotzdem nicht weiter. Ruby scheint weder innerlich gelassen noch mit sich im Reinen zu sein.

Bei der ersten Praxisübung soll Ruby Manuel in der Küche dazu bewegen, sich noch eine Tasse Kaffee zu machen. Aber Ruby schafft es nicht, seine Hand bleibt einfach nicht auf Manuels Knie liegen, sie gleitet immer wieder hindurch. Also versuchen wir es mit einer einfacheren

Aufgabe. Aber auch die Dimmerlampe, die er gerade zu hypnotisieren versucht, leuchtet immer weiter in gleich bleibender Intensität. Sie scheint nicht heller – und dunkler wird sie auch nicht.

So gut es geht, versuche ich meine Enttäuschung zu verbergen, da werden wir von Julia abgelenkt, die plötzlich mit einem zerknirschten Lächeln in der Küchentür steht.

»Ich hab dich lieb, Mama«, säuselt sie.

»Siehst du? Alles wieder im Lot. Die Hormone haben sich wieder eingespielt«, sagt Josefine strahlend.

Aber ich bin mir da gar nicht so sicher …

22 Hast du se nicht mehr alle?

»Siehst du?«, flüstere ich und stupse Ruby an. »Ich hab doch gewusst, dass das passiert.«

Julia klettert leise aus dem Bett, legt ihre Daunendecke vor den Spalt an ihrer Zimmertür und schaltet die Schreibtischlampe an. So ein kleines Biest, denke ich, muss aber auch ein wenig grinsen. Durch die Decke kann man von außen nicht sehen, dass die junge Dame sehr wohl wach ist.

Flugs schlüpft sie in ihre Jeans und ein bauchfreies Top. Wir haben Ende Oktober, und sie kleidet sich viel zu luftig! Nun verstehe ich meine Mutter, die früher immer sorgfältig kontrolliert hat, ob ich mich auch warm genug angezogen habe.

Niemand bekommt mit, dass Julia sich gerade für einen unerlaubten nächtlichen Ausflug fertig macht. Josefine besucht gerade einen anderen Schützling, auf den sie nur ab und an aufpassen muss. Sie meinte, wenn es mich beruhigen würde, könnten wir ja die Nacht bei Julia verbringen. Die Erwachsenen im Haus liegen längst in ihren Betten. Julias Vater ist spät von der Arbeit nach Hause gekommen und schlummert nichts ahnend an Sophias Seite. Manuel übernachtet im Gästezimmer. Er bleibt noch übers Wochenende zu Besuch, dann muss er zurück nach Frankfurt. Aus seinen Gesprächen mit Sophia habe ich außerdem herausgehört, dass er geschieden ist, die Trennung aber noch immer nicht richtig überwunden hat und deswegen noch Single ist. Kinder hat er keine, was ich extrem schade finde, weil er mit Sicherheit ein guter Vater wäre.

Da Lukas mich verlassen hat, und ich deswegen kein schlechtes Gewissen haben muss, beschließe ich, dass Manuel auf jeden Fall ein Date wert wäre, wenn ich nicht dummerweise so verdammt körperlos wäre. Ob er auch irgendwo auf der Liste meiner Seelenverwandten steht? An einen Manuel kann ich mich nicht erinnern. Das muss ich unbedingt nachsehen, wenn wir wieder oben im Himmel sind, Manuel würde mir als Seelenverwandter gefallen … Aber jetzt müssen wir erst einmal auf Julia aufpassen.

Die zieht sich gerade gekonnt ihren Lidstrich nach. Dann tuscht sie mehrmals ihre Wimpern und wühlt danach in einem Kästchen, in dem sich Lippenstifte in den verschiedensten Farben tummeln. Sie betupft gerade ihre Lippen mit einem glitzernden Gloss, als ihr Handy blinkt. Das hat sie lautlos gestellt, damit niemand mitbekommt, dass sie so spät am Abend noch Anrufe erhält.

»Wie heißt die Straße?«, flüstert sie. »Buchstabier mal.« Dabei greift sie zu einem schwarzen Kajalstift und schreibt auf einem Tempo etwas auf.

»Das kenne ich, das ist in der Schrebergartenanlage, gar nicht weit von hier«, sagt sie, und das Papiertaschentuch wandert in den Papierkorb.

Beim nächsten Mal suche ich meinem Begleitengel einen sportlicheren Körper aus. Vor allen Dingen aber einen, der nicht so schwer ist. Ruby muss ganz schön kämpfen, als wir nach Julia aus dem Fenster klettern und auf das Dach der Garage springen. Aber er bleibt tapfer und jammert auch nicht, als wir nur kurz darauf nach unten in einen Sandhaufen springen.

Der Rest des Weges bleibt ebenerdig. Julia geht glücklicherweise zu Fuß, sodass wir ihr problemlos folgen können. Und schon nach wenigen Minuten sind wir da. Aus einem flachen, großen Steingebäude, vermutlich eine Art Vereinshaus, kann man schon von Weitem die laute Musik hören, die dort gespielt wird.

Julia greift in ihre Jackentasche, zaubert den Lipgloss heraus und zieht noch einmal ihre Lippen nach. Es sind schätzungsweise dreißig bis vierzig Teenies im Alter von vierzehn bis zwanzig Jahren, die sich auf der Party tummeln. Schlammbowle gibt es hier nicht, dafür aber jede Menge Alcopops und eine ganze Menge harter Sachen, die großzügig verteilt und getrunken werden.

Julia steht etwas verloren im Eingang, aber dann überzieht ein Strahlen ihr Gesicht, und sie wirft sich ins Getümmel. Sie geht winkend auf ein anderes Mädchen zu und umarmt es. Sofort gesellen sich andere Jungs und Mädels hinzu, die sich alle untereinander zu kennen scheinen. Es ist so voll und eng hier, dass ich Julia einen kurzen Moment aus den Augen verliere. Als ich sie wiederentdecke, trinkt sie genüsslich aus einer grünen Flasche, wahrscheinlich ist es Bier.

»Das ist bestimmt nicht gut für sie«, sage ich laut, damit Ruby mich auch versteht.

»Viel Promille hat das Zeug nicht«, brüllt Ruby zurück. »Das ist irgendein Biermixgetränk. Hoffentlich bleibt sie dabei.«

Wir bleiben auf jeden Fall die ganze Zeit dicht an Julia dran, die sich sichtlich wohlfühlt in ihrer Rolle als Ausbrecherin.

So etwas hätte ich mich früher nie getraut. Ich hätte viel zu große Angst vor den Konsequenzen gehabt, wenn ich erwischt worden wäre. Davon mal ganz abgesehen, hätte ich Muffensausen gehabt, ganz alleine um diese Uhrzeit durch die Straßen zu ziehen. Aber Julia schien das gar nichts ausgemacht zu haben, und irgendwie bewundere ich sie dafür. Ob das wirklich ihre erste Party ist?

Ihre erste Flasche Biermixgetränk ist es auf jeden Fall nicht mehr, so viel steht schon mal fest. Wir sind etwa seit einer Stunde auf der Party, und Julia hat ordentlich Alkohol getrunken. Ich stehe ganz dicht neben ihr und rede auf sie ein, aber sie reagiert natürlich nicht, weil sie mich nicht hören kann. Allerdings bin ich mir auch absolut sicher, dass sie nicht auf mich hören würde, wenn sie es könnte.

Doch plötzlich scheint Julia vernünftig zu werden und auf Orangensaft umzusteigen. Ein Junge, der schon etwas älter ist, hat sie damit versorgt. Er ist mir auf Anhieb sympathisch, weil er Julia ein alkoholfreies Getränk gebracht hat. Der Junge heißt Marvin, und die kleine Ausreißerin scheint schwer in ihn verliebt zu sein. Sie himmelt ihn geradezu an. Bestimmt wollte sie wegen ihm auf diese Party gehen.

Als er mit ihr nach draußen vor die Tür geht, überlege ich nicht lange und gehe hinterher. In ihrem Alter habe ich auch das eine oder andere Mal mit Jungen rumgeknutscht, und ich kann ja weggucken, wenn die beiden das auch vorhaben. Julia alleine lassen möchte ich allerdings nicht. Sie hat ganz glasige Augen und wankt auch ein wenig. In der Hand hält sie immer noch die Flasche Orangensaft.

An einem Geräteschuppen machen die beiden halt. Marvin macht sich sofort an der Tür zu schaffen, aber sie bleibt verschlossen. Das ist gut, denke ich, doch die beiden gehen auch im Freien ganz schön zur Sache. Peinlich berührt schaue ich also weg und überlege sogar, ob ich die Verliebten ganz alleine lassen soll. Aber dann höre ich Julia sagen: »Nein, lass das!« Sofort drehe ich mich um. Marvin nestelt an Julias Hose herum.

»Bitte, Marvin, ich will … ich kann nicht.«

»Ach komm schon, zier dich nicht so!«

So ein Mistkerl, eben war er mir noch sympathisch, aber jetzt würde ich ihm am liebsten geradewegs mit der Faust ins Gesicht schlagen. Aber das geht ja leider nicht.

»He, du Arsch!«, rufe ich empört. »Hast du nicht gehört, was sie gesagt hat, sie will nicht!«

Aber Marvin hört mich nicht, und Julia auch nicht, bis sie …

»Hast du se nicht mehr alle? Zicke!« Überrascht hält Marvin sich die Wange.

»Das hast du gut gemacht«, lobe ich Julia. Sie hat tatsächlich ausgeholt und ihm ins Gesicht geschlagen. Allerdings nicht mit der Faust, sondern mit der flachen Hand. Schimpfend verschwindet Marvin und lässt Julia alleine im Dunkeln stehen.

»Penner!«, ruft sie ihm hinterher, und ich bin mächtig stolz auf sie. Dann rutscht sie erschöpft an der Wand des Geräteschuppens nach unten.

»Und jetzt lass uns gehen«, bitte ich sie.

Diesmal scheint sie gleich auf mich zu hören. Sie rappelt sich auf, seufzt einmal tief, geht ein paar Schritte … und sackt dann bewusstlos in sich zusammen.

»Julia«, rufe ich entsetzt und lasse mich auf die Knie fallen, direkt neben sie. Dann schaue ich mich Hilfe suchend um. Es ist niemand in der Nähe. Hier wird sie so schnell keiner finden.

»Ruby!«, schreie ich, so laut ich kann. »Ruby!« Wo ist der nur wieder?

Julia liegt bewegungslos auf dem Boden, ihren Kopf seltsam zur Seite geneigt. Aus ihrem Mund läuft ein Speichelfaden. Sie öffnet noch einmal die Augen, dann hört ihr Herz auf zu schlagen.

Neben Julia liegt das Handy, das ihr beim Sturz aus der Jackentasche gefallen ist. Sie hat es noch immer lautlos gestellt, aber auf dem Display leuchtet blinkend *Mama* auf. Sophia hat wohl gemerkt, dass ihre Tochter ausgebüchst ist. Ob sie auch spürt, dass sie Hilfe braucht? Aus den Augenwinkeln sehe ich Ruby, der auf uns zugerannt kommt. Und ohne weiter darüber nachzudenken, lege ich mich in Julias Körper.

Sophia kniet auf dem Boden und breitet ihre Arme aus. »Lauf, mein Schatz«, ruft sie.

Ich bin etwa drei Jahre alt und laufe mit kleinen, schnellen Schritten auf sie zu. Sophia fängt mich auf und drückt mich. »Ich hab dich lieb, Mama«, sage ich. Dann lege ich meine kleinen Hände auf Sophias Gesicht und drücke ihr einen Kuss mitten auf den Mund. Dabei fühle ich, wie mein kleines Herz vor Freude einen Hüpfer macht.

Ich bin Julia und Julia ist ich. Mein Herz schlägt für uns beide, auch wenn es kilometerweit entfernt in meinem Körper steckt. Ich atme tief ein und wieder aus, fühle, wie sich Julias Brustkorb hebt und senkt. Sie muss atmen, damit ihr Gehirn genügend Sauerstoff bekommt.

»Ich hole Hilfe!« Ruby greift nach meiner Hand, doch ich kann seine Berührung nicht fühlen. Alles, was ich spüre, ist eine tief sitzende Kälte, die sich immer weiter in mir ausbreitet. Wie will Ruby Hilfe holen, wenn er es noch nicht einmal schafft, eine blöde Dimmerlampe heller leuchten zu lassen?

In der Ferne höre ich Musik, die zu mir herüberklingt. Aber es sind nicht die lauten Partylieder, die dumpf ihren Weg in mein Bewusstsein finden. Die Melodie kommt mir so bekannt vor … Und wer ist die junge Frau mit den braunen Haaren und den grauen Augen, die nun beginnt, sanft zu singen. »Mama?« Müde schließe ich meine Augen. Als ich sie wieder öffne, sehe ich eine ältere Frau mit grauen Haaren, die ich noch nie zuvor gesehen habe. Sie hat die gleichen Augen wie Sophia und Manuel, tiefblau wie das Meer, das urplötzlich meine Fußknöchel umspielt.

»Komm ins Wasser, Mia«, ruft Lukas lachend, »es ist ganz warm!«

Ich wollte so gerne noch ein letztes Mal das Meer sehen. Aber nun bin ich hier und friere. Über meinen ganzen Körper hat sich eine feine Gänsehaut gelegt, nur weil ich knöcheltief im Wasser stehe. Deswegen bleibe ich lieber stehen und sehe Lukas zu, der immer weiter ins Meer hineingeht, bis ich ihn nicht mehr sehen kann.

»Lukas«, rufe ich, »Lukas«, und laufe ihm hinterher. Ich spüre noch den Grund unter den Füßen, als eine große Welle kommt und mich mitreißt. Verzweifelt kämpfe ich gegen den Sog an, der mich in die Tiefe zieht. Noch einmal schaffe ich es, das Wasser zu durchbrechen und atme die Luft ein, tief hinein bis in die Lungen. Doch dann fühle ich, wie meine Kraft schwindet. Widerstandslos gebe ich auf, lasse mich nach unten auf den Meeresgrund sinken. Das Letzte, was ich sehe, sind zwei tiefblaue Augen, die mich sorgenvoll anblicken. »Jetzt bin ich wirklich darin versunken«, denke ich, doch dann packt jemand meinen Arm und zieht mich kraftvoll nach oben. Gierig sauge ich die Luft ein.

Ruby sieht mich ängstlich an. »Das war knapp«, sagt er, und ich kann hören, wie seine Stimme dabei zittert.

Die Erde unter meinen Füßen bringt mich wieder in die Realität zurück, aber ich brauche eine Weile, bis ich das Umfeld um mich herum wahrnehme.

Julia liegt noch immer auf dem Boden. Manuel beugt sich über sie. In gleichmäßigem Rhythmus drückt er fest auf ihren Brustkorb, dann pustet er Luft durch ihren geöffneten Mund.

Ich bin nicht mehr in Julia. Und Ruby hat es tatsächlich geschafft. Irgendwie hat er Manuel hierhergeschafft, und Josefine ist auch da.

»Hast du ein Handtuch für mich?«, frage ich Ruby und fange hemmungslos an zu weinen.

23 Ich werde auf dich aufpassen

Seitdem ich weiß, dass es Julia besser geht, geht es auch mir besser. Trotzdem fange ich alle paar Minuten von Neuem an zu schluchzen, und zwar merkwürdigerweise nicht wegen Julia und dem Schreck, den wir alle bekommen haben, sondern wegen mir. Noch nie habe ich mich so hilflos gefühlt wie in dem Moment, in dem ich befürchtete zu ertrinken. Und dieses Gefühl hat sich eingenistet in meinem Herzen, das getrennt von meiner Seele auf Julia wartet.

Wir sind im Krankenhaus, und ich stehe zwischen Ruby und Josefine an Julias Bett. Josefine hat mir ihre Decke gegeben, in die ich mich fest eingewickelt habe. Es hat eine ganze Weile gedauert, bis ich begriffen habe, dass ich gar nicht nass bin, aber ich friere immer noch sehr. Dabei fühle ich mich eigenartig lebendig.

Ruby hält die ganze Zeit meine Hand und drückt sie in regelmäßigen Abständen. Er ist immer noch ganz blass und sieht sehr mitgenommen aus. Als er Julia und mich so daliegen sah, wusste er, dass es nur einen Weg geben würde, uns zu helfen, und er ist den ganzen Weg zurück zu Julias Elternhaus gerannt. Schon von Weitem hat er gesehen, dass das Haus hell erleuchtet und Julias Verschwinden wohl aufgefallen war. Clever, wie er ist, hat er daraufhin Oskar in Julias Zimmer gelockt. Dann hat Ruby etwas geschafft, worauf ich unwahrscheinlich stolz bin: Er hat Manuel dazu gebracht, noch einmal in Julias Zimmer hinaufzugehen, ganz genauso, wie Josefine es ihm bei der Praxisübung erklärt hatte. Dort wartete bereits Oskar, der wie auf Kommando anfing, den Mülleimer anzubellen, in den Julia das Taschentuch mit der Partyadresse geworfen hatte …

Und nun sind alle im Krankenhaus, nur Oskar natürlich nicht. Aber der kleine Held wird bestimmt später noch einen großen Knochen als Belohnung bekommen, weil er unbeabsichtigt Julia gerettet hat, zumindest vorerst.

Die Ärzte haben Julias Eltern soeben erklärt, dass ihre Tochter auf jeden Fall operiert werden muss, sobald sie sich etwas erholt hat.

»Warum warst du nicht da?«, frage ich Josefine, die gerade zärtlich über Julias Gesicht streicht, in vorwurfsvollem Ton.

»Weil du da warst.«

»Ich? Aber ich bin kein Schutzengel! Sie ist noch so jung, und sie wäre beinahe gestorben!«

»Ist sie aber nicht. Du warst die Einzige, die ihr helfen konnte. Und du hast das sehr gut gemacht.«

Wieder schluchze ich laut auf, aber diesmal ist es keine Hilflosigkeit, sondern bloße Wut. Ich bin wütend auf Josefine, weil sie nicht gleich auf mich gehört hat, als ich ihr von Julias nächtlichem Vorhaben erzählt habe. Ich bin wütend auf alles und jeden, besonders auf Marvin, der, wie ich erfahren habe, Wodka in den Orangensaft gemischt hat. Ich bin auch wütend auf den Himmelsboss, der ausgerechnet Ruby als meinen Begleitengel auserkoren hat. Hätte er mir nicht einen Engel schicken können, der nicht gleich seinen ersten Auftrag vergeigt – oder noch besser, einen Schutzengel, der es gar nicht erst so weit kommen lässt?

Ganz besonders wütend bin ich aber auf mich selbst. Hätte ich doch nur damals den blöden Fahrradhelm aufgesetzt!

Aber plötzlich fällt mir ein, dass ich dann gestern Abend Julia nicht hätte helfen können. Und der Gedanke tröstet mich ein kleines bisschen. Ich hoffe, dass sie das Versprechen halten wird, das sie Manuel gegeben hat. Sie darf nicht sterben, jetzt nicht und auch nicht die nächsten siebzig Jahre.

»Ich werde auf dich aufpassen«, sage ich leise zu ihr und greife nach ihrer Hand. In diesem Moment wird Julia wach und schaut direkt in meine Augen. »Danke«, flüstert sie, und ich schluchze schon wieder los. Und dann fällt mir auf, dass ich wirklich ihre Hand halte. Sanft drücke ich zu …

Bin ich nun Julias Schutzengel? Und Josefine kümmert sich um einen anderen Schützling? Kann ich deswegen Julias Hand halten? Oder bin ich bereits ein Teil von ihr?

»Du wirst leben«, sage ich, und das macht mich sehr glücklich. Und im gleichen Moment bedaure ich das erste

Mal tief im Herzen, dass mein Leben dann endgültig vorbei sein wird.

Die nächsten Tage weiche ich kaum von Julias Seite. Ich habe ihr versprochen, dass ich auf sie aufpassen werde – und das tue ich auch. Ab und zu mache ich einen Abstecher auf die Intensivstation und besuche mich selbst. Aber nur, wenn Josefine da ist, die mir dann versichern muss, meinen Platz an Julias Krankenbett einzunehmen. Ruby weicht dabei nicht von meiner Seite. Dass mir ein Mensch, oder besser gesagt ein Engel, in so kurzer Zeit so dermaßen viel bedeuten könnte, hätte ich nicht für möglich gehalten. Und ich hoffe, dass er mich oft in meinem persönlichen Himmel besuchen wird. Ich weiß, dass das möglich sein wird, denn immerhin wird es mein privater Bereich sein und den kann ich mir ohne ihn einfach nicht vorstellen.

Oft treffe ich auf der Station meine Eltern und manchmal Lukas. Es tut mir weh, wenn ich sie wegen mir leiden sehe, und ich versuche so gut ich kann, ihnen zu helfen. Dann erzähle ich ihnen, dass wir uns bald wiedersehen werden und wie sehr ich mich darauf freue.

In zwei Tagen sind die drei Wochen um. Da passiert etwas, womit ich nicht gerechnet habe. Tessa besucht mich. Sie hat sich mit Auto und Fähre auf den langen Weg von Schottland bis nach Düsseldorf gemacht. Oengus hat sie gefahren – und nun steht sie mit ihrem kugelrunden, wunderschönen Bauch plötzlich an meinem Bett. Im Schlepptau mit ihrem Ehemann.

»Ich muss dir was beichten«, sagt sie und öffnet die Tasche auf ihren Knien. »Ich habe Dudelsack spielen gelernt.« Ich muss lachen. »Leider darf ich nicht mehr spielen, wegen der kleinen Aileen in meinem Bauch, aber Oengus ist auch ganz gut …«

Egal, wie gut Tessas schottischer Ehemann auch spielen mag, es hört sich fürchterlich an. Ob meine Freundin denkt, dass mich das vielleicht zurückbringen könnte? Sozusagen weil ich es nicht lange ertrage, tatenlos im Bett zu liegen und ihm zuhören zu müssen?

»Du hast schon immer verrückte Ideen gehabt«, sage ich lachend. Als Oengus kurz darauf das Zimmer verlässt, bleibe ich alleine mit Tessa zurück. Sie greift nach meiner schlaffen Hand und legt sie auf ihren Bauch.

»Ich möchte, dass du sie kennenlernst«, sagt sie. »Streng dich gefälligst an! Du musst es nur wollen, Mia. Du musst leben wollen!«

»Das möchte ich doch! Ich will leben! Ich möchte so wahnsinnig gerne deine Tochter kennenlernen«, versichere ich und lege ohne weiter darüber nachzudenken meine Hand auf die Hand meines Körpers und somit auf Tessas Bauch. Dann spüre ich ihn, den Herzschlag von Aileen – und meine Seele ist wieder mit meinem Körper vereint.

»Ruby, Ruby«, rufe ich laut einige Zeit später, »du musst mir helfen! Ich stecke in meinem eigenen Körper fest und komm nicht mehr raus!«

Schon kurz darauf höre ich Schritte. »Gut, dass du da bist«, sage ich erleichtert, halte aber im nächsten Moment inne. Es ist nicht Ruby, der sich über meinen Körper beugt und lächelt, es ist Liane.

»Ich hab gewonnen«, sagt sie und strahlt mich an.

Hinter ihr steht der Himmelsboss höchstpersönlich. »Ist ja gut«, erwidert er mürrisch.

»Ich wusste, dass sie es schafft.«

Erleichtert atme ich auf, denn diese Stimme kenne ich. Ruby ist da, er wird mir hier raushelfen. Aber es ist nicht Ruby, der hinter Liane und dem Himmelsboss auftaucht! Diesen Typen habe ich noch nie gesehen.

»Wo … wo ist Ruby?«, frage ich verständnislos.

»Na hier bin ich!«, antwortet der Typ, der auf den Ton genau Rubys Stimme hat, und greift nach meiner Hand.

Er hat ganz wundervolle, sanfte Augen, die mich sehr schelmisch anlächeln. Seine Haare sind braun, aber an den Schläfen entdecke ich die ersten grauen Haare. Er trägt eine ausgewaschene Jeans und ein schlichtes schwarzes Hemd. Aber das Beste ist seine Statur: Ruby ist groß und hat herrlich breite Schultern.

»Wie geht es Julia?«, frage ich irritiert. Und ohne eine Antwort abzuwarten, schiebe ich hinterher: »Muss ich jetzt in meinem Körper bleiben, bis sie mein Herz bekommt?«

»Mia, Julia wird dein Herz nicht bekommen«, antwortet der Himmelsboss. »Weil du dich gerade dazu entschieden hast zu leben.«

Fassungslos schaue ich die drei an.

Da mischt sich Liane ein. »Du bist aber auch wirklich manchmal ungeschickt, Mucki«, meckert sie und wendet sich dann mir zu. »Mach dir keine Sorgen, Mia. Julias Zeit ist laut Himmelsprotokoll noch nicht abgelaufen. Sie wird es schaffen.«

»Dann muss eine andere für mich sterben? Oh … Das ist aber… das finde ich aber gar nicht gut.«

»Mia, es wird niemand für dich sterben!« Streng sieht Ruby mich an; ich bin immer noch überrascht angesichts seines ungewohnten Aussehens. »Julia wird es schaffen. Du hast ihr die Kraft dazu gegeben, als du mit ihr vereint warst. Sie wird die anstehende Operation gut überstehen.«

»Ist das wirklich wahr?«

Ruby nickt.

»Und du wirst weiterhin Menschen nach oben begleiten, die nicht so viel Glück hatten wie ich?« Ich weiß ja, dass Ruby der Job überhaupt keinen Spaß macht. Aber vielleicht darf er ja wieder in seinen persönlichen Himmel zurück.

»Das wird er nicht«, erklärt Liane und lächelt sanft. »Ruby ist Schutzengel, Mia. Und zwar deiner. Es war von Anfang an seine Aufgabe, auf dich aufzupassen. Das wusste er aber selbst nicht. Es war sozusagen seine Eignungsprüfung.«

Ruby ist jetzt Schutzengel? Und ich war seine Eignungsprüfung? Ich fasse es nicht! Deswegen sieht er jetzt so gut aus!

»Schicke Hülle hast du dir ausgesucht«, necke ich ihn.

»Ich habe mich dazu entschieden, meine eigene zu behalten«, sagt er lachend. »Aber danke für das Kompliment.«

»Wir sind gekommen, um uns von dir zu verabschieden«, mischt Liane sich nun wieder ein, und ich fühle, wie meine Augen ein bisschen nass werden.

Der Himmelsboss greift noch einmal nach meiner Hand und hält sie ein bisschen. Wieder fühle ich die Sonnenstrahlen …

»Die Wette gegen das Krankenhauspersonal habe ich gerne verloren, Mia«, erklärt er mir.

Daraufhin knufft ihn Liane ordentlich in die Seite, sieht mich aber entschuldigend an. »Das wollte ich dir letztens schon im Krankenhaus erzählen, als wir uns im Flur getroffen haben. Die Arbeit hier ist hart, das hast du ja schon mitbekommen. Da ist jede positive Abwechslung willkommen. Die meisten haben aber für dich gewettet, ehrlich.«

»Um was genau ging es bei der Wette?«, frage ich, nun doch neugierig geworden, nach.

»Wie lange es dauert, bis du begreifst, dass es einzig an dir liegt, dass du es wirklich nur wollen musst.«

»Und«, frage ich den Himmelsboss, »wird die Acht hinter meinem Namen im Lebensbuch jetzt gestrichen?«

»Welche Acht?«, entgegnet er lächelnd.

Kurz darauf bin ich mit Ruby alleine.

»Liane hat nicht wirklich gerade Mucki zum Himmelsboss gesagt, oder?«, frage ich grinsend, doch Ruby nickt bestätigend.

»Werde ich mich an all das erinnern, wenn ich wieder wach bin?«

»Das liegt ganz allein an dir«, sagt Ruby, und ich würde

am liebsten ein Kissen nach ihm schmeißen. Einen Moment lang ist es sehr still im Raum.

»Es wird Zeit, Mia«, sagt Ruby sanft, und ich schluchze laut auf. »Versprichst du mir, auf dein Herz zu hören? Es weiß, was gut für dich ist.«

»Ja, mach ich, versprochen. Äh … Ruby?«

»Ja, Mia?«

»Ich liebe dich.«

Und ich schwöre bei Gott, dass das nichts mit der Tatsache zu tun hat, dass Ruby nun mein Schutzengel ist – und ein verdammt gut aussehender noch dazu.

24 Von der Seele reden

Bestimmte Redewendungen haben seit meinem Aufenthalt im Himmel eine ganz neue Bedeutung für mich bekommen. *Um Himmels willen* ist eine davon. Aber *Dem Himmel sei Dank* ist auch nicht schlecht. *Der Teufel soll dich holen!* finde ich besonders witzig, weil ich weiß, dass das niemals eintreffen wird. Anders verhält es sich bei *Von der Seele reden*, das gibt es wirklich, und ich mache davon gerade reichlich Gebrauch.

Tessa ist jetzt schon fast eine Woche bei mir. Oengus ist direkt zurückgeflogen, nachdem klar war, dass ich alles heil überstanden habe und keine bleibenden Schäden zurückbleiben werden. Die Woche, die ich noch im Krankenhaus bleiben musste, hat Tessa bei ihren Eltern gewohnt, aber seitdem ich entlassen wurde, schläft sie bei mir. Sie ist jetzt Anfang des achten Monats schwanger, und ihr Bauch wird immer runder. Oengus kommt sie in zwei Tagen abholen, damit seine Tochter in Schottland geboren wird.

Ich habe die beste Freundin der Welt. Sie ist die Einzige, der ich mich anvertraut habe, weil ich wusste, dass sie mich deswegen nicht gleich für verrückt erklärt. Und nicht nur das, sie glaubt mir sogar. Deswegen muss ich ihr auch ständig von meiner Himmelstour erzählen. Ganz besonders hat es ihr die Geschichte mit den Seelenverwandten angetan. Sie meint zwar, dass ich den Soulmater gar nicht hätte fragen müssen, sondern gleich sie, weil ihr das mit Lukas schon immer irgendwie klar war – und Jannik unabhängig vom Ergebnis einfach ein Arsch gewesen war, aber trotzdem würde sie zu gerne mal einen Blick auf ihre eigene Liste werfen. Ich habe ihr gesagt, dass Oengus für sie bestimmt sei, was sie ungemein gefreut hat. Okay, das war ein bisschen geflunkert, weil ich das ja gar nicht überprüft habe. Aber ich glaube daran – und sie auch.

Wir sitzen in meiner Wohnung und trinken Latte macchiato mit Karamelltopping. Spontan halte ich meinen Finger in den Kaffee, denn es könnte ja sein, dass mein Körper und meine Seele noch nicht hundertprozentig wieder eins sind. Außerdem fände ich den Gedanken ungemein komisch, wenn ich das Koffein sozusagen immer noch mit dem Finger aufsaugen könnte. Aber natürlich spüre ich nichts, außer dass er heiß ist.

»Dass ich auf der Erde nichts essen und trinken konnte, hat mich fast wahnsinnig gemacht«, erkläre ich der verdutzt dreinblickenden Tessa, die sich nicht erklären kann, warum ich meinen Finger in den Kaffee halte. »Vor allen Dingen, weil meine Sinne alle sehr gut funktionierten und ich die ganzen leckeren Sachen um mich herum riechen konnte. Am schlimmsten war es in einem Restaurant.«

»Für mich wäre das unmöglich gewesen, das hätte ich nie im Leben ausgehalten bei den Heißhungerattacken, die mich ständig überfallen.«

Tessa steht seit Neuestem auf Lakritze, die sie früher noch nicht einmal ausstehen konnte. Als besorgte Freundin habe ich sofort nachgelesen, ob ihr – oder der Kleinen in ihrem Bauch – das schaden kann, weil ich mal irgendwann gehört habe, die schwarze Masse aus Süßholzwurzelextrakt sei nicht gut für Schwangere. Seitdem hat Tessa Lakritzverbot, und ich versuche, sie mit den unterschiedlichsten Ersatzangeboten von diesen Gelüsten abzulenken. Das Einzige, was bisher jedoch wirklich funktioniert hat, war interessanterweise die Idee mit der Anchovi-Pizza. Okay, ich gebe zu, dass das ein bisschen ungewöhnlich klingt, aber der Karamell-Latte-macchiato schmeckt gar nicht schlecht dazu.

Ich bin wirklich froh, dass Tessa bei mir ist, weil ich mir momentan noch gar nicht vorstellen kann, so ganz alleine zu sein. Immerhin habe ich fast drei Wochen am Stück jede Minute mit Ruby verbracht, und ich vermisse ihn sehr.

Dich schickt der Himmel, noch so eine Redewendung, die mir spontan einfällt. Der Himmel hat mir Ruby geschickt. Er hat auf mich aufgepasst und darauf gewartet, dass ich mich von ganz alleine für das Leben entscheide. Dabei hat er mich niemals unter Druck gesetzt. Dass ich ihn liebe, habe ich durchaus ernst gemeint. Ich weiß nicht, ob Ruby einer meiner Seelenverwandten war, und ich werde es – zumindest solange ich lebe – wahrscheinlich nicht erfahren. Und ich weiß auch nicht, ob ich eine Ladung von Mopsis Gefühlen für ihn abbekommen habe, als ich in ihr steckte. Aber ich weiß, dass ich mich vom ersten Moment an in Rubys Nähe wohlgefühlt habe. So wohl, dass ich mir gut vorstellen könnte, tatsächlich in einem Haus mit ihm zu wohnen, und wenn es nur in Form einer Wohngemeinschaft wäre.

Von Lukas habe ich mich getrennt, oder besser gesagt, ich habe mich nicht auf eine Weiterführung unserer Beziehung eingelassen. Er wollte es gerne noch mal mit uns beiden versuchen, auch wenn das bedeuten würde, dass wir auf immer und ewig in getrennten Wohnungen leben würden. Er wolle mich auf gar keinen Fall verlieren, hat er mir mit Tränen in den Augen gesagt. Meine Entscheidung habe ich nicht vom Ergebnis abhängig gemacht, das der Soulmater für uns ausgespuckt hat. Ich mag Lukas sehr – und irgendwie liebe ich ihn auch noch. Aber wie sagte Ruby noch gleich: Wichtig sei eine gemeinsame Sprache des Herzens – und ich habe das Gefühl, dass da einfach irgendwie mehr sein müsste.

Dass Lukas gute Chancen auf eine glückliche Beziehung mit Carina hat, habe ich ihm verschwiegen. Er ist immerhin ein Mann, da muss man so etwas geschickt und unauffällig einfädeln. Außerdem würde er sich wahrscheinlich kringelig lachen, wenn ich ihm erzählen würde, dass ausgerechnet die Frau für ihn bestimmt sein soll, die seine Mutter für ihn ausgesucht hat. Würde ich ihm dazu noch klarmachen, woher ich das weiß, würde er mit Sicherheit denken, dass die vielen Schmerzmittel im Krankenhaus mir die Sinne vernebelt hätten. Und genau deswegen habe ich keinem erzählt – mit Ausnahme von Tessa –, was wirklich während der drei Wochen passiert ist.

Auf jeden Fall sind hier unten alle sehr um mich bemüht. Meine Eltern sind natürlich unwahrscheinlich glücklich darüber, dass ich es geschafft habe. Und ich bin es auch. So oft wie in der letzten Woche habe ich sie noch nie besucht. Und beim letzten Mal habe ich meinen Vater sogar geküsst. Er saß in seinem gemütlichen Sessel und hat nach draußen gesehen, ganz in Gedanken versunken. Ich habe ihm einen Kuss auf die Stirn gedrückt und gesagt, dass ich ihn sehr liebhabe. Da hat er tatsächlich geweint – und ich auch.

Überhaupt haben alle sehr viel geweint in der letzten Zeit, natürlich vor allem, als ich aufgewacht bin. Meine Eltern und Tessa standen gerade bei mir am Bett, als ich das erste Mal nach der langen Zeit die Augen geöffnet habe, und ihnen sind aus lauter Freude darüber ewig lang die Tränen über die Wangen gelaufen. Und ich? Ich habe auch Rotz und Wasser geflennt, weil ich mich so gefreut habe, dass ich doch noch leben darf.

Um die Situation zu entschärfen, habe ich Tessa gebeten, ihren Oengus nie wieder in meiner Nähe Dudelsack spielen zu lassen. Es hat funktioniert, alle haben darüber herzhaft gelacht, sogar mein Vater.

Ruby fehlt mir. Aber das Gefühl, ihn immer in meiner Nähe zu haben – und ich hoffe wirklich, dass er da ist –, hilft mir. Oft erzähle ich ihm, wie es mir geht, was ich denke und was ich fühle.

Körperlich geht es mir gut, meine Kopfschmerzen sind verschwunden, und die Fäden wurden gezogen. Und dort wo die Kopfwunde war, wächst Haar nach, das sich anfühlt wie weicher Flaum. Ich bin ganz gesund – und das bedeutet, dass ich wieder arbeiten gehen muss, wovor ich ehrlich gesagt Angst habe. Der Job hat mich ausgelaugt, und – was noch schlimmer ist – ich habe es zugelassen. Und das darf mir nicht noch einmal passieren.

»Du schaffst das schon«, ermuntert mich Tessa, »und wenn nicht, ist es auch egal, dann schmeißt du einfach den ganzen Kram hin und kommst zu mir nach Schottland. Du hast doch Germanistik studiert! Damit hättest du gute Chancen dort auf einen Job als Lehrerin.«

Genau darüber habe ich schon nachgedacht, und zwar den Job gleich zu kündigen und was ganz anderes zu machen. Aber mein Leben ist hier, auch wenn ich Schottland und den Gedanken, in Tessas Nähe zu sein, sehr schön finde. Und unterrichten? Nein, das ist nichts für mich, da beherzige ich lieber den Rat, den meine Mutter mir gegeben hat, und gehe kleine Schritte, einen nach dem anderen. Und einer davon ist, dass ich morgen meinen ersten Arbeitstag nach fünfwöchiger Pause habe.

25 Entfernt auch hartnäckiges Fett!

»Mia, wie schön, dass du wieder da bist, ich freu mich ja so!« Meine Arbeitskollegin Lea hängt an meinem Hals und drückt mich. Das hat sie noch nie gemacht, weil sie eher eine zurückhaltende Person ist. Körperkontakt zu mir hat sie bisher vermieden, aber das scheint sie jetzt ordentlich nachzuholen. »Du hast mir einen ganz schönen Schrecken eingejagt. Mach so was bloß nie wieder, versprochen? Du kannst mich doch hier nicht einfach so alleine lassen.«

Ich bin extra sehr früh in die Agentur gefahren, in der Hoffnung, noch ein paar Minuten für mich alleine zu haben, aber das ging wohl gewaltig schief. Wir haben erst halb acht, und so wie es aussieht, sind schon alle da, und zwar schon seit einer ganzen Weile.

»Warum ist hier denn schon so viel los?«, frage ich, nachdem ich Lea versichert habe, wie sehr auch ich mich freue, sie wiederzusehen.

»Ach, es geht um den Nachfolgespot für die Spülmittelwerbung. Daraus soll eine richtige Kampagne werden, weil der erste so gut angekommen ist. Der Chef will uns gleich den neuen Spot vorstellen, mit dem er ins Rennen gehen möchte.«

Mein Drehbuch! Damit könnte ich vielleicht beweisen, dass es ursprünglich meine Idee war. Ob Tim auch schon da ist? Er hat doch die Kladde in seine Aktentasche gepackt und wollte sie mit zu sich nach Hause nehmen. Ganz plötzlich habe ich es sehr eilig, in mein Büro zu kommen.

»Warte, Mia«, hält Lea mich zurück, »ich muss dir noch was sagen. Du bist nämlich nicht mehr alleine im Büro ...« Aber das weiß ich ja längst.

Vor der Bürotür bleibe ich stehen und überlege, ob ich anklopfen soll. Als ich das letzte Mal hier war, bin ich mit Ruby einfach so durch die verschlossene Tür gegangen. Aber jetzt muss ich wohl den regulären Weg nehmen.

Dass ich noch ein Herz habe, kann ich sehr deutlich spüren, es klopft laut und einen Tick zu schnell, und zwar nicht nur wegen der Kladde. Ich atme noch einmal tief durch, dann drücke ich entschlossen die Klinke nach unten und öffne die Tür. Zu meiner Überraschung sitzt an Tims Schreibtisch eine Frau mit kurzen schwarzen Haaren und rot lackierten Fingernägeln, mit denen sie leise auf der Tischplatte trommelt, während sie über irgendetwas angestrengt nachzudenken scheint.

Als sie mich reinkommen sieht, unterbricht sie ihre Fingerakrobatik und lächelt mich strahlend an. »Hi«, begrüßt sie mich, »du musst Mia sein. Ich bin Astrid. Ich hoffe, man hat dir Bescheid gesagt, dass ich jetzt mit dir im Büro sitze.«

Wie vor den Kopf geschlagen, schaue ich mich im Raum um, suche nach der schwarzen Tasse mit der weißen Aufschrift und dem Foto mit dem braunen Labrador, finde aber weder das eine noch das andere.

»Nein, das hat man nicht ... ich meine ... Wie lange bist du denn schon da?«, bringe ich mühsam hervor.

»Seit vier Wochen, also noch ganz frisch«, strahlt die Schwarzhaarige mich mit schneeweißen Zähnen an. Seit vier Wochen? Das kann unmöglich sein, das hieße nämlich ... Völlig durcheinander lasse ich mich auf meinen Bürostuhl fallen.

»Tierisch unbequem, oder?«, fragt Astrid. »Ich habe dir schon einen neuen Stuhl bestellt. Ich hoffe, das ist dir recht.«

Unter normalen Umständen würde ich mich darüber freuen, dass mein Chef da anscheinend eine wirklich nette Kollegin eingestellt hat, mit der ich mir das Büro teilen soll, aber die Umstände sind nun mal nicht normal. Ich habe fest mit einem durchgeknallten Kerl in einem kindischen Sweatshirt gerechnet, der einer meiner Seelenverwandten sein soll. Wo um Himmels willen ist Tim?

Aufgeregt rutsche ich auf meinem Stuhl herum, will Astrid gerade fragen, ob vor ihr vielleicht schon jemand mit mir hätte arbeiten sollen, da spüre ich etwas – ganz deutlich – unter meinem Po ... Hektisch springe ich auf, greife unter das Polster und ziehe meine rote Kladde darunter hervor.

»Was ist denn los?«, fragt Astrid besorgt. »Geht es dir nicht gut?«

Nein, mir geht es gar nicht gut. »Ich brauch nur ein bisschen frische Luft«, sage ich und sehe zu, dass ich schleunigst aus dem Büro rauskomme.

Im Flur läuft mir Lea über den Weg.

»Mia, ist alles okay mit dir?«, fragt sie, aber ich reagiere nicht, weil ich einfach nur an die Luft möchte.

Als ich endlich auf der Straße stehe, wartet die zweite Überraschung auf mich an diesem Tag. Es hat angefangen zu schneien. Wir haben Mitte Dezember, und die Kälte hatte den Schnee die letzten Tage schon angekündigt, trotzdem bin ich völlig überwältigt und reagiere ausgesprochen emotional darauf. Ich beginne hemmungslos zu weinen.

Was, wenn es Tim nicht gibt, wenn es ihn überhaupt nie gegeben hat? Wenn ich doch alles nur geträumt habe und sich die Realität mit Traumelementen vermischt hat? Nein, das kann nicht sein, denn das würde bedeuten, dass …

»Ruby«, frage ich unsicher, »bist du da?«

»Mia, ich bin's.« Es ist Lea. Sie hat sich anscheinend Sorgen gemacht und ist mir nachgegangen.

»Sag mal«, sage ich schniefend, »kann es sein, dass da noch ein Neuer bei uns angefangen hat, knallrot gefärbte Haare, ein Typ namens Tim?«

Sie zieht die Stirn in Falten. »Rote Haare? Sagt mir gar nichts. Wie kommst du da drauf?«

»Ach, ich weiß auch nicht, ich dachte nur …«

Ja, was dachte ich eigentlich? Dass ich wirklich mit einem kleinen, dicken Engel und einem Mops durch Wände gegangen bin?

»Lässt du mich einen kurzen Moment alleine?«, bitte ich sie. »Ich komm gleich nach, versprochen.«

Lea nickt mir zu und verschwindet.

Schnee habe ich schon immer geliebt. Er lässt die Welt ein bisschen leiser erscheinen. Ich würde ihn vermissen, wenn ich ihn nie wieder sehen und fühlen könnte. Ganz egal, ob mich mein Unterbewusstsein auf eine lange Traumreise geschickt hat oder ich wirklich im Himmel war, ich lebe – und es liegt einzig und allein an mir, was ich daraus mache.

Also straffe ich meine Schultern und richte mich gerade auf. Dann betrete ich entschlossen die Agentur.

»Guck mal, ich muss dir was zeigen …«, sage ich zu Lea und halte ihr den roten Ordner unter die Nase.

Pünktlich um acht sitzen Lea und ich am großen Tisch und warten auf den Chef. Die anderen Kollegen haben mich herzlich begrüßt und freuen sich einen kurzen Moment darüber, dass ich wieder hier bin, aber dann wird es plötzlich still. Mein Chef hat es schon immer verstanden, sich in Szene zu setzen.

Er betritt den Raum und stellt ohne weiteren Kommentar eine Flasche Spülmittel auf den Tisch. Dann nimmt er sie wieder in die Hand und liest den Werbeslogan vor, der auf dem Etikett steht: »Entfernt auch hartnäckiges Fett!« Dann fügt er hinzu: »Es stimmt, ich habe drei Wochen lang täglich damit geduscht und ganze drei Kilo dabei abgenommen.«

Einen kurzen Moment ist es mucksmäuschenstill im

Raum, dann fangen alle wie auf Kommando an zu lachen, nur ich nicht. »Und nun stellen Sie sich eine hübsche junge Frau unter der Dusche vor …«

Der will mir doch tatsächlich auch noch die nächste Idee klauen! Nur mit dem kleinen Unterschied, dass ich fröhlich pfeifend einen Mann mit dem Spüli unter die Dusche spazieren lassen wollte. Wie kann man nur so dermaßen dreist sein?

Aufgeregt blättere ich in meinem Buch. Zu diesem Spot habe ich sogar eine Skizze angefertigt … Und außerdem habe ich den Vorschlag damals per Mail an meinen Chef geschickt. Das ist zwar schon über ein Jahr her, müsste aber doch irgendwie nachvollziehbar sein.

Zögernd stehe ich auf. Der Idiot hat mich bisher noch gar nicht bemerkt, so sehr ist er mit sich selbst beschäftigt. Meine Beine zittern zwar ein wenig, aber ich sage es trotzdem, klar und deutlich: »Schön, dass Ihnen meine zweite Idee auch gefällt, wo doch meine erste schon so gut angekommen ist.«

Sofort schauen alle meine Kollegen zu mir, dann zu meinem Chef, den ich, für alle offensichtlich, sichtlich aus dem Konzept gebracht habe.

»Mia«, säuselt er, »erst einmal schön, dass Sie wieder da sind, aber was meinen Sie mit …«

Ich weiß, dass mein Buch momentan eigentlich kein richtiger Beweis ist, weil ich theoretisch die Daten darin gefälscht haben könnte – und ob ich an die Mail komme, kann ich auch nicht sicher sagen, deswegen suche ich behutsam nach den richtigen Worten.

Da mischt Lea sich plötzlich ein. »Ich freu mich auch für dich, Mia. Als du mir letztes Jahr die Skizzen dafür gezeigt hast, war ich gleich begeistert.«

Okay, das war eine kleine Notlüge, aber ich bin mächtig stolz auf meine Kollegin – und auf mich auch.

Als ich gegen Mittag einigermaßen aufgelöst in meiner Wohnung auftauche, nimmt Tessa mich einfach schweigend in den Arm, und ich muss schon wieder weinen.

»Mein Vertrag wird aufgehoben«, erzähle ich, »in beiderseitigem Einvernehmen. Und ich bekomme eine Abfindung, und zwar in Höhe eines ganzen Jahresgehaltes.«

Prüfend sieht meine Freundin mich an. »Aber das ist doch eigentlich sehr gut, oder? Du wolltest den Job doch sowieso nicht mehr. Überleg doch mal, was du mit dem Geld alles machen kannst. Und du findest bestimmt einen neuen Job, ganz sicher.«

»Das finde ich ja auch gut. Du hättest mal sehen sollen, wie mein blöder Chef rumgeeiert hat, um aus der Nummer einigermaßen unbeschadet wieder rauszukommen, als ich ihn vor versammelter Mannschaft zur Rede gestellt habe. Ich habe damit ganz schön an seinem Ego gekratzt. Er hat versucht, die Kurve zu kriegen, indem er mich über den grünen Klee gelobt hat, aber es war für alle offensichtlich, dass er mich eigentlich hatte übergehen wollen. Auf jeden Fall haben wir danach noch ein Gespräch unter vier Augen geführt. Bei meinen Qualitäten, meinte er, hätte ich doch bestimmt Größeres vor, und wenn mir eine Abfindung helfen würde, mich eventuell selbstständig zu machen, würde er mir großzügig unter die Arme greifen … Er hat mich sozusagen rausgeschmissen«, sage ich.

»Und deswegen bist du jetzt so fertig?«

»Stell dir vor, Tim war nicht da, ich meine, ich habe gar keinen neuen Kollegen, sondern eine Kollegin. Sie heißt Astrid. Was, wenn ich alles nur geträumt habe, Tessa?«

»Dann hat dir Ruby den Traum geschickt! Vielleicht gibt es aber auch eine ganz logische Erklärung. Hast du mal genau nachgefragt?«

»Genau genommen habe ich nur Lea gefragt, und die wusste nichts von Tim. Vielleicht hat sie es aber auch einfach nur nicht mitbekommen.«

»Lass uns mal im Internet nachschauen, ob wir deinen Tim irgendwo finden. Außerdem könnten wir nach Mopsi und ihrer Agentur suchen, was hältst du davon?«

Tessa war schon immer die Pragmatischere von uns beiden. Deswegen hat sie auch gleich, als ich noch im Krankenhaus lag, nach Julia gefragt. Julia war wirklich wegen eines Herzproblems da, wie Tessa herausgefunden hat, wurde dann aber in eine Spezialklinik verlegt. Ich habe schon ein paarmal daran gedacht, nach der Telefonnummer ihrer Eltern zu forschen und sie anzurufen, habe aber dann beschlossen, lieber persönlich vorbeizufahren, sobald es mir besser geht. Und ehrlich gesagt habe ich jetzt eine enorme Angst davor. Was, wenn sich Julia nicht erholt hat, wenn sie es vielleicht gar nicht geschafft hat? Ruby und Liane haben mir zwar versichert, dass alles gutgehen wird, aber vielleicht habe ich auch das nur geträumt.

Die Agentur heißt AdWork24/7, besteht schon seit über sieben Jahren, befindet sich in Köln – in der Nähe des Rudolfplatzes – und seine Inhaberin heißt Carola Ramirez.

Ich habe Ruby nie nach seinem Nachnamen gefragt. Ob er wirklich Rubens Ramirez heißt? Das klingt meines Erachtens etwas zu spanisch. Wenn ich an ihn denke, habe ich in erster Linie das Bild eines kleinen, dicken Mannes im Kopf. Auf der anderen Seite könnte der Ruby, der sich im Krankenhaus von mir verabschiedet hat, durchaus spanische Wurzeln gehabt haben. Aber dann hätte er doch bestimmt irgendwann mal was darüber erzählt …

»Guck mal, hier ist eine Mitarbeitergalerie«, stellt Tessa fest, und nach einem kurzen Klick erscheinen mehrere kleine Fotos auf dem Bildschirm.

Ich erkenne Mopsi sofort, aber letztendlich bedeutet das nicht, dass ich auch wirklich da gewesen bin. Auch dass es Niclas tatsächlich gibt, bedeutet nichts. Es könnte genauso gut sein, dass ich irgendwann schon einmal auf dieser Seite war, zum Beispiel, als ich auf der Suche nach einem neuen Job gewesen bin.

Von Tim finden wir einen schrägen Werbe-Blog, der zu ihm passen könnte, ein Foto jedoch nicht.

»Ich fahre nach Köln in die Agentur«, sage ich energisch. Wenn alles nur ein Traum war, dann hatte er auch seinen Sinn, aber ich möchte es wissen.

26 Ich hatte Ruby versprochen, mich darum zu kümmern

Es hat gestern den ganzen Tag geschneit, aber der Schnee ist nicht auf den Straßen liegen geblieben. Es ist ungemütlich, nass, sehr kalt, und ich trete von einem Bein auf das andere, weil ich mich nicht traue, in die Agentur zu gehen.

Theoretisch habe ich, zumindest während meines ganz normalen Lebens, die Agentur noch nicht von innen gesehen, es sei denn, ich war doch schon mal hier und habe es durch den Sturz auf die Bordsteinkante vergessen. Aber woher weiß ich dann trotzdem ganz genau, wie die Agentur eingerichtet ist, dass Mopsi in den letzten zwei Jahren etliche Kilos abgespeckt hat und dass Niclas schwer in sie verliebt ist?

Mein Blick geht nach oben, in den Himmel, in der Hoffnung auf irgendein Zeichen, das mir Mut macht. Das Zeichen kommt prompt in Form von Niclas die Straße entlanggelaufen.

»Wollen Sie zu uns?«, fragt er und reibt sich seine kalten Hände.

»Ja, nein, ich …« Niclas sieht genauso aus, wie ich ihn in Erinnerung gehabt habe. Er trägt sogar die gleiche Kleidung wie beim letzten Mal.

»Kennen wir uns irgendwoher?« Forschend guckt er mich an.

Ich habe mal in dir gesteckt, denke ich, sage aber ausweichend: »Nein, ich glaube nicht. Mein Name ist Mia, Mia Moosberger, und ich würde gerne mit Frau Ramirez sprechen.«

»Da haben Sie Glück, die müsste da sein, kommen Sie, sonst sind wir gleich ganz durchgefroren. Ich schau mal nach, wo ich sie finden kann.«

Tapfer gehe ich hinter Niclas her. Ich kenne alles hier, die Treppe hoch zur Agentur, den blauen Teppich auf dem Boden, die Frau am Empfang, deren Brötchen Percy gemopst hat, die großen Fensterscheiben, durch die man von draußen einen guten Einblick in die Büros hat …

Ich war hundertprozentig schon einmal hier, die Frage ist nur, ob ich dabei auch wirklich in meinem Körper gesteckt habe.

»Caro, hier möchte dich gerne jemand sprechen.«

Sie sieht nicht aus wie eine Frau Ramirez, und das denke ich nicht nur, weil ich weiß, wie Ruby sie immer genannt hat. Der Name Mopsi passt eindeutig besser zu ihr, was absolut nichts mit ihrem Gewicht zu tun hat.

Mopsi steht in der Kaffeeküche, beide Hände um eine Tasse gelegt und sieht mich erwartungsvoll an. Ihre strahlenden Augen, die so viel Leben versprühen, sind mir beim letzten Mal schon aufgefallen.

»Ja, bitte?«

»Hallo Frau Ramirez«, begrüße ich sie, stelle mich kurz vor, atme einmal tief durch und lege los, bevor ich es mir doch noch anders überlegen sollte: »Es klingt vielleicht verrückt, aber ich wollte nur mal nachfragen, ob du, ich meine natürlich Sie, in der letzten Zeit mal in Düsseldorf waren, um Ihren Mops zu suchen.«

»Gehen wir in mein Büro«, sagt Mopsi, und ich wende mich automatisch der Tür zu, hinter der es sich befindet.

Percy liegt träge in seinem Körbchen und hebt kaum den Kopf, als wir das Zimmer betreten. Er röchelt leise vor sich hin und scheint mich nicht weiter zu beachten. Auf der anderen Seite hat er sich beim letzten Mal auch schon nicht großartig für mich interessiert. Am liebsten möchte ich mich spontan neben ihn knien, um ihn zu begrüßen und ein bisschen hinter den Ohren zu kraulen, aber das traue ich mich nicht, weil ich nicht weiß, was mich gleich erwartet.

Mopsi sitzt mittlerweile hinter ihrem Schreibtisch. »Ich weiß nicht, was ich von alldem halten soll«, sagt sie. »Wenn Tim mir nicht erzählt hätte, dass Sie meinen Hund nicht entführt haben können, weil Sie zu der Zeit im Krankenhaus lagen, würde ich Sie hochkant wieder rauswerfen oder gar verhaften lassen, aber Ihre Arbeiten sind gut, verdammt gut!«

Wie bitte, meine Arbeiten sind gut? Und woher weiß sie, dass ich im Krankenhaus war? Das kann sie nur wissen, wenn …

»Sie … äh … Sie haben mein Buch gesehen?«

»Ja, weil Percy es anscheinend so wollte, was absolut verrückt ist und mich um die eine oder andere schlaflose Nacht gebracht hat.«

Der Boden fühlt sich merkwürdig schwammig an, und einen kurzen Moment habe ich das Gefühl, einfach so umzukippen. Ich fühle mich leicht – und glücklich, fast ein bisschen wie im milchig weißen Himmel.

»Nachdem sich Tim entschlossen hatte, lieber bei uns in der Agentur einzusteigen, hat er es gleich am nächsten Tag zurückgebracht«, erklärt Mopsi – und nun wird mir wirklich schwindelig. Sie greift zum Hörer. »Tim, deine Freundin ist da, Mia.«

»Tim ist nicht mein Freund«, wehre ich mich schwach. Irgendwie kann mein Gehirn nicht so schnell verarbeiten, was hier gerade geschieht.

Als nur kurz darauf die Tür aufgeht, starre ich auf einen großen, schlanken Mann. Sein Haar ist schwarz, nicht rot, aber das Piercing in seiner Augenbraue trägt er noch.

»Das ist ja ein Ding, was machst du denn hier?«, begrüßt er mich, und ich überlege fieberhaft, ob ich ihn vielleicht doch schon vorher kannte.

»Ach, kommt schon ihr beiden, jetzt tut doch nicht so, ich hab die Nummer längst durchschaut. Es ist zwar das eigenartigste Bewerbungsgespräch, das ich jemals geführt habe, und die Idee ist verrückt, aber genau solche Leute brauchen wir in der Branche.«

Tim guckt überrascht von Mopsi zu mir und wieder zurück. »Ich hab sie noch nie vorher gesehen, Caro.«

Erleichtert atme ich auf. Ich habe also weder geträumt noch habe ich mein Gedächtnis verloren. Ich war wirklich im Himmel, und vielleicht steht Ruby jetzt irgendwo hier im Raum und hat Spaß, weil ich nicht weiß, wie ich aus der

Nummer wieder rauskommen soll. Ich kann den beiden ja schlecht erzählen, was sich wirklich zugetragen hat.

»Ich habe im Koma gelegen«, erkläre ich. »Und ich weiß, dass sich das jetzt verrückt anhört, aber ich hatte während dieser Zeit einen ganz eigenartigen Traum.« Und so erzähle ich den beiden, dass ich einen Mops gesehen habe, der in der Agentur nach meinem Drehbuch gesucht hat, um Tim darauf aufmerksam zu machen. Und der hätte dann das Frauchen des Hundes angerufen. Und nun sei ich heute hier, um mich bei allen zu bedanken, vor allem bei Percy, weil ich dadurch den Mut bekommen hätte, endlich meinen Chef zur Rede zu stellen ... Alles andere verschweige ich.

»Verrückt«, sagt Tim und grinst, »aber warum nicht?«

Mopsi sieht mich nachdenklich an, und ganz plötzlich wirkt sie traurig. »Percy ist sehr krank. Ich werde ihn wohl einschläfern lassen, damit er nicht mehr leiden muss.«

Mist, ich habe es vergessen! Ich wollte den Himmelsboss doch darum bitten, Hunde im Himmel zu erlauben. Ich hatte Ruby versprochen, mich darum zu kümmern.

»Es tut mir so leid«, flüstere ich betroffen. Und dann habe ich eine Idee ...

»Kannst du uns einen Moment alleine lassen?«, bitte ich Tim. »Ich komme dann gleich zu dir rüber.«

Kurz darauf bin ich mit Mopsi und Percy alleine – zumindest auf den ersten Blick. Ich suche noch immer nach den passenden Worten, da sehe ich, wie Mopsi plötzlich lächelt und sich versonnen über die Wange streicht. Genau diesen Blick habe ich schon einmal bei ihr gesehen, und zwar als Ruby versucht hat, sie zu berühren.

»Ruby«, sage ich leise und bin mir ganz sicher, dass er hier bei uns im Raum ist, »du musst Percy mitnehmen, solange er noch lebt.«

Mopsi sitzt ganz still da, dann schaut sie sich zögerlich nach allen Seiten um. Ihre Stimme klingt brüchig. »Ich habe immer gefühlt, wenn er bei mir war.« Dann steht sie auf und ruft Percy zu sich. Sie streicht noch einmal über seinen Kopf – und lässt ihn gehen. Schwanzwedelnd läuft der Mops durchs Büro und ist von einer Sekunde auf die andere verschwunden.

27 Das ist sie

Ob Ruby noch an meiner Seite ist, weiß ich nicht, aber ich glaube es kaum. Bestimmt muss er im Himmel auf Percy aufpassen und wird den Teufel tun, seinen Mops noch einmal mit auf die Erde zu bringen.

Tessa ist zurück nach Schottland gefahren, und in zwei Wochen werde ich sie besuchen. Ich muss ja nicht gleich dorthin auswandern, aber eine Reise ist das Land allemal wert. Außerdem möchte ich gerne bei Tessa sein, wenn ihre Tochter auf die Welt kommen wird.

Mopsi hat mir einen Job in ihrer Agentur angeboten, den ich vorerst aber abgelehnt habe. Ich habe Zeit – und dank der Abfindung auch das nötige Kleingeld, um mir darüber klar zu werden, was ich in Zukunft machen möchte. Ich werde malen, meine Familie und meine Freunde besuchen – und ausnahmsweise mal nur an mich denken.

Lukas wartet auf mich. Er sitzt in diesem Moment im Theater und wird nicht schlecht staunen, wenn auf einmal Carina neben ihm Platz nimmt. Mir ist leider nichts Besseres eingefallen, um die beiden zu verkuppeln, aber diesen Versuch bin ich Lukas schuldig. Was die beiden daraus machen, liegt dann nicht mehr an mir.

Ruby und Mopsi haben einen Seelenverwandtschaftgrad von über dreiundneunzig Prozent, und die beiden haben sich so sehr geliebt, dass Ruby auch nach seinem Tod nicht loslassen konnte. Er musste erst noch einmal zurück zur Erde, um das zu begreifen. Ich bin mir mittlerweile sicher, dass Liane ihre Finger da im Spiel hatte. Dadurch, dass ausgerechnet ich Rubys erster Auftrag war, konnte sie gleich zwei Fliegen mit einer Klappe schlagen. Ruby und ich, wir haben uns sozusagen gegenseitig geholfen.

Das mit Tim ist allerdings eine merkwürdige Angelegenheit, aus der ich nicht ganz schlau werde. Dafür, dass wir einen Seelenverwandtschaftsgrad von über achtundneunzig Prozent haben, fühle ich mich verdammt wenig zu ihm hingezogen. Ich mag ihn und finde ihn witzig, bin sehr gerne in seiner Nähe, aber bisher hat es noch nicht gefunkt zwischen uns. Die roten Haare waren übrigens einfach nur ein Überbleibsel von einem Junggesellenabschied in seinem Freundeskreis, der unter dem Motto »Superhelden« stand. Wäre ich einen Tag später in meinem Büro aufgetaucht, hätte ich Tim so gesehen, wie er heute aussieht. Ein netter, sehr sympathischer Typ mit natürlich schwarzen Haaren.

Wir haben uns nach unserer Begegnung in Mopsis Agentur schon dreimal wiedergetroffen– vielleicht brauchen wir einfach noch etwas mehr Zeit. Und die habe ich ja …

Noch vor wenigen Tagen hatte ich Angst, dass ich mit dem Alleinsein nicht klarkomme, aber jetzt genieße ich es. Ich liege auf der Couch in meinem Wohnzimmer und schaue mir die aktuelle Folge meiner Lieblingsserie an. Es läuft die deutsche Erstausstrahlung, aber dank Rubys himmlischer DVD-Sammlung weiß ich schon, wie die Folge ausgeht. In den duftenden lauwarmen Schokoladenpudding habe ich einige Plätzchenstücke gemischt – ganz so wie mit Ruby damals.

Morgen kommt Julia aus der Reha zurück. Das habe ich von der netten Krankenschwester erfahren, die mir im Krankenhaus so gut zugeredet hat, als ich noch im Koma lag. Ich habe mich bei ihr mit einem großen Blumenstrauß bedankt. Dabei habe ich etwas geflunkert, als ich ihr erzählt habe, ich hätte davon geträumt, dass sie mir Mut gemacht habe. Sie hat sich aber wahnsinnig darüber gefreut.

Angeblich hat Julia die OP gut überstanden – ein neues Herz braucht sie offenbar nicht. So wie es aussieht hat sie ihr Versprechen wahr gemacht und wird nicht sterben, jetzt nicht – und auch nicht in den nächsten siebzig Jahren. Und da ich weiß, dass alles wirklich passiert ist, habe ich keine Angst mehr davor, ihr zu begegnen.

Als mein Handy klingelt, erschrecke ich ein bisschen, weil ich nicht oft Anrufe um diese Uhrzeit erhalte. Und dann fällt mir Tessa ein. Schnell springe ich auf und sprinte ins Bad. Dort habe ich das blöde Ding vorhin auf meinem Sessel liegen sehen.

»Tessa?«, frage ich atemlos in den Hörer. Ich habe mich so beeilen müssen, noch rechtzeitig das Gespräch anzunehmen, dass ich nicht mehr auf dem Display nach dem Namen sehen konnte.

»Nein, Lukas.«

»Oh … hallo Lukas…«

»Du weißt schon, dass du ein klein wenig verrückt bist, oder?«, fragt mein Exfreund, und ich höre, dass er dabei grinst.

»Himmlisch verrückt«, kontere ich und denke an Ruby. Er würde über dieses Wortspiel bestimmt lachen.

Dann sehe ich zu, dass ich schnell zurück auf meine Couch zu meinem Pudding komme. Eigentlich, überlege ich, hätte Lukas sich ausmalen können, dass gerade meine Lieblingsserie läuft und ich mich nicht mit ihm treffen will …

Ich habe insgesamt nur drei Wochen mit Ruby verbracht, davon etwa zwei Wochen auf der Erde, und davon wiederum waren wir ungefähr eine Woche lang nur im Krankenhaus, wo ich auf Julia aufgepasst habe. Trotzdem kam es mir vor wie eine Ewigkeit, und es gibt sehr viele Dinge, die mich unwillkürlich an Ruby erinnern.

Ich sitze im Auto und bin auf dem Weg zu Julia. Es hat wieder geschneit, und diesmal ist der Schnee liegen geblieben. Es ist glatt auf den Straßen, und trotzdem gibt es genügend Idioten, die sehr unvorsichtig und viel zu schnell fahren. Die Schutzengel haben bei diesen Witterungsbedingungen bestimmt eine ganze Menge zu tun – und die Begleitengel leider auch. Liane hat bestimmt wieder einen besonderen Schützling, den sie gerade unter ihre Fittiche nehmen muss. Oder sie hat diesmal mehr Glück gehabt und darf wirklich auf jemanden aufpassen, der irgendwann an Alterschwäche sterben wird. Aber das wäre Liane bestimmt viel zu langweilig. Sie braucht die Aufregung. Ich für meinen Fall hatte davon genug die letzte Zeit. Deswegen fahre ich auch extrem vorsichtig, denn ich möchte heil bei Julia ankommen.

Ich habe mir mindestens zehnmal überlegt, was ich ihr sagen werde, und genauso oft habe ich die Ideen wieder verworfen. Letztendlich habe ich beschlossen, dass es wohl das Einfachste ist, wenn ich die halbe Wahrheit erzähle, also dass ich zur selben Zeit im Krankenhaus war und so von ihrer Präsenz erfahren habe. Und wenn das nicht reicht, erzähle ich, dass ich mich mit ihr verbunden fühle, weil wir beide zur selben Zeit um unser Leben gekämpft haben.

Diesmal zögere ich nicht, sondern gehe zielstrebig zur Tür und klingele, weil ich auf alles gefasst bin und mir eine gute Strategie ausgedacht habe. Außerdem haben mich die letzten Tage irgendwie stärker werden lassen, weil ich verdammt viel aufgeräumt habe in meinem Leben.

Allerdings hat mein genau ausgetüftelter Plan nicht mit eingeschlossen, dass ich plötzlich einem Mann gegenüberstehe – einem verdammt gut aussehenden sogar, den ich sogar kenne. Mir fehlen die Worte, aber dafür klopft mein Herz so laut, dass man es mit Sicherheit meilenweit hören kann. Instinktiv möchte ich mich umdrehen und weglaufen, aber da höre ich die fröhliche Stimme, auf die ich vorbereitet war und auf die ich mich so sehr gefreut habe.

»Wer ist es, Onkel Manuel?«, ruft Julia im Hintergrund.

»Eine schöne Frau«, ruft er lachend zurück, »aber sie spricht nicht mit mir!«

Ich habe tatsächlich immer noch nichts zur Begrüßung gesagt, stattdessen versinke ich schon wieder in seinen tiefblauen Augen. Als mir das bewusst wird, werde ich rot – auch das noch.

»Äh … hallo«, stottere ich, »mein Name ist Mia, und ich war zur selben Zeit im Krankenhaus wie …« Weiter komme ich nicht, denn plötzlich taucht Julia hinter Manuel auf und drängt sich an ihm vorbei.

»Eine schöne Frau? Lass mal sehen, mach Platz!«

Manuel tritt einen Schritt zur Seite, sodass ich nun Julia direkt vor mir habe.

»Das ist sie«, flüstert sie mit großen Augen. »Das ist die Frau, die für dich bestimmt ist, Onkel Manuel, ganz sicher …«

Kurz darauf sitzen Julia und ich am Küchentisch. Manuel steht mit dem Rücken zu uns an der Kaffeemaschine und wartet, bis der Kaffee durchgelaufen ist. Dabei dreht er sich immer wieder unauffällig um, und ich spüre zu meiner Zufriedenheit, dass auch er ein wenig verunsichert zu sein scheint. Als er sich zudem wieder viel zu viel Zucker in die Tasse schüttet, muss ich grinsen.

Und dann erzählt Julia eine unglaubliche Geschichte. Seit sie im Krankenhaus gelegen hat, habe sie regelmäßig denselben Traum. Darin würde Manuel ihr das Leben retten, so wie damals, auf der Feier. Aber es sei nicht sie gewesen, die danach aufgestanden wäre, sondern eine Frau mit rotbraunen Locken und sehr schönen, aber traurigen grauen Augen. Die Frau habe fürchterlich geweint, deswegen habe sie den Mann gefragt, der dabei gestanden hatte, wer denn die Frau sei. Und er habe geantwortet, die Frau und ihr Onkel seien füreinander bestimmt.

6 Monate später … Manuel riecht nach Holz und ein bisschen nach Zimt. Er fühlt sich warm und vertraut an, und doch wühlt er mich immer wieder auf, und ich habe das Gefühl, ich entdecke ihn täglich neu. Ich kann in seinen Augen versinken, ohne Angst zu haben, darin zu ertrinken. Ich höre auf mein Herz – und ich liebe.

Ich bin mir sicher, dass Manuel irgendwo ganz weit oben auf der Liste meiner Seelenverwandten gestanden haben muss. Vielleicht hat Ruby ihn aus Versehen überlesen, vielleicht aber auch absichtlich. Und wenn nicht? Dann ist dem Soulmater ein Fehler unterlaufen. Irren ist himmlisch – aber die Liebe ist es auch.

Danke ...

Norbert Briem, Ruby.
Danke für all die schönen Dinge, die du mir über dich und Mick (und deine Agentur) erzählt hast. Ohne dich würde es keinen Ruby geben. Dein Schutzengelmantel ist übrigens sehr praktisch – und geholfen hat er auch.

Anne Tente, Lektorin bei Heyne.
Danke für dein Vertrauen und deine tollen Tipps. Ich freu mich schon auf das nächste Buch!

Bastian Schlück, Literaturagent.
Danke für die gute Beratung, die auch über vertragliche Angelegenheiten hinausgeht.

Eva Philippon, Redakteurin.
Danke für die Korrektur und den Feinschliff. An das viele Rot habe ich mich mittlerweile gewöhnt.

Heike Frommelt-Schuster, Mail-Freundin.
Danke für die vielen lieben Mails, die mich motivieren, immer weiter zu schreiben.

Tato, geliebter Ehemann.
Danke für deine Liebe, auch wenn du mich bei nächtlichen Schreibattacken auf die Couch verbannst.

Himmelsboss.
Danke für die Kreativität, die du mir geschenkt hast, auch wenn sie manchmal in Chaos umschlägt. Dafür hast du mir ja einen Ehemann geschickt, der es Haare raufend beseitigt.

Gewinnen Sie ein tolles Buchpaket mit fünf Taschenbuch-Bestsellern!

Sie haben den Roman von Andrea Russo gelesen? Dann können Sie bestimmt diese Fragen richtig beantworten!

Wie heißt der Engel, der Mia in den Himmel bringt?

- O Ralph
- O Gaby
- O Ruby

Warum macht Mias Begleitengel einen Fehler?

- O Er ist verliebt.
- O Es ist sein erster Auftrag.
- O Er ist betrunken.

Wo arbeitet Mia?

- O in einer Werbeagentur
- O in einem Sushi-Restaurant
- O am Bahnhof-Schalter

Wodurch beeindruckt Mia den Himmelsboss?

- O Schönheit
- O Cleverness
- O Selbstlosigkeit

Gewinnen Sie! Machen Sie mit! Im Internet unter www.heyne.de/Frauen-Bestseller vom 1. bis 28. Februar 2012.

Viel Glück wünscht Ihnen
Ihr
Wilhelm Heyne Verlag

Eine Teilnahme ist nur online unter **www.heyne.de/Frauen-Bestseller** möglich. An der Verlosung nehmen ausschließlich persönlich eingesandte Antworten teil. Mehrfacheinträge (manuell oder automatisiert) sind nicht zugelassen. Der Rechtsweg ist ausgeschlossen.

HEYNE <